中国专业作家
散文典藏文库

中国专业作家散文典藏文库

古道

庞壮国 著

中国文史出版社

目 录

第一辑

第 二 辑

第三辑

第四辑

第五辑

第 一 辑

爸爸牌公共汽车

苍茫天际上，一朵大云彩，一朵小云彩，像爷俩一样，飘逸漂移着。一会儿，大云彩牵着小云彩的手，一会儿，小云彩攀在大云彩的肩膀上。天路漫漫，云彩涣涣。

浩瀚沙漠里，一只大骆驼，一只小骆驼，像娘俩一样，坚韧跋涉着。大骆驼的下巴翘翘着，脖子梗梗着，形象地告诉世界，什么叫作骄傲自豪。她因为藐视无际的荒凉无际的艰难，胸中自有豪气万丈。小骆驼也下巴翘翘，脖子梗梗，它本来没资格骄傲，可是它为自己的妈妈骄傲了。

地面上，一片楼区，楼与楼之间，一个四十八岁的大男人，一个八岁的小女孩，他们是真正的爷俩。女孩患病天天要在傍晚来医院点滴，爸爸在病床前陪伴她一个小时之后，便背着她走在回家的路上。街灯渐次明亮了。爸爸感到小女孩的身体很轻很轻，像一朵小云彩。他把自己想象为大云彩。大云彩没感到肩上有一种重负。女儿呼吸的温热气息吹拂着他的耳朵。这时候一句诗歌在他的耳边化作微风：“爸爸，你是爸爸牌公共汽车。”

过了一会儿，女孩在爸爸肩头叹了口气，说：“爸爸牌公共汽车好累呀。”她执意要下地自己走。她的话语包含两种意思，待在爸爸背上她自己有点累，另外她替爸爸感到累。晚风灯影里，大男人和小女孩手牵着手，如同前边说过的大骆驼和小骆驼，但是他和她的行走不叫“跋涉”，而叫“散步”。美丽的散步跟云彩的漂移一样，诗歌容易在这个时间和地点问世。

这是我和我的女儿庞悠杨之间发生的真事。事情发生四五年后，她念小学四年级的时候，写了些诗。当她在《诗刊》上发表八首和《小作家》上发表十首诗歌的时候，我想到当一朵大云彩一只大骆驼和一辆“爸爸牌公共汽车”，那是说不出来的幸福。

借　钱

中午我的大学同学任胜才来电话，说你不是馋猪爪吗，来登峰村吧。登峰村是大庆油田里老井下指挥部的根据地，那里我认识的文学界朋友有四五个呢。临去前，因为二十里地之外有香嫩酥烂的猪爪在那边的大锅里“咕嘟咕嘟”，我决定做一点点对得起朋友的事。大事情我是做不来的，能做得来也来不及做，更重要的是我五十七年来没做过大事情。我是鼓捣琐碎小事的手儿，这已经被生活定性。

我上任胜才、刘培亮和朱国军的博客。以前也简单上上，那是为友谊，此刻上他们的博，存心是为猪爪。因为整个大庆猪爪煮得最好吃的饭店坐落在登峰村，店主恰恰是朱国军的老丈母娘。所以我看任胜才和刘培亮的博，心里是把他俩做陪绑的，看朱国军的博绝对居心叵测。

读到朱国军写的《借钱》，我叫好了。他写道，哥们儿铁不铁，就看人家借不借钱给你。还讲述了他亲哥管他家借钱要炒股，他媳妇没犹豫就答应，但是他大嫂给打了破头楔。接着写他家买楼，差两万，着急，他大哥及时来电话责问，买楼这么大的事情怎么不跟哥汇报呢，炒股不炒了，拿钱借给弟弟买房。世态炎凉，人情冷暖，一篇小文鲜活，让我想起自己借钱的闹心和暖心。

三年前我跟我媳妇一咬牙，买了个一百二十八平方米的楼房，交完买楼钱却没有装修钱。白茬房子按说要对付住也能住，新四军在大山里打游击还睡草棚呢。但是我媳妇的思想境界跟新四军的距离太大了，我呢，也有距离。借钱也得装修啊。

管朋友借吧，五千五千地借。都很贫穷或者叫不富裕并且没机会发横财的朋友，把钱借我了。他们是写诗歌的潘永翔、不写诗歌只搞印刷的李江、又写诗歌又搞印刷的张永波。

我在朱国军的博客上留言：“友情、亲情的试金石，借钱不借钱。钱是命，对普通老百姓来说真这样。把命借给你，或者管人家借命一用，多么考验人哪，简直是战场上跟敌人拼刺刀的考验。借钱是跟朋友和亲戚拼刺刀。”

前脚借钱，后脚还钱，不到一年，整利索了。我媳妇那边也借也还。我俩到底知道了朋友情义等于救命。

不借钱给你的不一定就不是朋友，因为各家都有难唱的曲，有些人想借点给你，可是他家也摊上事了。但是能把钱借给你的，肯定是铁打的朋友，那没跑。

现在我住在大房子里，不但觉得这辈子给自己做的事情里这房子算是丰功伟绩了，同时还念着朋友的恩情。

临时借给我“命”的朋友，我可不敢忘记，我得在余生小心翼翼对待这种友情。张永波威胁过我，你的借条还在我手里呢，你说你还钱了，我也承认你还钱了，但是，一高兴我拿这个借条去找法院，你咋的你呀？

我怕他找法院，所以他一请我吃饭我马上打车奔他去，不敢怠慢。至于他如果熊我让我请饭，我会风萧萧兮地跟他说，兄弟啊，你带我上法院吧。

家住高层

甲问："你住哪儿?"

乙答："高层。"

诗人有时候犯困，从前发呆面对稿纸，现在恍惚面对白色光屏（灰屏蓝屏浅蓝屏都可，能这样设置的诗人不是很多），找不到语词、语感、语调。诗人于是成了找不到家的孩子，迷失在语言的丛林里。其实，市井口语中就潜伏着诗，前面那个司空见惯的对话，我以为饱含诗性。

走半道，碰见昔日故友，寒暄完了，临别整出那两句，无意中凡夫俗子整出了现代或后现代的诗。那意境，高天流云一般。倘若换成文雅些个的，就容易酸牙，且看——甲问："兄台所居何处?"乙答："摩天大厦是也。"呸，半条街的灯火都容易给弄短路了。

高层！好听。不光好听，话语中还有些微扬眉吐气横空出世凌绝顶小天下的意思。意思毕竟是意思，没人误会居住高层的人都出身显赫，是在啥啥院或者啥啥委供要害的职。居住高层者多数连科长都不是，而且绝对不会掺杂比科长大的副处长、处长，更别说局长了。

土地越来越珍贵的城市中，盖五层八层大楼都不解恨了，于是盖二十层二十四层。古往今来离土地最近的老百姓，得以平步青云。电梯呜呜没等你头脑怎样晕乎，你就拔地而起到了家门，掏出钥匙开门进屋，先不洗菜做饭，先奔到窗户跟前。看吧，街道如带，楼群如盒，汽车如甲虫，路灯如珠串，忽然悟到，咱是天天住在天上的呀！《封神演义》《西游记》里姜子牙、太上老君应该是咱的邻居，咱也是神啦仙啦的干活！

住高层最牛的是住二十或二十四层的人家，开窗可得云意风情，远眺方知天高地阔。半夜醒来，忽然望一眼窗外，橘黄的灯串寂静又幽美地在大地上蜿蜒，再回头看看床上熟睡的亲人，会觉得生活啥也不缺。甚至萨克斯或者小提琴在心中作响也不一定。十层以下就显得平庸，充其量是给上头大上头的打底。

高层大楼远看像个竖立的口琴，尤其二十四层的，哆来咪发唆啦西，这么唱着数着那些窗户，低音区中音区高音区，忽悠一下就唱到顶尖。元朝辽代喜欢造塔，给神仙住给佛住给圣贤住，给一种形而上的理念住。现代的高层分明也是一种塔，跟古代比，原先的浪漫主义壳子装满现实主义内容，因为住的全是不神不仙的活人。

俗话说小老百姓的，一旦住进高层，意识里或潜意识里就时刻有一种期盼祈祷——日子日子你好好的，别闹地震别来战争，地方经济也别萧条，即便暂时滑坡也别滑到停水停电的程度。

高层的人如果都这么战战兢兢思虑着，我想不一定不是值得庆幸的事。

花儿的婚礼

有一天，我七岁半的女儿走在上学路上，指给我看一个小小的童话——花儿正举行婚礼。儿童天生就会想象联想幻想，只要容许他们淋漓尽致地发挥，不比世界闻名的童话大师差多少个等级。我们当家长当老师的别老是出于教育者的心态给予指点或者纠正，别帮倒忙，别一不小心粗手毛脚地给糟践了。

那一天雨后大晴，天空碧蓝。阳光清芳，空气清芳，是因为该开的花儿都在地面上活泼地开着。我送七岁的女儿上学，她刚刚一年级。半路上，前方楼区草坪里有两朵波斯菊，它和它伸出长长的绿颈相互观望似的，张开细眉细眼的花瓣。我看见了，我女儿也看见了。我没什么反应。

离两朵花还有八九步，我女儿说："爸爸，你看前面那两朵花，他们是不是要结婚哪？"我说："你啥时候看见花儿举行过婚礼？"她说："对呀，你想不想去喝他俩的喜酒啊？"

这时候我俩已经走到花儿的跟前，人的眼睛与花的眼睛相互对视的瞬间，世界升华为至美至善的梦幻。我看见男花比女花稍稍高那么一点点，他和她陶醉在阳光中，所有草的姐妹围绕着他俩，微风使他们轻歌曼舞，露珠和蜜蜂让他们华贵。

这个早晨，由于女儿柔嫩的童声点破了蕴藏在平常景物中的那种诗意，我觉得天籁如同看不见的雨丝滋润着我。道路草坪泥土和行走得匆忙的人们，一齐进入了童话。

生活中充满这样的童话。因为我们成天忙忙碌碌晕晕乎乎，忽视了我们身边竟然时时刻刻处处地地会有童话存在。

花儿的婚礼是多么美丽的命名。我女儿首先看见了两朵相向而对的花，她马上感到这两朵花在这个早晨喜气洋洋。或许她想象一朵花是男的，另一朵花是女的，他们相互爱着，而且要举行婚礼。于是她问我想不想参加。我反问你见过花朵的婚礼吗，这时候作为大人的我心里觉得她荒诞，想婉转些把她引导到常识中来，所以那样问她。幸好我没有斥责她（例如呵斥你小女孩家家干什么把结婚哪情人哪挂在嘴上）。而她没中断她的想象，举行婚礼嘛，花儿们还要喝酒呢，没看见花盏上有许多露水在晶莹吗？还问我去不去喝。因为这些充满幻想的对话，我和我女儿都十分愉快，花朵也明媚，阳光也明媚。

后来我在一家电视台举办的专题节目里讲到“花儿的婚礼”。那次节目是七嘴八舌话说减负。我说减负就是要减去孩子的心理负担精神负担，让他们在学习的时候也有一个游戏着娱乐着的心态。譬如我们让孩子把花儿婚礼那些对话、那些心理活动、那些景物都写进作文里，难道孩子还会面对题目发呆发愣憋得脑瓜子疼吗？关键是家长或老师在这时候别不讲理，别冷漠，别说不三不四的话，例如说你这七岁小孩怎么不是写恋爱就是写结婚，社会问题生活作风问题太严重了，不整顿整顿不治理治理行吗？

那就坏了。孩子如果不抵抗这种蛮横的心灵入侵，独创精神大概自此便被扼杀。面对孩子们有些超乎常理的言谈，咱们当大人的千万不可大惊小怪，不可居高临下，不可动不动就想着去纠正去打磨去扳道岔，首先应当是尊重。

尊重了孩子，也尊重了自己，尊重了天意，尊重了人情。

挂门与不挂门

动不动就挂门，现在的小孩。

我问："为什么挂门？"

小孩说："烦！"

再问："不烦的时候为什么也挂？"

小孩说："玩。"

在挂门不挂门的问题上，二十世纪五六十年代出生的人与八九十年代出生的人之间，那个反差何止三四十年。蕴含呢，也有。

想了想，想出了三条。

一是当代孩子有一个自己的门，或者随时能霸占一个门由他自己独断专行。某个孩子钻进属于全家人（一般说三口之家吧）的书房或者哪间卧室，咔嚓，人家在里面把门挂上。咔嚓的意义，等于在宾馆房间的门把手上挂一块"请勿打扰"的牌牌。而咱小时候家里的房间有限，门也跟着有限，仅有那么几扇门，七八口人来回穿行的频率极高，谁敢擅自挂门，那可是屁股蛋子要去找笤帚疙瘩攀亲呢。

二是我们当孩子的时候基本不怎么心烦，爹妈心烦还没烦够呢，哪能轮到孩子干这件国王丞相常干的事情？家里闹哄，往左一碰碰上哥哥，往右一碰碰上妹妹。叽叽喳喳嘻嘻哈哈，穿得破旧吃得寒酸，甚至刚刚挨顿巴掌就都忘在九霄云外，满窝穷乐和遍地穷乐和。当代孩子孤独寂寞是因为前多少代无节制生育，那种不孤独不寂寞所积淀的子孙债，要他们付出痛苦的代价。挂门是反抗这痛苦或者逃避这痛苦或者容忍这痛苦的无奈方式。

三是挂门比不挂门曲折地显示出社会的进步，物质的也有，精神的也有。尤其当代孩子那种独立性，自己对自己的看重，自怜自爱自强自尊，比我们当孩子时候不自觉的自轻自贱自低自矮，到底是天壤之别啦。

为金耳环 BP 机流泪

这个夜晚，女儿和母亲都睡熟了，刚才还推门撞窗的淘气的风也已经睡了，只有我和面前的电脑没有睡意。眼睛一次又一次模糊，泪水使得天蓝色的屏幕涌起海的波涛。

我流泪，是为另个世界一位陌生的年轻人。我从没见过他，从不知道他。在这个深夜里，我知道了他的名字，接触了只言片语的关于他的故事。

一年以前，听说大庆消防支队为一个小战士举行葬礼，火化的时候，为他穿上一件新新的皮夹克，还给他佩带一只新新的 BP 机。当时我不以为然，甚至腹诽了几秒钟。一年以后，消防支队宣传部长老李大哥让我写篇演讲稿，主题是怀念那个小战士。挺急。距离我去青岛参加中国作家协会采风活动只剩一天半了，好多该准备的都没准备，哪有情绪弄什么与我八竿子扒拉不着的演讲？

但是我还是拿起事迹材料看了。看了，心动，心颤，心疼。心想，咱快五十岁的人，这辈子不就是歪歪正正能敲些字儿吗？这人这事不肯给写，不用怎么上纲上线，也得说是良心浑了。写完千余字的演讲稿，还有许多话，哽在心中，浸在泪里。

宫平军，二十三岁，大庆石油管理局消防支队九中队一个普通的战士，牺牲于一年前的一次救火战斗中。前不久被追认为烈士。他的事迹，大报小报都报道过，我就不用重复他怎样从烈火中救过儿童，怎样跟手舞匕首的歹徒搏斗救护少女，怎样帮助邻里老人扛米袋登上六楼，怎样打扫自家楼房的公用楼梯……

我要说的是关于金耳环和BP机。

宫平军生于一个清贫之家。父母年老体衰，姐姐有病，他年纪轻轻就是老宫家的顶梁柱（在他们中队也是战斗员中的顶梁柱）。参加工作之后，每个月工资他几乎全部交家，自己只留五十元零花钱。这在花钱不眨眼的油城青年中绝无仅有，一定令他的同龄人感到不可思议。

英俊魁梧的宫平军，除了发奋工作之外，自己也有个小小心愿。他喜欢BP机。现在的小青年都喜欢。人家说弄一个就弄一个，说换一个就换一个。宫平军就用每月那区区五十元，积攒着积攒着。终于在某天，他攒够了买BP机的钱（多少？我不知道小机子的市场价）。

临到要买BP机的时候，他想到了母亲。母亲含辛茹苦大半辈子了，别人家的老太太都有金戒指金耳环，他的母亲没有。母亲生日那天，宫平军把拳头送到她面前，缓缓展开，厚实的大手里闪亮着两只小小的金耳环。老太太乐得逢人就夸自己的儿子，还去医院打了耳眼。

母亲的耳眼还没有消肿，耳环还没有戴上，儿子却一去不再回家。老妈妈捧着小颗粒的金子，哭得天地为之动容："儿啊，儿啊，这耳环妈妈可怎么戴啊……"

宫平军喜欢两样东西，皮夹克和BP机，他生前都不曾得到过。在他化为云烟之际，却得到并且带走了。他所在单位的领导懂得人间情义，不怕别人说他们违反财务纪律，为烈士佩带了BP机，穿上了皮夹克，但是留下的遗憾和惆怅却更加令人痛彻难言。

宫平军二十三年的生命脚印几乎没离开过家乡，但是为他送葬的人却有一千。一千人送一个年轻人，而且这个年轻人没有级别没有财产没有地位。可见小伙子生前多么热肠侠胆，多么让人喜欢和爱戴。

金耳环和BP机竟然让我流下眼泪。这两样极其流俗特别时尚的物件，通过一个远去的年轻人，告诉我：这世上有一种东西叫作善良和美丽。一个德行操守到份的人，一个天良人性端正于心的人，他就是大圣大贤。他用自己的心，照亮周围平庸的生活，照亮那些原本没有多少精神光辉的物件，例如金耳环和BP机，使之闪烁永远的至美至善的光辉。

片警门志新

门志新是一个社区民警，人们口头语称之为“片警”。自从大庆市公安局七八年来实行改革，扁平化管理，警力倾聚在第一线，片警和刑警、治安警就成为直接关联民生民情民意的三大警种。门志新是会战分局社区警务三大队的大队长。

我是一级作家，虽说退休两三年，采访写作的事情仍旧保持着招之即来来之能战的精神状态。朋友说写一写片警吧。我说好啊，从前没写过呢。就跟门志新见面了。

我俩一唠嗑，四十一岁的门志新不说自己，先跟我说起了一位八十九岁的老太太吴葵垣。门志新觉得自己辖区里，有了吴葵垣这样的老太太，当一个片警就有了主心骨，有了大山一样的依靠。老吴太太——平时大家这样称呼她——可不是一般人，走起路来，不照五六十岁的人差多少，说话有条理，写字有笔体。吴葵垣在社区居民里有感召力和凝聚力，她是2012年黑龙江省“百面红旗”优秀共产党员之一。

会战分局这三两年社区群治群防成为整个大庆市公安系统的典范。全市二十四个分局县局都到会战分局来观摩、取经。市委书记还特意到会战分局召开现场会。分局副局长关术威对我说，群治群防的根，在门志新那儿。

门志新对我说，要说根，在人民群众那儿。

事情要追溯到2011年冬天。老太太吴葵垣在自己家里开了一个纯民间的碰头会，三四个老年妇女参加。看见社区老年人在冰天雪地下不来楼，出不了屋，她动议成立一个互助组。民间产生了十一个组长，周围九个居民楼由十一个组长经常走家串户，帮助困难人家买药、喊人、做事。转年，大地回春，艳阳高照，吴葵垣找到片警门志新，提出，你看我们的互助组要是在小区里巡逻巡逻好不好呢？门志新当即拍手叫好。

老太太自费给十三个参加巡逻的人买了小红帽。门志新自费给十三个巡逻人做了治安联防红袖标。

社区巡逻队启动仪式上，会战街道党委和会战分局领导都来了。从此，上午一个小时，下午一个小时，有时候傍晚，有时候清晨，站前社区的街头巷尾，就有一支老太太老头的队伍在走动。

开始的好几天，门志新走在这些人的前头打头阵，或者走在队伍后头做后盾。十三人，四十人，目前发展到七十人。名称也改变了，现在叫作治安联防志愿者，在全省的治安联防志愿者网上有实名登记，有证书。

蓝色小帽，蓝色袖标，蓝色旗帜。还有标徽，图案的外围有点像警徽，中心是志愿者那种四面八方心心相印的标记。

门志新所管辖的地区，附近有大庆火车站，长途客运站，百货大楼，店铺连串的冠群街，人来人往，社情复杂。自从常态化的群治群防有了队伍，有了章程，有了警民之间随时随地的信息沟通，有了盯住一切可疑情况的眼睛和规劝一切违章行为的口舌，社区里春意盎然，风和日丽。

门志新大队一共六个人，真好像每个人生出了三头六臂，依靠人民群众，许多案件被制止在萌芽状态中。

2012 年 5 月的一天，上午八九点钟，门志新的手机响了。铁东一小区一个名叫王树德的志愿者报告，二号楼来了两个陌生人，一个人进了单元，另一个坐在门口东张西望。王树德说："好像不对劲啊，你快来吧。"

门志新开着警车，带两个片警，刚刚靠近二号楼，望风的那个人撒腿就跑。两个片警追上去，把他按住了。门志新跟王树德进了单元。门志新嘱咐王树德说："你一直往楼上走，别管哪个楼层有没有人。"王树德一米八大个子，膀大腰圆，会意地点点头。

王树德上了四楼，看见三楼住户门口有一个人鬼鬼祟祟，没有惊动他。等到身着警服的门志新在三楼大喝一声“干什么的，我是警察”的时候，王树德反身下来。这个犯罪嫌疑人正用一些铁钩子撬门别锁呢，被门志新扭住胳膊，逮个正着。片警们把这两个家伙转交给治安队，经审理，他们交代出七个撬门别锁案件。

大庆市公安局长曹力伟这样要求全市的警员们：不管你的警种是刑警、治安警还是片警，你出现在哪个时间空间点上，你就代表了所有的警种，你就要为人民挺身而出。门志新连续两次获得过“铁人式民警”的称号，获得过专业旗帜的表彰，这些都是大庆警察的最高荣誉。

2012 年夏天的一天，会战分局请来创意图片社技术高超的摄影师王建林，来给劳模门志新拍一些工作照。门志新对王建林说：“你先帮我一个忙吧，有一个居民瘫痪在床，需要换第二代身份证，咱俩去他家，给他照一个标准相。”

在瘫痪老人家里，刚刚照好标准相，门志新的对讲机响了。110 指挥中心下达命令，大雨中中七路一个交通岗，由于修路和信号灯故障，电影公司与二十三中之间，发生堵车现象。门志新距离那个丁字路口最近，马上出警。

门志新跑到丁字路口，大雨倾盆，浇得他呱呱湿。他一会儿跑到南边，用标准的交通警手势，指挥由南向北的车流停止左转弯或者直行，一会儿又跑到北边，让由东向西的车流停止。一个轿车的司机看见门志新成了名副其实的“湿人”，好心地摇下车窗，递出一把雨伞。门志新立正，敬礼，婉拒了雨伞。

我采访的时候，门志新对我说：“我不能打伞啊，打伞遮挡视线，还怎么指挥交通呢?”

跟门志新一起忙碌在丁字路口的大雨里的，还有两个警察，一个是社区警务一队的王勇，还有社区警务五队的惠松辽。摄影师王建林在那个时刻，抓拍了好几幅雨丝车流警察忙的生动作品。

门志新跟社区老百姓心心相印，打成一片，等于他多长了好些眼睛，多长了好些耳朵。抓网上逃犯，仅 2012 年，门志新就抓了六个。

是不是门志新有特异功能呢？说没有，确实没有。要说有，也牵强附会地说有，不过分。秘密就是两个心："用心"和"贴心"。

用心呢，就是每天门志新都要到抓逃通缉网上，把嫌疑犯的照片资料反复默读背诵，久而久之，练就了近似过目不忘的本领。走到大街上，打个照面，门志新对同事说"这个人好像是逃犯某某某"，一查一盘问，真是。贴心呢，门志新跟老百姓好，老百姓乐意给他提供信息。

有一次，老百姓说，小旅社楼上有个女人不对劲，天天不出屋，老躲着。门志新到小旅社，一看登记簿上的身份证号，再看身份证的照片，马上在脑海里翻阅逃犯影像记忆，真接近齐齐哈尔通缉的一个贩毒嫌疑人。敲开她住的房间，果然就是。

我采访门志新的第二天，请他带我去拜望老吴太太。

吴葵垣，面对面，她清瘦、白净，利手利脚，思维清晰，一点也不像高龄的人。她新中国成立前参加革命工作，属于离休呢。晚年热心社会工作，大庆市前些年评比一百名道德模范，她榜上有名。

门志新带我到了吴葵垣的家里。清贫的家，目前就她一个人生活，儿子七十岁，住在让胡路，重孙子都十八岁了。

家里的白墙上贴着红标语，词语是共产党、社会主义。门志新告诉我，老太太的精神世界，就是红色理想。吴葵垣身边，有许多社区活动骨干。六十三岁的钟秀英，八十六岁的阚金屏，五十八岁的陈爱梅，都是她的左膀右臂。她们也都是门志新依靠的基石式的群众力量。

门志新与吴葵垣，片警与群治群防志愿者。这就是大庆最复杂最繁华街区里的底层人文景色，精神景色。透过门志新成天忙忙碌碌的劳动，透过吴葵垣成天热心热肠的关爱，透过会战分局警官警员们生气勃勃的运动奔波，我看见"忠诚、奉献、务实、创新"的大庆公安局精神。

从小小片警门志新天天月月年年走进人民群众中间的脚步，我想起了大庆市公安局长曹力伟坚持八年贴民心接地气的星期三接访日。多么硬实的人，多么诚挚的人，多么可爱的人。

吃请三戒

过去十年二十年，谁请谁上饭店，是件挺大的事情。哪怕只吃些酥白肉、鸡刨豆腐、蚂蚁上树（肉丁炒粉条），也气势昂然，回答别人迎面的询问嗓门也亮：“朋友请我下馆子去了!”而今请吃吃请日益普及，从公款吃喝正大面积向自费吃喝过渡，下馆子的频率急剧升高。不少人家的厨房里，锅碗瓢盆半待业，气罐燃灶半失业。

请人吃也吃人请，朋友更朋友了，不朋友也朋友了。一来二去，我看出点门道。总结总结，叫作“吃请三戒”。

我因为遵循“吃请三戒”定理，哥们儿之间一下馆子就想到我招呼我。想想在吃请问题上至今有许多人没弄明白，以至于耽误自己少吃了不少好嚼裹儿。我何不把“三戒”公之于众呢?受益者一高兴，没准在饭店就座之后发现还空闲一个位置，就往我的 BP 机里传指令了——“速来一吃”。

吃请三戒之一戒：朋友请你上饭店，你不可大呼小叫，在点菜这一吃饭店程序中最显示乐趣与权威的环节上越俎代庖，像一个皇位篡夺者那样。尤其不可吃完了大肉想青菜，吃完青菜想海鲜，吃完海鲜又要松花蛋，拿出一个贫下中农吃地主大户的气概。虽然以自己蓬勃旺盛的食欲，一时横空出世指点江山，但是暗种祸根危害连年，那就是下回再下回再再下回朋友找人吃饭保证不叫你。

吃请三戒之二戒：朋友请你上饭店，你不可扯亲带故，人家座位有限，请谁不请谁人家做东就该人家说了算。你一个吃蹭饭的，凭什么擅自给东家添人进口？本来加你，十人一桌正好，可你硬要人家加座三四个，满满当当的，不仅是小单间，谁的心里都堵，周围人不是好眼色瞅你。主人心里后悔直骂，我干吗叫上他呀！

吃请三戒之三戒：到了饭店，不可硬充反对派角色。别人异口同声要吃土豆炖大鹅，你却摇晃脑袋像有三只马蜂在飞绕你的颅壳，再振振有词说大鹅多么土腥何吃头之有？人家要五花肉蒸白菜，你又说要吃白菜回家吃去。人家要酱焖小鱼，你又说大酱通俗得要命，还说小鱼的肠子也不挤。行了，下回在通往饭店的道路上，谁会思念一个持不同政见者？你的矫情耽误你少吃多少顿酒席。

三戒戒的是什么？就是让自己不可牛皮大发，多少知道尊重别人谦让别人体谅别人。怨不得我老是得烟抽呢，我多精哪，从来不在朋友请吃的要害场合关键时分，去假装黑社会老大啥的。

脸啊脸

女儿豆芽跟我整他们小学生常整的急转弯问题："爸爸，天上掉下一个脸，你要不要?"

我说："不要。"

她说："啊？我爸爸不要脸啦!"

我说："那么我要。"

她说："那你就成了二皮脸。"

脸的问题，让我家小闺女这么前后一堵，就怎么都是我的错。细想，所有人在要脸不要脸的问题上往往也很进退两难。

要脸呢，自然是要脸的白嫩，要脸的娇媚，要脸的高回头率。不要脸呢，当然是不要脸上的酒刺青春痘，不要脸上的粗眉毛单眼皮，不要脸上的皱纹和愁容。于是，人类为了要脸不要脸，办了数不清的化妆品公司，开了数不清的美容店，出台了数不清的举措、程序、方法、秘方。

用脱毛药水把粗眉毛变成细眉毛成为少女少妇的统一行动，几乎到了不顾自己脸面具体情况的地步。全体女子一律眉毛细细如线，会造成什么样的后果呢？如果眼睛先天美丽幽深，那么还算是一首抒情诗，铺垫不多，开门见山，咔嚓一下突出了诗眼，咱看她一眼还不怎么后悔。假如生来小眯缝眼，原先起到掩饰作用的眉毛又给整得若有若无，把缺欠丑陋极鲜明地突出，咱就怀疑这样的女子是不是智商有所蒸发有所渗漏了。

让嘴唇挨刀，让眼皮挨刀，甚至让整个脸面的皮肉都挨刀，为了一张满大街流行的千篇一律的冒充美丽其实很通俗的脸，竟然遭受那么些痛苦！啊，对美丽的向往，能叫人经受严刑拷打而宁死不屈（不幸的是，却走向美好愿望的反面）。

脸啊脸，为啥不能原来咋样就咋样呢？以清泉洗脸，一辈子不抹雪花膏，从女人堆里大概不好找。能做到那种境界的，怕是在没有任何污染的深山泉溪之畔，水獭或者狐狸之类，人在这时尚风行的闹忙中，恐怕没心思那么天真自然了。于是我文学一点梦幻一点说，人哪，在要脸不要脸的问题上，背叛自然天然的同时，接近了嘻嘻哈哈的戏剧小品，却远远放逐或背离了诗歌。

豆芽语录

我的女儿庞悠杨小名豆芽，这年八岁。从小我就注意她说的话，有些话比我们这帮以说话写话为谋生手段的大人还有情趣，就记录下来。估计有人跟我较劲：净瞎扯，小孩伢子还能白话过你们了，你们小名不叫作家么?

事实胜于雄辩，我显摆如下——

“我爱吃甜的，你爱吃甜的。爸爸，那咱俩是蚜虫!”四岁的某一个早晨，她吃牛奶泡饼干，我也吃牛奶泡饼干，突然她抬起头来，小嘴叭叭的。隔着两个碗，我觉得那一刻我俩就是突然变成蚜虫也挺幸福。

“大海老跟着我，我到青岛它跟到青岛，我到烟台它跟到烟台，又跟到威海。”她略微停顿，又说，“那我回到大庆，它跟不跟我到大庆呀?”也是四岁那年，豆芽跟她妈去参加一个小说改稿会，走了青、烟、威。豆芽在威海的一座高楼上眺望大海，望着望着就颇有心思，语惊四座。

五岁，我带她参加齐齐哈尔明月岛诗会，散会回家在江边等船的时候，我跟她说话她不搭理我。只见她用自己脚上的小凉鞋不断摩擦着沙滩。摩擦着摩擦着，到底我沉不住气，说：“你怕鞋底不漏是不是?”她说：“你听你听，沙子在哭。”我顿时一怔，心想，完了，今后你老爸还有什么脸写诗哦，连沙子在哭都听不见。

豆芽再有两个月就六周岁的时候，电视连续剧《水浒》是她每晚必看的。演到梁山排座次的时候，剧尾歌曲由原先男人唱的“该出手时就出手”突然换了，豆芽由之而发议论。她说：“好汉的事儿，让小女人来唱嘎哈（干啥）呀?”

她七岁，某天我送她去学校，路过楼区绿地，我俩看见前面草丛里有一棵扫帚梅，劈叉的两条枝上，两朵小白花相向而开。豆芽就说：“爸爸你看，那两朵花儿面对面站着，是不是要结婚哪?”我说：“你什么时候看见过花儿能举行婚礼?”豆芽说：“对啊，你想不想去喝它俩的喜酒啊?”

八岁，某天我带她到单位，单位里的辛女士喜欢她，逗她：“管我叫干妈行不行?”豆芽摇头。我说：“为什么不，多个人关心你给你买好吃的，不好么?”豆芽说：“那也多个人管我。”我们哈哈大笑之后，我想，可不是，在学校老师管着、班级干部管着，在家妈妈爸爸管着、二姨老舅管着，今后再多个干妈管着，那孩子们的日子还有个过吗?

豆芽跟中国所有的小孩子一样，随着年龄的增长，所说的话，渐渐由童话诗意向不童话不诗意转变着。

豆芽画画

“哼！你不是我的亲爹！”豆芽极为愤怒，眼睛蔑视着我，跟文坛谚语“愤怒出诗人”似的，给她爹以灵魂震撼。她爹就是我。

她说这话的时候刚刚五岁。

那天下午，画彩色画，她眼睛老往电视上看。很快在纸上对付出几只鸟，布局很乱。我否定了这张画，并且关上电视。小女孩对于大人的近似武力强权行为，没有别的办法，只好从根上血缘上给大人一次抨击：“哼！你不是我的亲爹！”

豆芽学画半年多以来，完成作业就成了难题。每次做作业总像吃药一样费劲。她曾经哭着说：“我画不好，我就是怕失败啊！”找种种借口拖延，什么到了看动画片的时间了，先吃点水果了，玩一会儿再画了。

这时候如果大人说“算了，不愿画就别画”，估计豆芽会欢呼起来。但是大人心黑手辣，就是不肯饶过小孩。有时候气极了，我说：“不做作业，就别学画了！”这才能让她乖乖地铺开白纸，进入创作状态。她的内心深处还是热爱画画的。

一旦进入角色，豆芽基本能画出新意。老师留下题目“秋天”，她就画一个五彩太阳，一排五彩小鸟向太阳飞去。

这回老师让画两幅，黑白画，彩色画，画什么随意。上午她画了两个小人跳舞，左边小人的右脚和右边小人的左脚甩面条似的，脚对脚，然后在他们的腿上又站着两个更小的人儿。伸胳膊撂腿的，颇有动感。

她让他们半边黑半边白，很为自己的这个想法得意。

那天被强行关闭电视机之后，她彩色画也画得不错。一只蛤蟆（我这样称呼它的时候，豆芽大声纠正：“是青蛙!”）在荷叶上伸出细长的舌，舌尖上站着一只小虫。水是一道一道的蓝，深蓝浅蓝曲曲弯弯。画面上还有空白，她问我抹什么颜色好，我说灰色就行。她说难看死了。于是抹的浅绿。天空的颜色是黄色和淡绿色。

“这次我做作业没哭吧!”画好后，她对我说。

突然觉得五岁的豆芽可算是长大了。

巩俐上大学

十来年前，各地大学兴起办作家班的热潮。当时我运气不好，没进个像样大学的作家班，而是在松花江北一个芦苇塘子中间听蛤蟆叫。跟我般大般写字的不少弟兄姐妹雄赳赳气昂昂混进北大，稍微谦逊点的也是西北大、复旦、北师大之类。我的心里避免不了有些酸了吧唧，简称酸唧。

不久就听说北大一些好事学子在三角地贴出造反派气势的小字报，“北大不出卖文凭，作家班滚出去!”那几个莘莘学子，我估计是来气了。心想，俺们寒窗十二年熬进中华最高学府容易吗，脑瓜里得塞进多少定理、条文、死人、旧事，你们写写小说写写诗还爱写啥就写啥，没费一枪一弹，到头来混巴混巴也跟俺们一样拿带着北大钢印的文凭。干啥呀，欺负谁不识数咋的？他们那种怒发冲冠的酸唧，使我原先小桥流水的酸唧，就显得不怎么酸唧了。

十来年之后，在今日的电脑网站上，我突然又重逢久违了的酸唧。影星巩俐在三十四岁的这个节骨眼上，不再想忙于影视圈，挣大钱也好献身艺术也好，人家想开了，要学点东西，就进了北大，据说还是哪个研究所的旁听生。这本来跟正经考上学府的少男少女没啥瓜葛，不料，恼怒的学子不是少数。

网站那条小文说，(巩俐)“激怒了数百万大陆学子”，有学子给北大领导写抗议信，说“北大领导诸公脑袋瓜子被水淹没了吧”。总之，似乎巩俐上学读书就好像立即抢占了他们一帮小孩的课桌、教室和宿舍床位，让他们流离失所了。而且学子们的愤怒经得起时间的打磨，据说大半年之后，他们在教室里仍不肯跟巩俐同桌。

有病。这种病叫作“矫情”。而且有味，味道就是“酸唧”。

北大既然是中华最高学府，就该让各行各业的尖子有机会进去深造，而不能仅仅局限在“科举”这一条路上。不考试也罢，花钱也罢，政府公费保举也罢，用不着谁谁哭天抢地。在教育机会面前，人人平等。从这个意义上讲，你莘莘学子凭苦读凭考卷成绩能进北大，巩俐她凭才能凭名气凭金钱也能进北大，两下里谁也不欠谁，扯平了。

八成巩俐那种进法拿不到正式文凭，可是文凭是个什么东西，如果文凭不附着在人品上才能上，那文凭比屁还轻。

我所在的城市就有劳动标兵被举荐到名牌大学深造，一个是石油钻井队队长，另一个是商场售货员，据说进了人民大学。幸亏他俩没进北大，不然又该惹那些神经敏感娇毛茂密的学子闹人了。谁对人民有功、谁对国家有贡献就让谁有机会上大学，这难道不名正言顺?

巩俐，你好好读你的书，挺直腰杆在北大校门走进走出，谁都不惯着，爱咋咋的!

洗心眼的水

泪水是什么水？

泪水是洗心眼的水。

心眼是什么？老太太好说心眼心眼的，说这小孩子心眼好，说那老家伙心眼黑。我从小到大，也爱说心眼心眼的，说张三傻不说他傻，说他没心眼，误认为有心眼就是聪明。到了五十岁，经历了一些想或不想的事情，慢慢才觉得，心眼那是良心喘气的地方。心眼要是被什么给糊住了，人哪，可能由糊涂出溜到恶劣。

这么说，心眼就得经常洗洗了？可是用什么才能洗洗心眼呢？

唯有泪水！

原先，泪水为自己而流。委屈，挫折，失败，或者幸福大劲了，或者历经磨难方才成功，正是洗洗心眼的时候。而现在，不为自己的鸡毛蒜皮流泪了，爱失败就失败，爱成功就成功，坦然做之坦然处之。却常常为不相干的人流不相干的泪。

牙克石一个女孩子杨华，在北京的夜间主持电台歌曲栏目《俄罗斯风情》，她父亲在大兴安岭深处的小城病危，她在话筒面前说不出话。但这时她见到面前似乎坐着父亲，父亲似乎跟她说：你说话吧，说话吧。她在话筒前说那些微笑的话，悲伤埋在心底。做完节目，再向牙克石打电话，父亲刚刚去世。

大兴安岭的风，通过颤颤巍巍的电话线，传递父亲与她永别时的风声。我在电视机前，看到这个故事，满面泪水。那是一九九九年三月十日的午夜。

熊倪在悉尼一个木头板子上起跳、腾空、入水，一次又一次经受心理折磨，一次又一次战胜他自己。当他成功之际，不是向众多观众张扬笑脸，而是将身体和脸面埋伏在洗浴池中，肩膀微微颤动。这时候，我又来了满面泪水。那是二〇〇〇年十月的某个夜间。

两三次无端流泪，事后有点嘲笑自己，真如小说家王立纯给我下的定论——“这厮泪窝子忒浅”。杨华也罢，熊倪也罢，跟我一点也不沾亲带故，连认识一瞬的可能性都没有。但是杨华和熊倪肩膀微动，他俩在我的想象里满面泪水晶莹的时候，怎么就能给我的泪腺开了闸门呢?这才悟到，他俩哭的时候，有一种人类最诚挚的东西在流动，因为那种流动，弄得我也及时地来洗洗自己的心眼了。

洪波中的纸船

中央电视台国际新闻最后一条往往是关于灾难的，这天的报道中，南非一个城市韦尔科姆被洪水泡上了。韦尔科姆西北部不足百公里有一条法尔河，雨季来临的时候，洪涛追赶着汽车闯进了城市。播音员说，洪水使那里的人们逃离家园，人们忧心忡忡，不知今后的日子该怎样度过。

这时候的电视屏幕上出现灰茫茫的洪涛灾难，淹没了道路和房屋。一些房盖露在水面，标示着泥汤的高度；大卡车头朝下练习倒立姿势；小轿车漂浮水面学习仰泳——人们的原本温馨的家园在一个早晨就稀溜溜乱成黏稠的噩梦。

突然，一个小小的东西在洪波中游过，令这悲哀的画面顿时变得明亮。那是一艘纸船。小小的白色纸船漂着，它似乎对灾难说，也对全世界那晚看电视的人们说——洪水有什么可怕，正好放航我的童话我的梦幻。

我断定那是一个孩子，在灾难中他或她没像大人那样愁眉不展，一艘纸船被小小的手放进波涛之中，载着童谣载着童趣载着童心，漂向我的这篇小文。

洪水是什么？是人类常常无法摆脱的无奈吧。“横江欲渡风波恶，一水牵愁万里长”，李白面对这种无奈发出如此感慨。“白发三千丈，缘愁似个长”，也是李白的诗句（《秋浦歌》），我的理解是李白并非夸张地说头发，而是说大水与大水带来的愁烦。但是，大洪水面前，孩子不难耐，孩子不知愁，孩子在波光涛声里漂送他们嘻嘻哈哈的纸船。

我从此知道为什么人类经历千难万险而没有像恐龙那样灭绝。因为恐龙和恐龙的孩子不会在灾难中叠纸船，而我们人类的孩子会叠纸船。在灰茫茫的大水面前，孩子的天真、乐观比大人的惆怅、忧郁更有力量。

《圣经》中说："大渊的源泉都裂开了，天上的窗户也敞开了。四十昼夜降大雨在地上。"挪亚带着他的妻子和三个儿子躲进方舟，各种禽兽带上七公七母。《圣经》里还说挪亚方舟用歌斐木造就，分上中下三层。

其实呢，依我看，挪亚方舟不是什么木头做的，也不很大，它应该是一只很小很小的纸船。

仨 坑

二〇〇〇年四月二十一日上午八点二十八到十点三十四，这段时光我要记住。在我五十岁的时候，我为即将诞生的时代广场上未来活着的小树，创造了三个小巢（严格说应算一个半）。

植树任务是每人仨坑，找挖坑的位置标牌，我们跋涉在刚具雏形的铁人广场上。寥寥旷旷，几条筑好的混凝土道路之外，泥土呈现着自古以来它们非常习惯的寂寞。昨儿个一天雨，让我们的鞋马上成为泥底大头鞋。

我与王鸿达、李长春、周树山开始写作般地认真挖坑。坑距、直径、坑深，是一些平凡的数字，但是关系到一株绿色生命在此扎根落户后的漫长岁月里是否舒服，所以我们都很讲良心。我挖一个半的时候已气喘吁吁，心脏生猛跳动，腔子微痛，似乎又进入初恋时期。身高力大年轻的王鸿达帮我挖一个，又帮我修理了一个。

我们周围是十几个年轻农民挣挖坑钱，五元一个。他们说你们这是何苦，再累病了，再吃药，再磨坏了鞋。当一个小伙叨咕到第五六遍的时候，我突然冒火："小崽子你知道个啥？别说五元，就是一百五十元我也出得起。我们就是要这个劲儿。"他愣眉愣眼瞅瞅，大概看出我不怎么经打，没揍我。他不吱声了，我觉得对不起他。

我要个什么劲儿呢？突然史无前例地惶惑了。整个时代广场没有机关干部在挖坑，只有我们四五个作家，另外就是作家的亲密弟兄——那些比我们年轻至少二十岁的农民。人家挖坑为挣钱，我们挖坑为挣精神。细想想，似乎我们要挣的这种精神也在随着时代的发展而改变。所谓干部义务劳动八成也能用金钱来标价了，一个坑五元。据说还有十元的坑。另一面，一台挖掘机在泥地上打眼，不知为哪个像模像样的局处部在机械制造植树的坑，也不知是工时和燃油白白奉献还是要台班费。

于是感到我自己太落后。身子倒是不由自主地被裹进二十一世纪，却把魂魄丢在二十世纪那边了。我们几个作家估计得让整整一座办公大厦的人笑话。傻瓜作家们哪，你们以为这还是列宁那热血沸腾英勇壮烈的星期六共产主义义务劳动吗？

我预感到我应该受到些什么警示或者处罚，果然，胡思乱想中腿脚一用劲，感到脚底突然凉爽。我的准名牌皮鞋在用力踏锹时底部硬皮子折断。三个坑，完成了，作家们回家，

出一身透汗，脚步和身体获得久违的轻松，可是心情竟有些郁郁寡欢。

补记：心绪排遣完了也就是短文收秋之后，雨滴敲打玻璃，那音韵颇有让我睡个午觉的意思。眼皮沉重，顺应天意，再醒已近黄昏。突然想到，作家挖坑不必引吭高歌，也不必漫遣愁肠，因为也有作家哥们儿不挖坑而买坑。杨利民、王立纯、张爱华、辛彩屏，一个深入某中学跟班体验生活，一个流窜广东一带参加散文笔会，一个跑回老家因为亲妹妹开颅手术，一个泡在中央戏剧学院正往肚子里塞学问。他们没来，按理应该我们每人再多整出仨坑。主管我们政治大事生活琐事兼司机的赵女士，没忍心提出这个动议，而是掏钱为之买坑。大家都很忙，从这个意义上说，买坑比挖坑更显得不形式主义。

倾听窗外

凌晨三点，初醒的我站在窗前领受清风。窗外，铁锹撮动路边积水的声音，我知道有一个清洁工人半夜没睡。城市脸面的美容让这个人处于非常状态，不能按一般人的作息时间生活。跟作家诗人似的，不用大队长小队长来查岗，已经忘我了。那两种劳动的时间和投身的情致大概相同，不同的是所处理的对象——一个把属于公共的街面整得干净些，另一个把属于自我的思路整得干净些。

随着比平时吱啦暴躁的金属声显得温柔许多的铁锹刮地声，一句古语潜进我的思绪："风声、雨声、读书声，声声入耳；家事、国事、天下事，事事关心。"窗外的声音对于窗里人的处境心境至关重要。

窗外，"大果子麻花水豆腐啦""嘎嘣甜脆香瓜两元钱三斤啦"。那气贯丹田乘风出世的声音，要抑扬顿挫要婉转拐弯。最后那个"啦"不是书面语言里的平声，也不是乐音教程里的美声，一定是使相声演员虚心模仿的那种高高挑上去的二声，东北土话说蝴蝶幼虫为"洋蝲子"的那个"蝲"。这些声音预报着早晨的和平与安定，没有战争没有地震没有洪灾，大家好好生活和享受吧。平时或许让你觉得早觉被它们搅了有点气恼，但是生活中一旦放逐了它们，必定是所有人陷入凶险祸灾之时。

夜半窗外偶尔出来的动静，一对男女幽会了蹦迪了饮茶了搓麻了，兴犹未尽窃窃议论。听着模糊意义的声音，我觉得世界特别温馨，比听激烈的东西强多了。真来点激烈的——"抓住他，他抢我的提包啦"

“站住，别跑”“妈呀，啊呀”，听到这些语音片段，夜间会有噩梦来访。

而这时候就特别盼望另一种声音出现，尽管那声音的强横坚决果断，似乎撅折铁筷子咬碎石头子，往往让我心动过速——“拿出证件，我是警察”“你是什么人，在这里溜达啥，走，跟我到所里说清楚”，或者不用谁说话，警笛配合警车脑袋上警灯旋转闪亮的节奏，发出不太凌厉但是穿透力犹在的声音。

窗外的众多声音里，最好听的还是风声雨声。而古人把“读书声”跟它们掺和，虽说牵强一点点，但是那种天人合一的人文理想，还是让我感动。读书声应该属于窗里。但是窗外的风声雨声既然可以由外而里，那么读书声由里而外，也就属于大自然了。

我喜欢倾听窗外。松鼠嚼果、蚕虫食叶、大雁夜航、狼群吟月之类的天籁我不敢指望，指望些平庸稀松的日常琐碎声音，但凡没病没灾的就行。

卡布奇诺

经历那个晚上之后，我觉得文化这东西太昂贵，尤其再沾点欧罗巴那一带的什么风情典故之类，就让你咋舌咬牙心疼。哪像咱们老屯乡土的玩意儿，亲亲而且稀烂贱。八个人每人喝婴儿拳头大的那么一杯黢黑讷苦的汤子，竟然三百元没打住。我心里嘀咕，不如请咱看一场二人转呢。那回《光明日报》韩小蕙来大庆，我们七八个男女散文诗歌哥们儿混入二人转小剧场，如果剧场老板兼转星不是咱哥们儿，咱得花钱买票的话，每人十元还得前排就座，有茶水瓜子。

梁国伟请朋友享受欧罗巴黢黑讷苦之汤，在我看来他是主动让人敲敲竹杠，我却记不住黑汤的名字，内心深感太对不起梁教授了。梁国伟在黑龙江边黑河金矿局的时候我在黑河广播局，两局之间大概隔条马路，两人之间有文学般的情愫。一眨眼，我们走过不惑之年奔向知天命的境界去了。

那个晚上，梁国伟对谈意正浓的朋友们说，我请你们喝咖啡吧。在座的没人回答喝还是不喝。等他再说第三遍的时候，有个院长身份的女诗人振臂一呼“走”，就走到钢琴声小提琴声里，就在一些柔软丰圆犹如臀部的欧式沙发中坐下。杨利民、王立纯、李琦、迟慧、王左泓、王瑛、国伟以及我，真要享受点啥似的。别人要咖啡要西瓜汁之后，李琦点了一杯四个字的东西，招呼我：“壮国，你也来这个。”那待遇，跟她们三位女诗人一样了，别的男生干眨巴眼睛。

我捧着，不敢大口，可是抿着抿着突然发现只剩一少半，说了句

“小姐给兑点水”还没敢大声。幸亏跟前没小姐。那谁他大姐李琦就笑着封我为乡长了。那一晚，在咖啡厅，虽然空间豪华阔大，远远的一位老者用手抚摩钢琴给我灵魂里浇铸铁的音符，一位少女以下巴、脖子、手臂同时用力用情，那小提琴给我心灵洒落雪似的针光。但是我心里照旧憋屈。就因为喝的那四个字，觉得咬嘴，咋记也记不住。

第二天，走进作家协会会议室，李琦给我一个条子，从此我不会为那四个字懊丧了。条子照抄如下：

> 庞乡长壮国阁下：“卡布奇诺”发明于二十世纪初的意大利。就是在较浓的咖啡上浇一层奶泡。“卡布奇诺”其实是教会的名字，这个教会在意大利各地都有修道院。这种咖啡就像修道院的修士们在深褐色的外衣上罩上一层头巾，“卡布奇诺”因此而得名。“卡布奇诺”属浓咖啡，应当小口饮、品，未喝之前嗅其香，喝时在口腔里品其味，而不是像乡长您那样“咕咚”一口再叫“兑水来”！你那是武松在景阳冈上之喝法。好了，补习至此。

卡布奇诺卡布奇诺，这回整明白那谐音里的意思了——“看不起我”。我不是说李琦而是说我自己，大半辈子多不容易享受一次准欧罗巴的小饮文化，心间竟然硌楞别扭。好像睡惯了土炕的乡长生平第一次栽倒在芳香四溢的席梦思高级软床上，原先民族唱法地打呼噜，冷不丁要改成美声唱法，竟然对不准音儿了。对自己说，我“卡布奇诺”你了老庞，心疼人家干啥，他一个金矿的出身，再说也没让你花钱。

今晚我刮锅

看看表，大针指十二，小针指五，我放下书本。想到大热天，小兰忙活教学，没准挺上火。败火的是粥，尤其再掺和一捏绿豆。三下五除二，咕嘟咕嘟，小兰进屋的时候，绿豆已经在锅里开花。大米进锅之后，光顾着跟她闲扯。忽然她大惊失色，我亦顿足。从厨房飘来米煳之味。

那晚的粥基本喝光，有淡淡的煳香。只是锅底留有一层粥嘎儿。我用勺子刮那层褐黑，把黏软的糊状物体放嘴里尝尝，久违的童年味道从遥远处向我内心飘来。我在厨房对屋里的小兰喊："今晚我刮锅!"

这个口号想当年是我家每晚必喊的重要节目。我、大弟、二弟几乎在锅净碗干的同时，常常能够异口同声。以后我妹我小弟大概也加入了大喊"刮锅"的行列。

饥荒的二十世纪六十年代，粮食要粮票、豆腐要豆腐票、肉要肉票，跟着那些票儿挤进每家每户的最大生理感觉，一个字即可概括了——饿。晚上那顿饭，正如毛主席教导的那样，"闲时吃粥"。谁家在晚上还敢吃干粮吃干饭，那可有点不着调了。苞米面粥、大楂子粥、高粱米粥、小米粥、小米加大米的二米粥，只要是纯粮食不掺野菜不掺榆树叶不掺豆腐渣的粥，简直就让我们这些平民孩子过节了似的。

然而，越好吃的粥越容易叫人甜嘴巴舌，总是不饱。

那时吃粥，屋里一片"呼噜"声，可以呼噜得让父母大人眼泪汪汪。碗，吃完可以不用刷，舔碗不是啥丢脸的事，因为肚子总是比脸大，顾肚子重要还是顾脸重要？当然肚子第一脸面第二。

十二岁的我，十岁的大弟，八岁的二弟，在最后关头总会爆发出饱含心血的声音："今晚我刮锅!"

如今我五十岁，遥想那时我的父母，三四十岁，大概也饥肠辘辘，大概也特想加入孩子们呐喊的队伍，大概他和她只能面面相觑，忍痛听着每晚必然此伏彼起的"我刮锅"之声。

因为抢着刮锅而兄弟阋于墙，我们哥几个是否挨过老爹的拳脚，现在完全淡忘了。当三四个少年儿童在齐齐哈尔一座黄土平房里喊着刮锅口号的时候，在离那不很遥远的地方，在叫作萨尔图、杏树岗、八百垧的冰雪荒原上，另有一帮饥肠辘辘的汉子用骨头撞击钢铁，他们喊着另一种口号："石油工人一声吼哇，地球也要抖三抖哇!"

我的心灵此刻被这两种口号笼罩着，同样能让我的中国心激荡着火热的中国血。童声的呼号起码会让我一遍又一遍地叮嘱我自己，不能，永远不能——让我的孩子、我孩子的孩子、我孩子的孩子的孩子——再在童年里叫出那种羞耻无奈的声音："今晚我刮锅"……

听歌流泪

一个偶然，我逮着两种人的短处。一种是诗人，听歌流泪；另一种是小说家，听歌不流泪反而嬉笑。

初夏到泰康（杜尔伯特草原），听县长助理招商局长包龙山（蒙古族）唱《蒙古人》。他肯定没有腾格尔唱得好，可纯正的蒙古族味道浓郁。当他唱到“这就是蒙古人，热爱故乡的人”，我的眼泪开闸般满面流淌。很可能是被一支惆怅的歌引发了心底的惆怅。到现在我也不理解自己，到底为谁为什么流泪。在座的哥们儿立即就原谅了我，都说，唉，诗人嘛。话外音多少有点可怜这种人，另外也拿这种人没办法的意思。

流这样的泪，我不羞愧。也不是敌人灌辣椒水钉竹扦子给折磨的，也不是手指被嘎牙子鱼的脊刺扎疼而忍不住，也不是山盟海誓多年的女人跑了不跟我好了。那种流泪，用小孩子的打赖话能说清——“哎哎我愿意”。但是多少造成了举座皆惊瞬间静场的不良后果。

旁边有小说家王立纯。觉得当时他好像嬉笑了，我泪眼蒙眬，没看清，过后又忘记对他严加追查。这个挺爱幽默的家伙有时候也瞎幽乱默，甚至马失前蹄竟然跌落到“幽默未遂”的危险边缘。隔了多少天，这厮拿我听歌流泪的事情当话把儿，作为微型小说素材宣讲，埋汰我眼窝子浅尿水子多云云，大有要在文学人物长廊里塑造出一个长胡子的林黛玉之势。细想，也是，咱快五十岁的人了，动不动咋就那么担不起事（况且还没啥事）？挺聪明个人，三十二年工龄到末了连个啥啥助理都没混上，这就找着病根了。

本来自以为伶牙俐齿照阿庆嫂不差啥的我，对他刁参谋长般的旁敲侧击竟然递不上报单，只能胡司令似的呆呆地望着他，使劲想了七八分钟，才想起一句话。想问问他，那么秃的脑门怎么会写出不怎么秃的小说来呢？可是他早已回头不搭理我了。恨得我想一下子回到小学时期，那我就可以用粉笔在他背后悄悄画个蛤蟆或虾米什么的，好玩而且解恨。

事后两三天，到底我想出个能要他小命的质问——你找个歌，听听，听多久都行，流点泪我看看，有地方淘弄到那些水吗？转念一想，别的，别太刺刀见红追穷寇了，万一伤了人显得咱多么没修养没学问。旁观的文学女青年该说了，还是诗人呢，真沉不住气，怎么好意思跟人家小说家一般见识?!

乐器与人体

乐器与人体能够发生一些事情或者关系。这时候需要一个前提。各种乐器都得在钟爱它们也被它们钟爱的灵魂大师手里。在大师们与它们合为一体（世俗认为那只不过是吹拉弹拨）之时，它们和他们才共有一片超出了物质与精神的至上天地。在这片天地里，作为旁听者兼旁观者的我们，才会感到活着很美好，本来百病潜伏的身心一瞬间干干净净。

小号：激荡血脉，让血液能够以野马的天姿奔腾皮肉之间。而人在小号的铜声的波涛间，忘记了自己的血肉自己的蜗居自己的亲友，神游八荒，逐日奔月，念天地沧桑，不见去者来者，忽然的惆怅竟愉悦至极地液化，那是满面的泪水。

提琴：拂煦脑海，曙光漫沁于额头，夕照徘徊在颅顶，月色清亮着灵窍。

长笛：浑浊的眼睛因为它的倾诉而明亮，明亮的眼睛因为它的呜咽而湿润，湿润的眼睛因为它鹰隼冲天振翅高飞的携曳而在云层之上看见了上帝。

萨克斯：让被烟草污毒的肺叶呼吸到雨后的草原，草叶上闪闪的叹息，花朵上颤颤的微笑，牛群羊群嚼草的声音，时而有一两只云雀在半空中洒下雨后的另一种妙音的雨。

钢琴：骨骼经受着慈爱老神时重时轻的叩击、抚摩。老神还用他不肯轻易给别人用的神火，温烤那些曾隐隐作痛的关节。颅壳、脊椎、肩胛、腿脚似乎都在充电。铁的韵味和光的芳香在前边导航，我们的物质之骨在不可想象的波浪间，漂游到精神之骨的故乡。

唢呐：这才是真正的喉管。呐喊、哗笑、呜咽、嘟囔全都大声大气，全不委屈掩饰，全不忍气吞声。数千年了，大概中国人的喉管憋闷得太久太久，于是聪明的祖先发明并流传了唢呐。中国必是唢呐的发源地。“索性那么”一下，“所以那么”一下，索那所那唢呐。

手鼓：手是不会发声的，但是手多么想发出声音啊。于是羊皮、野猪皮、蛇皮或者什么什么皮，只要它敢绷紧，手指就敢在上面舞蹈并且“咚咚”地让人们心跳，让人们连脚连胳臂也想动起来。

二胡：唯有两根绷直的弦，能给予委婉扭曲的肠以悠扬婉转的照顾。清理愁肠，倾吐衷肠，表现热肠。清泉流过石滩，晨雨湿润鸽翅，晚风吹拂树叶，篝火燎烤冷冷的银河，梦中细语传自老家的胡同旧居的窗棂。人间凉热，尽在二胡和我们的肝肠之中。

琵琶：谁来管管我们的肝，琵琶来了。肝痛肝热肝冷，琵琶被挑捻抹划之间，最先战栗的是厚叶子肝花。白居易一曲千古绝唱《琵琶行》，就因为它感到了肝疼。

吉他：弹奏吉他的人不能是秃头，必须长发飘飘才对得起那种潇洒洋溢的声音。吉他声里天然就是美丽的头发在飘逸、流淌、闪光。风之流，波之韵，头发带动着人在精神宇宙中飞翔。

箫：连通泪腺的竹管，把哽咽（这正是人最没法发出声音的时候）也整得那么美丽。

综上所述，乐器和人体，音乐和生命联结得多么地道。不地道的是我。一定会有人说，原来你们诗人就这么写文章啊，在精神错乱的境界中胡说八道并且记录下来。

欺诈才三元钱

二十世纪六十年代，我的小学老师就常教导我，外国金钱社会尔虞我诈。那时候我小，没被生活欺诈过，对此没感觉。一晃，五十岁的人了，现在我老想向人们高呼：人们啊，警惕吧，小心欺诈！

欺诈的前提，是一种隐瞒。看看谁欺诈没欺诈你，就是想想那个谁有没有曾经对你隐瞒。警惕欺诈，就是在你感到心里不是滋味的时候，你得意识到——我被欺诈了。打击欺诈的唯一有效手段，是寻求法律，心间的火气该爆发就得爆发。

某日，我路过某酒楼，想起它的韭菜合子很好吃，进去要了三个韭菜合子。曾经在这酒楼被宴请过，知道它的韭菜合子两元一个。可是这次吃完算账，小姐管我要九元钱。递上十元的票，我心想，八成涨价了，三元一个。小姐拿着一元钱向我迈着模特的猫步，我顺嘴说："哦，合子涨价了。"她已经转身，说："没有。另外三元是收你的餐具费。"

我手捏着一元小票，心里不是滋味，我和所有的就餐者到你饭店来，难道还能自己带着不锈钢饭盒吗？餐具竟然收费，那桌子椅子我也用了，收不收桌椅占用费？你家台阶过道我也踩了，收不收地皮摩擦费？你家电灯泡也照着我了，收不收有偿光芒照耀费？最为要害的是，这个费为什么你不事先向我说明？

"回来。"我的声音有点胸腔共鸣的效果，"依据消费者权益保护法，你所有的收费必须事先向我说明，请问，餐具费你告知我没有？如果没有，那么贵店涉嫌欺诈行为，本消费者有权拒付。去，把我那三元钱给我找回来。”

小姐软弱无力地争论了几句，大概很瞧不起我这样为三元钱斤斤计较的顾客，她就让我胜利了。来之太易的胜利让我感到法律真是给咱省钱的好东西，同时也让我有点心虚，自问，老庞啊，你是不是欺负人家小姑娘了？于是我又画蛇添足狗尾续貂，来了一句：“不是我花不起这三元钱，我是通过这三元钱，给你们上一堂生动的法律教育普及课。”以为此处有掌声笑声，恰恰相反，整个饭厅静场，连画外音也没人给配上。寥寥的三五个别的桌上的顾客似乎不是好眼光瞅我。

我连忙逃出饭店。脸红的原因不是三元钱的问题，而是我结尾没整好，整个瞓一次幽默未遂。

我估计我犯了危言耸听的错误。什么欺诈不欺诈的，多大点事嘛。再说，世界上有那么便宜的欺诈吗？才三元。

人与马

人是跋涉惯了的人。他两手背在身后，手心里懒懒地眯着一个绳头。马也是行走为生的马，跟在人的后面，笼头上的绳儿似乎传来前头哥们儿的体温。

是的，它早已没有了被他役使的感觉。他也不再自大，以它的主人或者驾驭者的身份自居。他和它进入哥们儿感情，那是遥迢空间与缥缈时间共同的造化，磨难的造化。

月光沙沙拂煦。骑手与马走在雪上。

两个大鼻孔两个小鼻孔，白色的气息也同月光一起皎皎着整个寂静的夜。

这时候，人有了心事，马也有了心事。人很想打一个响鼻，他知道他的马不会唱歌，他的响鼻是替自己的哥们儿驱赶漫天铺地的死寂。马儿呢，则想放声，唱一唱那支流浪的歌——

茫茫大草原路途多遥远——它知道每当最容易想忆童年故乡的深夜，哥们儿总会眼泪吧嚓用那支异国的民歌去擦拭朦胧的北斗。真够朋友。他与它就同时为对方那样做了。

古往今来只有一个这样的骑手。

空前绝后只有一匹这样的马。

月亮挂在苍穹上，陈旧而又新鲜。把无法纺织的丝绸，思绪的丝绸，披在他和它的身上。

我想到这里（或者说写到这里），发现人的心肝和马的骨骼，竟然水一样透明起来。

人与马，就这样令我灵魂战栗着，从深夜到黎明，行走在我的这篇小品文里。

听猎人说

在黑龙江伊春林区有一个鄂伦春小屯，它靠着乌拉嘎金矿，村里出类拔萃的猎手原本都是鄂伦春人。“文革”期间从河北跑盲流过来一位二十岁的农民，在老家差点给斗死，因为他从没见着面的父亲是个国民党少将。他跟一位比他大许多岁的鄂伦春寡妇成了亲，小村收留了他。从没摸过猎枪的他后来竟成为村中头牌猎手。我和两位诗友又坐火车又倒汽车，跑到他家。我们管他叫老杨大哥。

老杨大哥煮上小猪羔那么大的一个犴鼻子，开开两瓶白酒，哥几个就唠开了。我们主要是听他说。深山老林一枝一叶都有故事。

他说，有一次他打着一头大公猪。它往往是离群独往独来，所谓孤猪是也，一般枪法一般胆量的人不敢碰它。他给猪扒皮剔肉的时候不小心踩到它的獠牙上。开始没觉得咋样，后来老感到脚底冰凉，飕飕地直灌凉风。搬起脚一看，厚牛皮底的靴子齐刷刷地被獠牙切开一道大口子。

他说村里曾有人打着野猪，也是在收拾肉的时候脚后跟被獠牙刮了一下，没在意，不想动脉被割断了，流血过多死在山里。他说，野猪用它的獠牙削一棵水桶粗的大树，玩似的，跟木匠用斧子似的，三下五除二，大树“咔嚓”一声就倒了。

老杨大哥问我们：“那狍子的小细腿咋样？”我说：“能咋样，也没多少肉。”“你别看没肉，可是有劲。”老杨大哥说。说那次他在山里打着一只狍子，眼瞅着它在树趟子里蹬蹬腿，小蹄子一踹，碗口粗的活树

“咔吧”一家伙就给踢折了。他说，再熊再窝囊的动物，也都有两招，不然没法在林子里生存。小狍子的小细腿就有些道行，大概是会气功吧。

接着我们唠到他的猎狗，他说他那几条狗各有各的脾性。头狗，首长气度十足，平时不跟其他狗哥们儿打闹，老像有想不完的心事。一进了山，它马上从哲学思考中挣脱出来，进入前敌指挥员的角色。它跑在前面，一遇牲口，它能带头把那物儿缠住。它还不是傻乎乎冲上去咬，主要是做好组织领导工作，让群狗团团围着物儿，狂吠着等着猎人赶来。

另一只毛驴大的笨狗，浑身是力，最忠于主人。有时在山中转悠多少天也打不着物儿，带的肉干、饼子吃光了，人和狗一起挨饿。饿到三天头上他那只狼狗就露出了狼性，半夜里几次想向主人下口。但是大笨狗时刻不离主人身边，狼狗刚想有点动作，大笨狗用胸部一撞，一撞那狼狗一个跟头。

还有一只狗名叫花子，精打细算节俭持家，猎人打下熊、猪之类的大动物，收拾好便启程下山。它不走，守着那堆骨头下水，什么时候吃完什么时候它才下山，两天三天不等。

谈到夜间牲口眼睛的反光，已经半夜，老杨大哥的声音带我们入境。林子里一团漆黑，能听见牲口踩碎干草落叶的脚步声和它的喘息声了。老杨大哥突然把手电光打过去，晃到动物的眼睛上，枪就响了。我们第一次知道熊的眼睛反射的是红光，狼狐猞猁是绿光，鹿狍犴獐是锃亮的白光。

在远离闹市喧嚣的猎人家中，咀嚼犴鼻，斟酌烈酒，于风雪摩擦树枝玻璃的呼哨中听猎人说山中的事，不醉真对不起大山对不起自己。那夜我偏偏没醉，为此至今耿耿于怀，盼着以后再进一回山争取补上。

十元钱的冤屈

李浩是个女的，我俩唠嗑那年她三十七岁。我先认识她男的，没先认识她。某天，她男的不在家，她给我打电话，我就去见她了。

一见面，李浩说："我冤屈，冤屈了将近二十年，没人也没法给我平反。憋屈窝囊了我前半生，我不想让它再影响我后半生。我家那个说，找你吧，你是作家，给写写。"

我说："你男的也行啊，小名叫编辑，还有个小名叫诗人，不也能写？"她说："从打谈恋爱到结婚到生孩子，他总答应写写写，总没写。他让我找你，说你写比他写强。"我说："那会不会产生别的后遗症，比如影响你们小两口今后感情啥的？"她说保证不会。我也寻思，只要我这方面充分注意影响，牢牢把握住自己，坚守古老格言，也不至于晚节不保。采访于是开始。

那年李浩十九岁，大学的门槛与她只有三四百天的距离。她觉得跨过一个白天一个黑夜，就离那门槛近了一点。她没有预料到，突然她的周围会是一团看不见的雾气，无味无形无色但是让她窒息、让她无地自容、让她无法反抗的雾气。她感到敌意存在，但不知敌人在哪儿。那种虚无的力量却刺她的眼、剜她的心、捅她的肝，最后她几乎精神崩溃，只好退学。

她们女宿舍谁谁（叫她小丢吧）摊了点事。小丢哭了，没法到食堂吃饭了。另一个女生（叫她小拣吧）来找李浩，神秘地说："不好啦，咱屋出小偷了，小丢丢了十元钱！"李浩对小拣说："丢丢呗，咱管那事干啥，才十元。”那是二十世纪八十年代初期，十元能在冬天买一大花筐柿子，现在夏天只能买两三斤。李浩没当回事，继续埋头复习，准备冲刺来年的高考。

第二天，李浩一进教室，原先嬉闹欢吵的同学们，竟然一下子寂静。她有些惊疑，心想我又不是凤凰，怎么林子里百鸟突然哑声。还是没往心里去。自习课上，她到前排数学课代表那里请教习题，看见小拣正同小丢嘀嘀咕咕。李浩转身往自己座位上走的时候，不大不小的声音粘在她背后：“小偷！”

是说自己吗？李浩站下，四面瞅瞅。小拣搂着小丢的脖子还在咬耳朵，全班同学都在闷头学习，没人抬头瞧她。看来不是说自己，李浩回到座位。她后排的一个男生，物理课代表，刚刚收完同学物理习题的钱，突然大声说：“哎呀，离我这么近，我这钱可得看管好……”李浩这时候警觉了，他们是冲着自己来的。半堂课时间她的心思脱离了书本，思来想去毅然决然，冒着被谁说成小女生勾引小男生的危险，给物理课代表写个纸条：“你是在说我吗？如果这么理解我，我很痛苦，我不是那种人。”男生回她一个纸条：“我说啥了？没说啥呀。”

接连几天，李浩的眼睛被周围的冷眼点射、扫射，李浩的耳朵陷入了嘁咕嚓咕的包围和围剿。但是当她转身去寻找那个角落刚刚冒出的动静，那个同学或者低头摆弄钢笔，或者扭脸眺望窗外。没人跟她正面交锋。她想解释、想辩白、想吵闹、想骂人，可惜没有一个面对面的对手。

这日子可怎么过？咋整呢？找老师吧。老师把李浩的事情一开始真当个事情，到同学里走了一圈。回头老师跟李浩说：“没事了，谁都没说啥。”

可是，老师一不在教室，照样反了天。谁都在说啥，谁又都说没说啥。这成为一种戏谑、一种游戏、一种调剂，同学们紧张学习所绷紧的神经，好像能在说三道四中得到舒缓。再找老师老师也烦，怎么就你事多？

半认真半玩笑众人戏耍着李浩，畸形的快乐洋溢在青春时光。那些十八九的小男女，他们还不知道爱惜别人的自尊也就是爱惜自己的心灵。十多年前拿笔做刀枪奋勇斗黑帮的群唱歌手，穿着黄军装扎着红袖标，踢踢蹦蹦跨腿甩臂，那种藐视一切战胜一切的豪迈和绝情，历史呈波浪状传递，传递在他们那一代的时候仍旧余音袅袅。李浩代表着他们走向心灵的地狱，代表他们遭受空前的绝望。失眠失忆失心，李浩半个月之后退学。

她以为回到故乡小村就能逃避谣言，就能安心自学。净想美事，还跑了你吗？魔鬼说，谣言也长着腿，跟着她的背影追她到家。满屯子又是冷眼冷言——小偷被学校开除了，小偷没脸出门了，小偷不肯见人了。猫在自己家小屋里的李浩，在屯子中又遭受新一轮精神蹂躏。

那个十元钱的冤屈，扼杀了一个少女的娇媚笑容，扼杀了一个少女的甜蜜梦幻。后来，李浩成为大龄女才自费上了个不起眼的大专，跑到大兴安岭深处当个民办教师，跟了她现在这个男的。

再后来，她和她高中的同学聚会过，对十多年前不堪回首的往事，没人提起或者云一样飘散忘记。李浩的心却一直隐隐地痛，她多想跟同学们说："看在当年同学的分上，你们给我平反吧。"但是她又多么害怕，害怕同学们又一次漠然木然——"我们谁也没说你啥啊。"

写罢小文，吧嗒吧嗒嘴，我好像述说了一个略显荒诞虚假的故事。十元钱的小事情，对一个人的青春真的伤害到疯魔程度了吗？读者也许说，老庞你瞎编呢。我说我没瞎编。李浩的丈夫是我朋友，晚报界诗歌界挺有名的人，笔名叫黑岛。

不借光的孩子

我突然想起几个倔强的小孩，严格说是大孩，当初他们读高三，接着读大学，接着工作了。他们应该有出息，即便现在没怎么横空出世，将来我断定，一定不糠。

那是六年前或八年前，我的一位作家兼编辑朋友，挺能张罗事情的那种忙乎惯了的人，张罗出一套《百名作家子女文选》系列丛书，最初策划一百本。编辑者与被编辑驱使的合作者都是作家，真正的被编辑者在读书。

“张罗人”比较狡猾，或者比较善良。从自身的情境出发，灵机一动，想到，没大出息的作家和编辑们正为子女犯愁的时候，整点事情吧。目标是高中或初中学生，跟作家编辑有血亲的学生。因为他们的爹爹没正事，也想让孩子们跟着没正事。

现在上学读书的青少年过早从事了一种艰难困苦的事业，或者职业，不挣工资反而不断交费的职业。

学生，以学为生，学则生，不学不生或难生。

学生是目前五行八作之中，不英雄一些就不行的活计。他们像扛大个工人一样累，像市长董事长一样忙，像半夜走路的孤独女子一样慌，成天做着像听长篇报告一样乏味的事情。

作家们急急忙忙，是因为心理恐慌——对付自己的孩子除了作文自己能使上劲（大多时候老师还不买账）之外，使不上别的劲。将来孩子当什么好呢？顿觉两眼一抹黑。作家们并非想证明“龙生龙，凤生风，老鼠儿子会打洞”。出书吧，没别的能耐啦，出一本书两本书，没准在社会上唬一唬，唬出个三长两短来。作家和编辑就动员子女，把作文、日记、诗篇、博客文章都划拉出来，使劲地编。

但是一个消息使我感到慰藉，诗人潘永翔的儿子潘昊拒绝，儿子对老爸说：“别整这事，我不参加，要出书将来我自己出。”虽然男孩小潘的话语如同大棒子，容易捅疼他爹老潘的腰眼，少年意气之中带有稍许故作薄情状，在许多大人看来叫世事不老练人情不通达，但我却感到后来者那一种自信自尊的振聋发聩的力量。

当时我对电话说：“你这儿子有点出息。”

电话那头潘永翔似乎在笑，我觉得电话线震颤着。

无独有偶，后来约齐齐哈尔剧作家张明媛整这事，她女儿也拒绝，说：“那还不是借你的光吗，我不干。”

我没啥写的了。套用火热的语言，我轻轻朗诵：向老潘的儿子致敬，向老张的女儿致敬。

法大于天

“天哪!”那一声心血迸流的声音，我觉得从遥迢的古代一直回撼到很近便的眼巴前。这样呼喊，必是身陷绝境而又谁也指望不上，只能喊一声天了。喊天者，芸芸众生尔。皇帝宰相达官贵人不喊天，大盗响马豪强歹徒不喊天。天是老百姓最终的指望。

法大于天。这是我们中华民族历经没天没日的漫长黑夜，走到新世纪，终于能作为全民族信条的一个真理。

有了天，每一个人的生存权、劳动权、名誉权、个人财产所有权等等一切正当权利得到最终的保护。“天哪”，轻轻一呼，天就来了。立法执法普法，天大的事情啊。

一个法官，一个检察官，一个警察，所作所为就跟天连在一起。从事法官检察官警察这些职业的朋友，老百姓就要求他们起码得知道害怕知道心烦。

害怕什么呢？应当害怕自己的一言一行有损于天。心烦什么呢？在执行公务的时候，心烦亲朋好友打来托情的电话，心烦有头有脸的人物递来条子。

法官检察官警察在工作里似乎总像在踢足球、下围棋。排除足球围棋的娱乐成分，那种拼搏那种计较就是他们紧张生活的写照。足球不能随脚，围棋不能随手，法官检察官警察不能随意。足球随脚了，围棋随手了，失败之后还可能有下一场。法官检察官警察稍一疏忽，造成全盘皆输，就没有下一场。因为他们所做的一切事情，都跟天有关，他们很累，再累也不可随意，法大于天对他们来说铁一样严酷。

老百姓爱一个警察一个法官一个检察官不容易，因为他们眼里，你做对了是应该应分，是天经地义。恨一个警察一个法官一个检察官很容易，你丁点失误、星镚不检点、丝毫横了硬了，人家就觉得天阴天旱。

不管怎样，我们的国家我们的生活充满了希望，因为四个字被全民族认可了，并且以此作为标尺衡量着校正着日日月月，多么好听多么解渴多么赶劲啊——法大于天！

电信诈骗说到底

电话诈骗、微信诈骗、网络诈骗、电子信件诈骗，诈骗手段五花八门。

重金求子，理财暴富，朋友车祸，同学求救，幼儿绑架，虚拟中奖，机票改签，涉嫌洗钱，刷卡消费，钓鱼网站，低价购车，高薪招聘，提供考题，QQ 盗号，网上购物，伪基站，二维码，你得罪人了黑社会要卸下你一条胳膊你得花钱免灾，林林总总，铺天盖地。

诈骗分子们埋伏在阴暗角落里，手段很低劣，目标很明确，都是奔着老百姓兜里银行卡去的。

老百姓的银行卡里能够存储多少血汗钱呢，颤颤巍巍颤颤巍巍，辛苦一辈子积攒一辈子，准备养老，准备遇难遭灾的过河钱，让诈骗分子一吓唬，说你家卡里三十万元是黑钱是毒资是走私款，你得按照公安局或者打黑办的指令，存入我们指定的银行账号，等待我们调查处理。忽忽悠悠，老百姓的钱蒸发了。

更有厉害的手段，说有一个快件投递你迟迟不领取，你把家庭住址和身份证号码告诉我们吧。然后通过你给的这两个信息，犯罪分子用从阴暗渠道里得来的银行卡信息，竟然不用银行卡密码，不用你的银行卡，弄个白纸卡片，派出小马仔跑山南海北，在取款机上把你的存款一扫而空。

结果呢，遭骗遭暗算的老百姓哭天抢地。公安局经侦大队忙得昏天黑地，电信部门和银行部门跟没事人似的。

电子诈骗成了一个产业，成了一个分工严密的组织。有专门搜集信息的，有专门破译密码的，有专门制造假银行卡的，有负责跑路拿钱的，有汇总分钱的。空手套白狼的产业效益红红火火。

这叫什么事呢？这叫什么经济环境呢？这叫什么社会和谐和安定呢？

法律缺失，该杀不杀，害群之马一旦泛滥成灾，国将不国，民将不民，天不是天，地不是地。贻害无穷，乱我中华。

你想想，自己的银行卡揣在自己兜里，没招谁没惹谁，密码连亲爹亲妈亲老婆都不告诉，“咔嚓”一下，还不知道什么时候被什么人给“咔嚓”一下，钱没啦。十五万或者五万，说没就没啦。

这叫不叫抢劫？我看比抢劫还恨人，比抢劫还霸道，比抢劫还恐怖。就算半夜拦路比画匕首的蒙面人不是人不是东西，人家还得铤而走险连跑带颠冷汗热汗奔流呢。你们坐在电脑桌前，手指头噼噼啪啪一敲，喝两口咖啡加牛奶，还哼哼着《流浪者之歌》，钱来了。

法律上应该对这一类高科技犯罪拿出条文来。犯罪获得十万判多少年，获得一百万判多少年，判死刑立即执行的钱数，依我看五十万一百万也不是不可以。从根上把这样的犯罪分子给灭了，老百姓拍手称快。

另外，电信部门和银行部门也不能不吃瓜落。你监管不力，你防范缺失，你得给老百姓赔钱，你得被政府罚款，你得担负玩忽职守方面的责任。行政处罚还是追究法律责任，要看看数字了。

网络世界，电子信息社会，好人好单位一个个还没怎样呢，智商高手段辣的犯罪分子竟然租一个房子笼络一伙人，风风火火把凭空拿钱的事业干得波澜壮阔。

唉，是不是该建立电子网络公安局呢？是不是该组织电子网络警察部队呢？我的国家我的政府我的人大我的政协，这么重大的事情我一个六十六岁小老头就不操心啦，你们多操劳操劳吧。

要不然咱们还是照搬革命战争时期的老办法，笨一点就笨一点吧，人民战争，人海战术。满地查，漫天查。

满地查就是组织小脚老太太挨个胡同挨个人家查看，看看有没有租个房子摆满电脑成天发送诈骗信息的处所。漫天查就是网络上看看那些群发的信息内容。还跑了他了。

其实诈骗还不止局限在电子网络上，沿街走道随处可见。保健品诈骗，欺负老头老太太。美容按摩消费卡诈骗，店铺把钱捞足了，突然一夜之间关门大吉，店主消失。

我要干的事，就是明天一大早到银行，把我退休金月月入账的银行卡里的两三万元，赶紧换成硬纸片的存款单。我估计人家一时半会儿看不上我这两三万，可是我害怕呀，我可不给他们积攒到八万十万的。我要做一个聪明的老实人。

三读购电通知

我所居住的那片楼区很早实行了预先交款买电制度。一笔钱押在电业营业所，快花完的时候，人家就在住户门上贴一个纸片，通知去交钱。

纸片上的文字不多。十来年里先后三种版本。

第一种，最后通牒勒令通告似的语气。估计起草者是想象自己面对着一大群偷电盗电者才那样怒气冲天的。如下：

> 您上次购买的电量即将用完，限期×日前来我局购电，如不按期购电，按限期之日起加收滞纳金外并停止供电，造成一切后果自负！

通篇文字除了一个“您”字（装模作样不得不用，因为内容上没拿咱们当“您”），所有言语都是硬邦邦冷冰冰。读过就心里发堵。心想，我是用电户之一，今后还得继续用电，倒不奢求供电所给我多浓的笑容多大的笑脸。平等一些，谁也别觉得自己在谁之上，比如我，先别把自己当上帝（虽然企业界总在忽悠用户是上帝），也不想让那垄断性比较强的企业拿咱当三孙子。作为独此一家别无分店的供电所来说，我觉得他们应当维持一下自己的公众形象，说话办事尽量有人情人味一些。今后几年十几年几十年咱得在供求关系里处着，整得双方的弦绷得紧紧的，脸板得青青的，好像吵骂斗殴随时会发生似的，何苦呢。

不久，换成第二种，比较平静，公事公办的样子。

又过了些时间，购电通知温和多了。仔细一查，用了八九个“您”。我恍惚觉得供电所的谁谁在跟我唠嗑——用户，您可能因为工作忙或者出差，现在没及时交电钱，再不交我们得收滞纳金了，还得按规定停您的电。您看，那样做咱们双方都不得劲，希望您快来交钱云云。此处注意，没引原文，只是我的感觉。

读三种版本催促买电的小纸片，让我看到时代的渐变、企业形象的渐变、社会心理的渐变。假如我是一个沉默的灯泡，这么渐变着渐变着，呼啦一下，来电一样，灯泡就亮了。

热烈欢迎

“热烈欢迎”“热烈欢迎”，我一看见或者听见这四个字，就想笑。曾几何时，我们的儿童是喊着“热烈欢迎”长大的。机场、车站、街道、公园、大会堂、大广场，动不动就掀起“热烈欢迎”的声浪。手中摇动鲜花和小旗，摇动的频率和呼喊的频率精准地合拍，显得整个世界都沉浸在傻里傻气的氛围中。但是所有的人，指令呼喊“热烈欢迎”的人，奉命呼喊“热烈欢迎”的人，谁都没觉得自己正在发傻。

时间十年二十年三十年一晃，人们不愿意发傻了，谁再上大街狂喊“热烈欢迎”试试，警察和市民没准会团结一致，把狂喊者送到精神病院。“热烈欢迎”变成静悄悄的字样，偶尔出现在横街标语上，体现体现气氛而已。某星级宾馆拉出“热烈欢迎小品大师×××下榻”的大红布，既能显示地主受宠若惊的心情，还可以发挥软广告效应。某城市通衢大道横空出现“热烈欢迎省卫生检查团莅临我市检查指导”，除了标榜隆重之外，也起到公告的作用。至于见到“热烈欢迎省长来我市”或者“热烈欢迎县长来我乡”啥的，我觉得大可不必。

大可不必的理由是，省长到他所管辖的市，或县长到他所管辖的乡，应当如同我回家一样，很正常，很平凡，很不该大惊小怪。

假如我回家，我事先在我家的客厅上拉出横幅，“热烈欢迎庞壮国回家休息”，我估计我老婆我孩子一定造反。没准把横幅换成“庞壮国从家里滚出去”，也说不定。

听阿宝

听阿宝唱歌让我心里颤动。

这种听歌而颤的感觉平生不多见，五十六年来大概遭遇过几次。年轻的时候为什么歌为哪个唱歌的人，都忘记了。近些年特意使劲记忆记忆，有腾格尔的《蒙古人》，有李娜的《青藏高原》，再就是阿宝了。

从阿宝隔路的歌声里，我听见热血浇灌泥土的大音。我所说的隔路，是指跟舞台上音棚里唱碟磁带以及数不清的晚会那种泛滥成灾的歌唱不一样，如同隔着一条马路，简称“隔路”。这种“隔路”是我久盼又久违的真声音，不假装，不弄景，不拿捏，对于我这样的音乐大盲人来说，有这个“三不”足矣。

必得历经磨难，憋屈了再憋屈，才能唱出撕帛或者剁铁的烈血之声。后来在网络上查找到阿宝的身世，他本来可以当一个流行的平庸的歌手，因为年少时他考取了一个学唱歌的中专唱歌学校。但是底层人民一分子，清贫之家出身的阿宝，录取表格上他的名字被偷换了。于是他只能走向荒野，跟流浪街头的民间唱歌高手学学醉酒之后的歌哭。唱着唱着，阿宝仍然有机会堕落成讲范讲派讲价钱的专业唱家，但是哪个专业歌唱团体都不收留他。我感激阿宝吃苦耐劳和坚定不移的那种倔强，到底很野很野地用自己的心灵气血唱出一个活人的声音。

让我心颤的阿宝从今往后或许过上了抬头日子。我想对阿宝说：你的堕落也开始了，但是别忘了到山野里去，到你的羊群马群和羊群马群中那仍在歌哭自乐的穷人那里去。原汁原味的阿宝，也许能触动这样一个小小的道理：歌嘛，咋唱都是唱。不按教材唱的，可能更好听。就看谁听了。

怀念宋江

我从三十多岁到五十多岁，每每在人群之中，看见一些蚂蚁翻蛋似的孬糟事情，就想念宋江。例如老甲狠劲从侧面剜了老乙一眼，再例如小丙趴在小丁耳边嘁咕嚓咕说老甲老乙全都不是东西，再再例如转身小丁连忙跟老甲老乙说，小丙偷着糟践你们俩了。罗圈架打上了，或者明火执仗有声有色，或者菌丝潜生，悄悄地长出狗尿苔。唉，不省心啊。

假如这种不省心是个小单位，那么小单位乱乎点，上级来人，“咔嚓”下马一把手二把手，换换血，能老实消停一阵。若这种不省心是有级别的部门，坏菜了，一条线或一大片都跟着不省心。

宋江是个文学人物，民间英雄，不但在古典名著中活着，也在世代流传的下里巴人和豪杰英雄之中的口碑里活着。我怀念宋江，并没有渴望一个英雄起义头领再集聚众弟兄结义，造成社会动荡的意思。

我是想，宋江这个人大气、宽容，自己没多大武艺和文采，却能团结一切可以团结的人。他不到处挑理，走到哪儿都鸡飞狗跳，让周围的人没法安生；他不逮谁踩咕谁，以显示自身高高大大，别人都是哈巴，唯我虎豹熊罴；他不敢怠慢一切人等，无论皇家钦差抑或江湖响马，哪怕对手再不是个物，也尽可量地礼貌在先；他敢于把自己应得的荣誉地位推三推四地去让给别人，委屈点就委屈点了，也不叨叨咕咕四处买好。

宋江体现了一个“义”字。

仁义礼智信，几千年被作为中国儒家思想的骨髓承传着。当然这种东西有它先天的毒素，跟治病的中草药一样，是药三分毒。但没它，社会就会得社会病。动乱年代往死里批判、坚决打倒的目标之一是那个中华民族尊崇信奉了千百年的仁义礼智信。结果整得整个民族险些不仁不义不礼不智不信。

单说这个“义”，它是“主义”的“义”，也是“义气”的“义”。没有“主义”，容易不讲原则丢失理想，整个公司整个集体整个团队就恐怕会一盘散沙。没有“义气”，亲兄弟都会动手动脚，老婆老公都会各揣心腹事，同床异梦，勉强维持家中红旗不倒，一心扑奔外面彩旗飘飘。有一定尺度有一定原则有一定品位的“义气”，不自私不害人不祸国殃民不抢男霸女的“义气”，哪怕下文件层层传达，谁成天派员稽查禁止，估计也消灭不了。因为老百姓世世代代觉得有义气比没有义气好。

说来说去，好像宋江跟我有啥亲戚似的。不是，我就是觉得身边有个宋江的话，干事情不累。从潜意识来说，我这辈子身上没有个哥哥，若能摊上个宋江或准宋江当哥哥，唉，美死了。

宋江宋江，你是我心中的江。

宋玉萍有俩儿子

于诗雅，十七岁，我看见他，秀气，精干，觉得是一个挺有主见、挺自立的孩子。他在大庆技师学院读书，学汽车维护与修理专业。

我问他："你对你妈宋玉萍是什么印象?"

"伟大。"小伙子不假思索，张口就来，眼睛眨巴眨巴，甩给我让我动心的两个字。

宋玉萍跟班组里的姐妹叨咕过："我有俩儿子，一个是我的于诗雅，另一个是我的黑 E19795。"

黑 E19795 是宋玉萍驾驶的亚星大客车的牌照。亚星，司机们乐意管它叫"大黄蜂"。2004 年，锃明瓦亮的十五台"大黄蜂"组成 33 路线。那时宋玉萍就把黑 E19795 看成自己的孩子。

原先九车队队长，现在东风分公司副经理郭鹰，说起把宋玉萍和她的班组从二车队挖到九车队的往事，让我听见挺刺激的一个词："劫持"。

33 路班组原来也叫女子线路，宋玉萍是班组长，驾驶员与乘务员清一色的娘子军，公交公司有意把它打造成城市里的靓丽风景，打造成红旗线路。后来掺沙子，全班组三十人，只有三个男司机。自打有了 33 路班组，就一直隶属二车队。

2006 年，整个东风分公司搬迁到益民小区，二车队也随着移到益民。九车队给甩到开发区的东北角，在翔安大街东侧，一出翔安大街就上了通往安达的老国道。从益民小区始发的 33 路车，终点站设在九车队的门口。

九车队当时的队长郭鹰和书记邢玉国，看见嘴边的大肥肉，不能不吃啊。就五次三番找分公司吭叽，大意是我家九车队院里，你让二车队十五台大巴成天进进出出，管也不是，不管也不是，干脆给我们得了。还就真磨叽成了。

33 路班组三十人炸庙了，谁都不想离开二车队。为啥呢？司机乘务员大多家住东风新村，上班报到，到益民小区多近啊，踩着钟点，不耽误早晨洗脸吃饭管孩子。一旦去了九车队，早上六点钟发车，你不四点钟起床，那就玩不转。九车队那个大院距离益民小区，按 33 路运行路线，十三公里呢。

郭鹰和邢玉国商量，咱俩上手段吧。

他俩瞄准了这个班组的班组长宋玉萍。宋玉萍是大庆油田的金牌司机，劳模标兵。逮住宋玉萍，她的班组三十人相互关系铁，她能来，全班就能来。宋玉萍的要害是她的黑 E19795，崭新的亚星大巴车。十五个驾驶员的要害都是美丽动人的亚星大黄蜂。

于是宣布，人员来不来不管，亚星十五台必须拿到九车队。

劫持成功。宋玉萍跟着“铁儿子”黑 E19795 到了九车队。33 路整个班组到了九车队。

黑 E19795，宋玉萍开了六年了，至今没有大修中修。看上去，还是新车模样。

她每天出车要提前一小时到车库，心里对大黄蜂说，铁儿子，今天乖乖的啊，给妈妈争气。每天收车后，她又延长一小时，跟着检车工一起找一找铁儿子的毛病，或者联手清洁工，人家整大面，她抠小死角。打开车盖子，发动机、风扇、锅炉、管道、线路满满当当，密密麻麻，宋玉萍能够像松鼠一样蹦进狭小空间，把车子的五脏六腑擦洗得舒舒服服。

我犟，某一天，我对宋玉萍说，你给我找一副白手套。她问，干啥呀。我说，我有用。戴上白手套，开盖，我把车里的钢铁和塑料挨个摸一摸。俩手，摸了一溜十三遭。白手套还是白手套。我说：“行啊，你宋玉萍没砸牌子。”

最近几天，宋玉萍班组的亚星大黄蜂都交出去了。柴油车，让上级给调整到线路长的车队班组了，例如从萨尔图跑卧里屯以西，从东风新村跑让胡路龙南。她们的 33 路线，半小时车程，全换上烧天然气的宇通牌大巴。

宇通，白车身，粉裙子。宋玉萍的车牌照是黑 E56012。刚刚从新疆回来的宋玉萍，给新的铁儿子的见面礼是十桶清水、一瓶洗洁剂、一把刷子、两个下午劳累。天蓝色的椅子把手和椅子腿，明黄色的椅子靠背和座席，三十九个座位，让宋玉萍刷洗得本色光鲜。

我坐着宋玉萍的宇通，跑了一圈半 33 路之后，在电泵公司加气站加气。一进入加气站，宋玉萍高兴地喊起来："庞老师啊，下次我再加气一定带上你。"我问："因为啥呀，把你乐那样?"宋玉萍说："我都加三次气了，哪次都得等俩小时。今天，你看，太顺了。没有排队的车啊。"

我看看手机上的时间，十二点半。

第 二 辑

为芦苇唱一支情歌

谁能给闹市中的我们以荒芜色彩的宁静？谁能给汽车尾气中呼吸浑噩的我们以天光般新鲜的氧？谁能在苍白许久的日子之后让我们突然看到春天的裙裾？谁是我们城市狗一般忠实的植物，任你欺侮任你祸害任你轻视而棒打不走，就是要苦苦守候着城市的家门？我们因许多闹忙的事情而闹心的时候，一侧头看见了她们，远古的家园、苍凉的牧歌、天籁的抚慰——吹拂我们心灵的那是亭亭的芦苇！

我想象不出，我赖以生存的这座北方石油之城如果突然有一天失去了芦苇，那将是什么样的暗淡，什么样的悲哀，什么样的可怖。我想象不出，我们城市的风景一旦删除了芦苇，只剩下高高在上的楼群、钢铁意志的钻塔、板着面孔的通衢大道，那将多么乏味、多么寒心、多么贫瘠。

三十三年前我落户这个城市的时候，清晨、晌午、黄昏，路边、楼边、窗边，时间流转中时时可见芦苇，空间变换中处处可见芦苇。现在呢，要看一看不挂着白塑料碎片的好芦苇，要看一看没沾染黑油没散发臭气的好芦苇，要看一看腰骨健壮丰姿窈窕连绵成片的好芦苇，就得走很远的路。

原先，我们城市这片土地一直被芦苇绿化着。我们在建设中蛮横地剥夺了许多芦苇的生存空间，反过来又花费大把的钱财在水泥地上摆放盆花。这种近似荒诞的循环，也许原因十分简单，我们没把芦苇看成我们的亲人。

我们没向芦苇投入过一分钱，没给芦苇施过一次肥、浇过一瓢水，但是芦苇不记恨我们，照样在我们身边默默地忍受着欺辱，为天地展现着悲伤的绿。我们从没想到过，把道路两边的芦苇塘清理得干净些，让芦苇活得舒心一点，那就是天然的绿化带和天然的美境界。

松嫩平原的水土大多是沼泽是湿地，三江平原的水土也大多是湿地。我们是在祸害湿地多少年之后，大自然用沙尘暴、大洪水、大旱灾惩罚我们许多次之后，才有所醒悟。哦，命里注定咱们跟芦苇有缘哪。如果选举市花市草，如果每个市民能有机会有场合投出自己的一票，我的一票必然给芦花（市花）和芦苇（市草）。

我含泪的情歌唱给坚忍的芦苇，因为她们一直没有遗弃我们、背叛我们、怨恨我们、怪罪我们。她们一直寂寞地注视我们，一直大度地庇护我们，一直痴心地伴随我们，一直孤独地等待我们。

芦苇啊，芦苇啊……

红的蓝的相思果

如果相思这种情愫必须在人间找一个物体方能寄托的话，一定是水果。“红豆生南国，春来发几枝。劝君多采撷，此物最相思。”唐朝王维的这首诗，其实已经把相思物给永远地定位了。但是我估计南国红豆不是水果，不是谁想吃就吃的那种甜蜜酸凉的东西。不然，依照现代的农业科技又是大棚又是化肥又是遗传基因，还不整得红豆可哪儿都是，市场摊床上咋呼着卖，家户客厅里满盘子装，谁逮着就大把嚼吞，管它相思不相思呢。

想想葡萄、草莓、樱桃等等浆果界美人们的下场，她们无论哪一种都有资格承载人间相思之使命，但是都被人们用嘴、用舌、用牙齿、用肠道随便祸害得一点都不相思了。

北国的人民依据唐朝王维的思路，找到了相思寄托物，都是浆果。一种是大兴安岭的特产，土名“雅格达”，另一种是小兴安岭的特产，叫作都柿，这些年时兴喊它的学名了，蓝莓。

红的蓝的，她俩都是匍匐地面的谦虚分子，不在山野里咋咋呼呼，而是体贴母土，凝聚日光，转化地气，让自己的酸苦生活变得甜美。前者小果鲜红，入秋之后，经霜埋雪卧冰，也仍鲜红。后者小果蓝紫，外面凝一层薄薄的白霜。雅格达很甜。都柿当然也甜，但是甜里浸透着酸。离开大兴安岭就没有雅格达果了。离开小兴安岭，也难找到都柿果。但是大兴安岭可以有都柿果，小兴安岭却一定没有雅格达。

要得到雅格达或者都柿果，必须进山，必须在沟塘的灌木中寻觅，必须微汗津津的时候或许在草丛中侥幸地被她俩接见。你得到了，唇齿间尝受天地之精华，你也就从此对她俩相思了。

有一回是大兴安岭的隆冬，森林里大雪覆盖，在原始大树不稀罕成长的地方，在小灌木委委屈屈相互依偎的地方，雅格达果娇媚地自在着。她们就坚强地附着在冰雪浅层，没怅叹自己多才多艺却身居贫寒，没埋怨世道不公放逐美人。小小的椭圆叶子极绿翠，小小的红晶之果极娇娆。我惊呆了，站在她们跟前，不由你不跪下俯首。天地造化，我觉得今后根本别提什么诗歌了，看看雅格达，咱还好意思穷嘚瑟呢?

对于都柿果的记忆，总是跟我年轻时打钐刀联系在一起。把长长的钐刀把别在腰间，两条胳膊变成刀把的一部分，整个人体在挪步中像迪斯科那样摇摆。我总是猜想，最早发明迪斯科舞蹈的人，一定先抡过钐刀。没有音乐伴奏就容易累，累着累着，眼前一亮，会扔掉钐刀扑倒到草地上，因为你面孔跟前是蓝汪汪的都柿果！都柿果！你小心翼翼，满怀感激，让甜酸的都柿果安慰你焦渴的喉咙，你会觉得打羊草的劳动比任何劳动都高贵。

我心目中的相思果跟女人无关。觉得拿市面女人来比喻雅格达或者都柿果，一方面容易让女人羞恼，另一方面也怕糟践了那两个山神之女。

我对她俩的祈望只是，别销声匿迹，一定坚强地活在北方的大山里，也别被栽培，别进塑料大棚，别堕落成谁有钱谁就可以大把吞咽的食品。其实我的这段文字有一点偏执。

谁能够阻挡商品经济无所不能的浸透、淘洗、冲刷、拍击呢? 谁能够拦住农林科技的实验、培育、推广、繁茂呢? 有朝一日红的蓝的相思果也会跟樱桃、葡萄、草莓一样，老百姓的菜篮子老百姓的水果盘都会盛满她俩的娇媚颗粒。吃的时候，人们还是多多少少有一点怜惜之心才好。

荒凉赞

城市里能不能容忍一点荒凉呢？搁在以往，这是一个让建筑师、城管者、市长和市民会勃然大怒的提问。现在的情况是，荒凉越来越难得、难觅、难碰了。荒凉就显得金贵了，尤其是在城市。

我生活的城市原本是芦苇王国哦。春天的芦苇碧玉连天，秋天的芦苇黄金遍地。就是冬天，白雪压芦苇，仍旧遮不住道路两边暖意的金黄。芦苇的那些白穗穗更是随风而波涛着一种带一点惆怅的壮丽。用俩字来概括：荒凉。不禁《诗经》的句子在胸怀浩荡：蒹葭苍苍啊蒹葭苍苍。

芦苇，连绵的芦苇，总是千百年跟荒凉联系在一起。城市没有的时候，先有了芦苇。有了城市，芦苇也不走，芦苇是城市看家守院的植物界的忠实的狗。砖头瓦块欺压不死，给点水，或者你不给水但你不祸害她们，她们就繁衍儿女，让你的土地生机勃勃。道路两侧，楼堂馆所，有了苍茫的芦苇，就有了荒原本来的诗性。现在，富豪的水泥森林动不动崛起一大片一大片的，可是荒凉呢，总是被破坏、被歧视、被欺辱。

在城市绿化的问题上，人们往往犯了一个怪诞的小错误。就是认为本土的芦苇、蒿草、歪扭的小榆树、趴地的车轱辘菜都不算绿化植物，尽管它们生命力强，适应本土环境，美化周遭生活。却把引进的法国梧桐、墨西哥杉以及一些外国美丽而柔弱的草，当成了宝。浇水、施肥、遮阳、防冻，不惜成本，还动不动就死。坚贞不屈、坚决繁衍的本土草，给看成荒凉样板，锄灭也锄灭不了，取缔也取缔不完，它们给予的恩情，大家无动于衷不算，反而蔑视、鄙视、仇视。

荒凉有什么不好，荒凉才是天地有大美而不言。拿我所居住的大庆市来说，没有芦苇给予的荒凉，仅仅是大厦群和抽油机群，再加上黑色白色公路网，那才是现代的荒凉。不但荒凉，还荒诞呢。不但荒诞，还荒废呢。荒废了每个居住在这片土地上的人心底潜伏的诗意和童心。

假如，大庆的道路两边，一看就是莽莽苍苍的芦苇，该有多好。原生态的好。芦苇城市，好城市。

炒鱼毛

赫哲族的炒鱼毛令我怀思。鱼毛，这个词第一次入耳时，我觉得新奇。鱼还能有毛？其实是把鱼肉炒成毛茸茸颗粒状的美味。

那是在二十世纪八十年代黑龙江下游的街津口，吃着焦黄的炒鱼毛，大碗的酒传递着。赫哲老人唱着“依玛堪”（长调民歌），歌子里英雄莫日根扛着鱼叉子驾船踏浪。这时候，有人悄悄告诉我炒鱼毛的来由。

赫哲族古老的习俗，打鱼季节在江边支上一口特大号的大锅，江水炖江鱼，全村的人来吃。赶着吃赶着添，干吃也吃不完。剩下大半锅鱼肉怎么办？男女老少都吃不动了。大日头晒着，老多老多新鲜鱼还在江里排号等着下锅。剩鱼也是江山灵物啊，哪能糟践？

于是往锅里加鱼油，往锅下加柴火，用大铁锹翻炒。一边炒，一边往外挑刺，把肥美的鲜鱼肉炒成黄黄的鱼毛鱼粒（上海出产的同样的东西叫鱼松）。经三伏过数九，啥时候它都不变味不变质。

又好吃，又节俭，这个办法我记住了。有一回钓鱼丰收，我故意炖了一大锅，最后剩下半锅我就炒鱼毛。没得到赫哲人家的真传，我那盘鱼毛丢手艺了，孩子老婆都嫌腥，只好自己下酒，端上端下十来次。

细想，庞壮国的炒鱼毛怎能与赫哲人的真纯炒鱼毛抗衡？咱有人家那口煮过三江的祖传大锅吗？咱锅下烧的是石油气体，能跟柞木柈子桦木柈子比吗（这些木头都能用来熏香肠，煤火石油火除了熏迷糊人，还能熏啥)？咱锅里的鱼充其量是些吃苞米面长肥的鲤子，岂能有人家大鳇鱼麒麟鲋子三花五罗名贵活鲜？咱的水也不是原装黑龙江水啊。更重要的是人，咱炒炒是想玩玩票，人家炒炒那是正经过日子。

可见，炒鱼毛这种山野吃法，非原地原水原火，非祖传手艺，非当地人操持，准得变味。

古　　道

能称为古道的道路，一是它古，二是它现在没人走，它静静菁菁躺在山坡上或者密林里，不肯屈尊蜕变成哪条现代道路的根基或影子。

我见过两条古道。一条古了两千年，另一条距离我们才六七十年。

两千年的那条睡在陕西富县和尚塬的坡地里，专家说那是秦始皇的直道。我看见它的时候，它仍呈现路的模样，只不过路面上长满茸茸的小草。当年，修路人把黄土筛细，再一层一层夯实。道路宽阔，有五十米的样子。据说中间部分为皇帝出行的专用道路，任何官员以及普通百姓是不准踏足的。现在，文物保护法让这条蛇形的土地继续沉睡，不准在上面开垦、放牧、行车、挖土、建筑，等于一条阿房宫的城墙俯卧在那里。但是草木覆盖古道咱们就没法禁止了，茸茸野草根本不给你读文物局的文件。

我在古道原野上，似乎看见秦始皇出巡的马车队伍，黑色的旌幡黄色的尘埃，在天地间展示他渺小的独尊、短暂的豪横、空前的大一统功绩。而后便是古道漫长的寂寞。不过，秦始皇的古道，许多段落成为现代道路最底层的骨骸。人们随随便便踏足其上，再也感觉不出任何古意。横过路面，四面张望，小心那些来来往往奔驰的钢铁。

距离我们六七十年的古道，沉睡在我当知青的龙门农场灌木丛中，当地人说那是日本关东军修的战备公路。只有大家在上山打柴或者捡木耳、收榛子的时候，才会在那道路上走走。我叫它古道，其实它不古，只是我感觉它古。或许因为它活闹的时候是战争年代，它安静的时候不战争了，恍如隔世，在我主观上产生遥远的时空感。

遥远的时空感可不就是常说的“古”么。

古道的另一个意思，指侠义、热肠、无私、助人那些源远流长世代连绵而为古为今同样稀少难得的高风亮节。道，天地之间的一种虚无而实在的精神；古，陈旧、亲切但是不可再得矣。

这么想来，古道，无论其虚实、无论其有像或无像，都很苍茫，都很辽阔，都很忧悒，都很美丽。而这么想想之后，再诵念马致远的令人心肝战栗的那一句“古道西风瘦马”，能不接着再诵“断肠人在天涯”么？

情感城市

二十世纪末那场大洪水使我认定一个城市多情多义。我突然想起与这城市中的人交往二十年，或者还多，那种多情多义（总是溶解在许多小事琐事里）从记忆中浮现，像云雾褪尽的山。扪心自问，为什么过去我的脑子有云有雾？迟钝麻木迷糊的原因，八成是我这个人寡情少义吧？

面对电视画面上哈尔滨人对解放军那种真心真情，好几次泪流满面。心被触动的时候，往往眼睛先软出水来。这事也怨眼睛，它不盯盯瞪瞪，心何至于战栗。心眼心眼的，老百姓口头老爱这样说，原来心和眼睛两个器官一准有什么秘密渠道关联着。

情感城市哈尔滨。

眼泪不流了，人也镇静了，脑海中就冒出这个词组。文人真是没整。好像我又成了全国城市别名雅称鉴定评定认定的一个什么委员会委员。好像城市中能评比出类似哲理城市、意象城市、诗意城市、幽默城市似的。把自己贬斥一顿，还是不当事，心说，哈尔滨情感城市。

哈尔滨人，平时我注意到他们身上那种都市文化的积淤。许是久经忧患的缘故，他们似乎比别的城市的人更热爱生活。音乐诗歌，这是生活中能够称得上高级的东西，这样的东西越来越少。哈尔滨诗人多、乐人多，老百姓对诗歌和音乐也喜欢、尊重。诗歌和音乐生长的园地不是别的，恰恰是情感。哈尔滨有“哈尔滨之夏音乐会”，而且年年都有。哈尔滨诗歌总是不衰，想当诗人的人，不管说他傻或呆，哈尔滨老中青少老是不断捻儿。哈尔滨产生一流的歌手、音乐家，在全国嘎嘎的。以诗歌和音乐笼罩自己心灵的城市，情感不浓烈行吗?

俄罗斯的大皮靴、日本木趿拉板都曾踩在这个城市之上，让当地人难受。严格说，哈尔滨从前似乎没有多少当地人，天南地北聚集在这里的流浪者、渔猎者、跑山挖参人、伐木人、铁路苦力是他们的祖先。原本他们大概对诗歌音乐是不在乎或者不具备在乎的条件。五十年一百年，哈尔滨人骨子里就诗歌音乐起来。真正土著的满、蒙、鄂、赫、达等等渔猎游牧民族以及俄罗斯那种对诗歌音乐先天的认同，就融合在哈尔滨人的心灵深处。

已逝的洪水洗刷得世界浑浊中显示洁净。在洪水包围哈尔滨的日子，诗歌和音乐浮出那里人们的眼睛和心。那双捧着茅台酒一盅一盅送到年轻战士嘴边的布满岁月刀痕的老手，那一小盆一小盆起早贪黑才白胖香嫩的饺子，那隔着栅栏沾满泪水摇晃的棉衣，那因为守堤军人夜间吃不上饭而怒目冒火而奔走相告而向某些迟钝官员亮出人大代表证的大肚子作家，那在火车下对军队归去不喊不叫而只是默默流泪的小学生们，这一切，形成情感的极致——大音希声、大象无形的诗歌和音乐。

查哈阳大渠

查哈阳位于齐齐哈尔正北二百里。地图上看，它渠网密布。查哈阳是个大农场，也是鱼米之乡。查哈阳大米、查哈阳甲鱼相当出名，因为它有查哈阳大渠。

查哈阳大渠是中国劳工用骨头挖出来的，而后他们把自己的骨头撒落在大渠两侧的泥土深处。

日本关东军占据黑龙江的时候，在查哈阳地盘上开来了日本开拓团。日本移民要在那里种水稻，兴修最早的引嫩工程。大渠三十公里长，为修建大渠死了六万中国劳工，平均一米距离埋两个骷髅。我当《嫩江日报》记者的二十世纪八十年代初，到当地采访过修渠的幸存者和亲见劳工遭遇的当地农民，那时候他们活得硬朗，记忆力没衰。以下是他们话说当年的记录。

早晨，窝郎鸟（云雀）一叫，就听雾气中那片劳工棚子里，大棒子捶打皮肉的“噗噗”声，夹杂“爹呦娘呦”的哭号，以及凶横的“起来，起来上工”的叫嚣。

夜间，五十多米长的席棚子里，劳工满地躺着。赤裸，茄子啥色他们啥色。只有谁一张嘴，牙齿是白的。

元昌公司招来河北、山东、河南的劳工四百多人，开工几个月，就剩下八个小孩了。还有个金记公司，在靠山屯那儿，每天五六个席卷子往外抬人。寄骨寺（乱坟岗子）许多野狗都吃红了眼。冬天，荒草枯黄，露出满地的死人头骨，大头菜地啥样它就啥样。

同成公司里有个劳工，想不干活，上街去。一个家伙拎着大棒子就过来了。那劳工吓得蹲在地上。拎棒子的抡开就打，劳工提着裤子往回跑。还是给绑在大树上，打，惨叫，再打。晚上，人说放了吧。“不放，喂它一宿蚊子。”工头说。第二天早上又打一顿，傍晚就埋上了。

有两个中国人给日本开拓团做饭。这天日本人要吃饺子。热气腾腾煮好了，拿笊篱就往盘子里盛。盛饺子这个人烂眼边子，眼神不好，一堆白饺子里掺个黑毛东西也没看见。日本人远远瞧着，问：“盘子里是不是有个小耗子?”烧火的中国人马上接过盘子，伸手把黑毛东西塞到自己嘴里，咽了，说：“哪来的耗子？饺子掉地上了，我尝个咸淡。”眼神不好的那位保住一条命。

劳工病了，就不给吃的。有个叫何春芒的，连病带饿被扔进死人坑里。半夜醒了，从尸骨堆里往外爬。爬到查哈阳一个老农民家，在土豆窖里藏了一夏，入秋光复了，才出来。

我在查哈阳采访的时候，注意到一个现象，整个查哈阳大渠工程中，只有靠江的大闸门到石桥四五里地，据说当年是日本人亲自当监工。其余所有工地很少见到日本人。浩大工程之中，名目繁多的人力公司都是中国人拎着大棒子打中国人。最底层的中国劳工经受着大柜、二柜、三柜以及大小工头的盘剥和毒打。成千上万屈死的灵魂，化为泥土。

年年绿草年年黄草，是一种诉说和哽咽。我们民族如果不想自甘沉沦，就该去读懂绿草黄草的瑟瑟颤抖的疼痛的语言。

咱大庆的肺呀

二十年前我来大庆落户，到现在我仍怀念那时候见识过的大庆湖泡和芦苇。芦苇问题，我曾唱过情歌，呼唤芦苇久违的繁茂和昌盛，期待大庆人爱惜芦苇珍视芦苇。现在想说说湖泡。

咱大庆命里注定是一块湿地，湖泊沼泽联翩。好几千年，祖宗们一直没舍得祸害的湿地，连同世代连绵的丹顶鹤蒲棒草，流传给咱们。打开地图，所谓国家级自然保护区丹顶鹤之乡——扎龙的全部版图，其实至少一半在咱大庆地界里（杜尔伯特和林甸划归大庆市之后）。

湿地不叫湿地，自然学家、环保人员、报社记者、电视主持人再加上越来越多的诗人，都异口同声说："那是地球的肺呀！"

我三十岁阶段享受过绿葳葳水汪汪的"肺"给予的快乐。骑车子跑不多远，把渔竿一支，鲫鱼不咬钩还有老头鱼呢，啥鱼都不咬还听蛤蟆叫呢。湿润的清芬的水汽，让人跟童话、跟音乐，让人与风与草绵绵依恋。可是我一过四十岁，不知哪天哪月起始，眼见得一个挨一个的湖泡消亡，或者腐臭。

仅仅是油田作业工大意把原油放进泡子里吗？仅仅是建筑工地为了水泥大物的崛起而把碎砖乱瓦倾倒在泡子里吗？仅仅是现代生活的灯红酒绿硬要撵跑寒酸的水草虫鸣吗？仅仅是市长没拿泡子当回事，处长没拿水鸟当回事，科长没拿芦花当回事吗？咱大庆人啥时候认真对待过与咱同呼吸共命运的大庆的肺啊！

大庆爱钓鱼的人都知道，想当年八百垧毕里湖泡（后来叫碧绿湖了）多么风光！垂钓者的海竿一到星期天围绕几十里湖边成千上万，好像给湖泡夹成一道渔竿篱笆墙。半夜三更偷鱼贼都开着大卡车小吉普去。渔场每天起网，抱不动的四五十斤大鱼一整一大船，卸船得十来个力工紧忙活。突然某个冬天，祸水流进冰层底下，转年开春，渔场成卡车成卡车地往外拉死鱼，十几台卡车拉了一星期。那生殖力极强的湖泊突然就给结扎了，直到今天也没缓过劲来。

进入二十一世纪，大庆人开始关心自己城市的肺了。龙凤区一带的阔大沼泽湖泡，插上小牌子写着湿地保护字样。可我看见那种小牌子的保护有点费劲，偷猎小水鸟的夹子暗设在草丛深处，私捕小鱼的网箔还在沼泽中隐隐可见。湖水、水草、水虫、小鱼、水鸟构成的生物链，竟然容许那些网箔从中作梗，看来保护得不算彻底。尽管这样，我仍感到我们已经开始摆脱傻帽状态了，开始知道这块土地上湖水、水草、水虫、小鱼、水鸟同我们的工业、同我们自己一样重要。我们已经对那些湖泡深情地吟哦：“我们大庆的肺啊！”

我不知道其他城市如果有肺的话那些肺现在咋样，估计也得让咱眼含热泪呼唤一番吧。没心没肺的人容易遭到人们的唾弃，没心没肺的城市呢，难道大自然就老是容忍你瞎胡乱整不要命吗？

肇源有莲花

那年春天我突然接到通知，去肇源县（属黑龙江省大庆市）看莲花。还听说肇源要搞莲花节。想必跟洛阳牡丹节、潍坊风筝节、青岛啤酒节、哈尔滨冰雪节似的，地域文化得以张扬，招商引资进入繁忙。向肇源去，颠簸的路上，我断断续续地想，该不是弄景吧？莲花、莲花节，这在北方，听起来怎么有一种不真实感呢？好像海南的椰子树西沙的大龙虾都跑到大庆周围的沼泽地里来了。

车里都是二三十岁的记者们，他们领的任务是新闻特写、电视专题。我的使命是准备写关于莲花、关于肇源风土什么的歌词。市委宣传部外宣科的科长雄心勃勃地说，写出《太阳岛上》那样的，请大腕儿唱。已届不惑之年的我仍然有些惑，想想还是先别吱声，到底咋样看了再说。过了二站乡的莲花村，眼前一个湖泡，人们说，到了。

眼前的水里，我没见到莲花，见到一片菱角秧。小圆叶，齐刷刷摆在水面上，托举着酒盅大小的可怜的黄花。水边，正在修路，修栏杆，修亭阁，芦苇茂密处还有一个石头的古装女郎站在泥水里，人们叫她莲花仙子。湖名莲花湖，村叫莲花村。可是莲花呢？

向左走百余步，嘁嘁喳喳议论的人们就伫立不语了。渠道似的一泓水中，举伞的绿，摇扇的绿，端盆的绿，那是满池不说瞎话的莲叶啊。张开手心的粉红，捏指握拳的粉红，合掌微揖的粉红，那是莲花欲语又止的表情啊。

莲花莲花莲花，我到底知道寒冷的北方在夏天的水泡子里真的有莲花。花朵绽开的，柔柔若少女激荡涟漪的笑声。花苞初启的，轻轻如女孩翕动秀唇念诵学前班课文。这北方的莲不如南方的莲肥厚，却显得更为健美。而那天然丽质，用娇羞妩媚秀俏之类的现成词语去形容显得忒俗，不用现成词语又说不出话。只好说莲花比诗人更诗人，比诗更诗。

这时候细雨飘拂，微风徐徐，莲花就战栗着承受雨珠。扛摄像机的两个小伙东走西奔，弯腰、蹲马步、大俯身，不知道该怎样出汗才对得起莲花。

“再拍点水珠在叶子上的滚动。”他们说。雨就知心知意代表莲花滋润他们，让他们湿了。

我突然想起，宋朝词人柳永吟唱江南的名句“三秋桂子，十里荷花”。再往前，说到江南的，汉乐府古辞“江南可采莲，莲叶何田田”。莲，在古代骚人诗家那里，是江南的代表性标志，似乎跟北方没什么来往瓜葛。其实不然。

江南之莲同北方铁骑最早发生关系的，据我所知，就是在金辽宋战争期间。肇源这地方是金王朝的老根据地。金朝开国皇帝完颜阿骨打当年是在肇源境内，以少胜多，打败辽国主力部队，取得史称“出河店战役”的胜利。完颜阿骨打及其继承者灭辽攻宋，俘虏赵家父子皇帝，一时大金在政治上成为中国的中心。淮河为界，南宋王朝以侄皇帝的屈膝姿态与金议和。不久，金兵坚持南下，据说就是跟莲花有关。

金朝首脑一级的人物（我读书不求甚解，记忆力又差，此处不敢具体说是谁，海陵王或者金兀术）勒马淮河，本欲罢兵，不知怎么整的，人家读到柳永的“三秋桂子，十里荷花”，于是非要见识见识莲花不可，便兴兵打扬州打苏杭。

可见那时的阿城、肇源等女真兴盛之地，虽然湖泊沼泽连环，但是还不曾生长莲花。肇源的莲花是不是那场战争中，金朝大军中喜欢莲花的统帅从江南引进而来？无处可考，仅仅是我捕风捉影，胡乱想象而已。

肇源有莲花，美得寂寞。

莲花盛开的地方，离省城哈尔滨、油城大庆都不远。当地人也把莲花当成了看家宝贝，给远方的亲戚打招呼，祈望四面八方的人来看莲花。六七月，莲花之语，莲花之舞，莲花之意，使得北方乡间进入了国画。

萨尔图的诗意

清雪给我打电话：“喂，你有萨尔图的诗吗？”

“没有。干啥呀？”

“萨尔图那边联欢，有人想朗诵。那你知道谁有吗？”

我想了老半天，从大庆诗界的现代派想到后现代派，想不起谁写过。后来我向他推荐翁景贵、秦斧晨、张永波，说没准他们会有。

诗人，像一阵风，像春日飘飞的杨花柳絮，像孩子捡起又扔掉的小卵石，被人刚刚想起，随即又马上忘记。

写诗的人，许多就居住在萨尔图。萨尔图没有诗意吗？

单就萨尔图的名字，有人说是蒙古语“月亮升起的地方”。草原、沼泽、湖泊、苇荡之中遍布着采油树、计量间、中转站，通衢大道、大厦楼群、车水马龙、张灯结彩，别说诗歌，连比诗歌块头大的戏剧电影都是滔滔的。人来人往、碰撞交流、行善作恶、悲喜交加，别说诗歌，就是比诗歌繁复闹忙的小说、散文也是海海的。

咱作为萨尔图的人民之一，还小名“诗人”呢，脱离萨尔图忘记萨尔图也不是一天两天了。那么，萨尔图也忘记你！——我这般一想，不禁感到了失恋失落失败的三重交叉。

要说呼伦贝尔草原走马追鹰、大兴安岭森林梦遇狐狸、乌苏里江渔舟大碗灌酒，甚至遥远的黄土半坡村落、吐鲁番火地绿篷、旅顺口海鸥白塔，那边的人举行诗歌朗诵，咱有现成的诗。可是那边的人大概嫌乎路途遥远，没好意思搭理咱啊。眼皮底下萨尔图的人来找了，咱却对不起自个乡亲。这不是毛病难道还是光荣？这不赶快羞愧难道还立即自豪？

脱离身边的烟火，逃避喧嚷的人群，眼睛向里看，只见自己胸前第二个纽扣和那个位置里面一颗病歪歪的心。诗人就成了“失去生活失去大众的人，也等于在诗歌上失败的人”的简称，把“诗人”错别字成“失人”，也不算方向路线性错误。

清雪的电话给我的脑子里吹进了清雪，让我激灵一下打个寒战，知道自己得改名了，以后不能谁管咱叫诗人咱都大大咧咧地答应。现在已有六七年不写诗了，写随笔。那么我此刻的随笔就有点像递交给萨尔图的检讨（带点嘻嘻哈哈，而且灵魂深处啥都没怎么爆发），看似随便一笔《萨尔图的诗意》，其实正该叫作《咱对不起萨尔图的诗意》。

附记：等到二十世纪末的某天，文化局老处长高友谊找我，说东风街道在萨尔图区的晚会上想朗诵一首关于萨尔图的诗，我就认真采访认真写了，据说朗诵之后反映尚可。

酒名铁娘子

穿着大水靴子，秋天的阳光照得他眯缝着眼睛，大庆创业庄的“庄长”华广忠向我们走来。杨小林、吕天琳、许俊德、张学勤和我跟着他进了屋。他们出产的薛酒出了点小问题，商标审批部门不让他们用“薛酒”那两个字。于是几个大庆诗坛的多年痴迷忙乎者来到创业庄，为的就是那个酒名。

薛酒在大庆石油管理局酒类评比中名列前茅，被指定为全局招待用酒。薛酒的前身“创业白”早在会战年代就被石油人喜欢。从大庆油田走出去的几位老首长，生前回到大庆油田，茅台泸州老窖端上来，他们摆手让撤下，指名要喝的就是创业白。

老华说：“凡是人家已经注册的酒名，酒名里的字基本都不许用。”大家以为中国汉字那么多，还怕他商标局吗？

有的文思敏捷，张口就来：“五把铁锹酒。”大庆薛桂芳她们会战时期开荒种地，那精神就是无形资产。老华说不行，有五，人家五粮液已经有五了，五不让用。诗人们气不公，那个五都五了好几千年，也不是五粮液他家发明的。老华说，就这规定，你敢带五就不批。“五把铁锹”当年能养活高高的钻塔和矮矮的采油树，今天却养活不了透明香醇的一瓶酒。

又有人诗思泉涌：“老铁锹！”大庆人都会明白老铁锹一共有五把。老华说，不行，带老字了，已经有清老酒。

酒酒、醒酒、垦酒、拓酒、铁酒，哥儿们叨咕出一堆。老华没说什么，诗人自己先就觉得气短。

“铁娘子”！一语既出，全场寂静片刻。此处没掌声。但是大家心里基本都认可了这名儿。又是一顿呛呛，方案几乎问世。

酒名：铁娘子。厂名：大庆五把铁锹酒厂。地址：中国大庆创业庄。这些字眼无疑有一种特有的大庆企业文化精神，有一种白雪黑杠杠袄的历史感，有一种高贵和严肃。大庆盛产“铁人”，其中女铁人可不就是“铁娘子”！

同时，也符合现代人喝酒时需要的那种轻松心态。喝酒者大多为男人，而且几个男人关系要不铁也不能坐一堆儿碰杯。这就对于铁娘子的“铁”产生了认同。而“娘子”二字会使微醺的酒仙们更仙。“铁娘子”具备刚柔并济的能耐，豪放与婉约合龙，雄壮与妩媚兼并。

诗人们告别创业庄告别老华，脸上红扑扑的。薛酒即铁娘子果然身手不凡。我在车上打呼噜了。司机说，车前头车里头两个马达，震动了铁。娘子呢，反正车里没有，大街上或者梦里，摇摇地走呢。

东北人与东北酒

我是东北人，我喝酒，我坚决喝东北地面生产的高度粮食酒。我的东北大平原，是全中国最大的白酒原料基地。高粱、苞米、小麦、水稻、谷子、稷子米、大黄米、小黄米，品质和味道，顶数咱们这嘎达出产的好吃。酿酒的话，也顶数咱们这嘎达的酒不掺假、不上头、不花里胡哨、不拿捏弄景。

二三十年，我到饭店，不管谁做东，在喝酒问题上我相当不自觉，不自觉到有些霸道的程度。不是五十度以上不喝，不是东北酒不喝，实在不行了产地也放宽到黄河以北，新疆、青海、内蒙古、宁夏、甘肃、陕西、山西。我总觉得越朴实的地方，它的酒也跟着朴实。酒品朴实，酒价朴实，酒味朴实，酒皮（瓶子盒子）朴实。

令我痛心疾首的是，东北的酒店饭店小吃店没把东北酒放在应有的位置上。拿黑龙江来说，黑省农垦总局出产的白酒，北大荒、雁窝岛、军川都是钢钢的好，齐齐哈尔的北大仓、富裕老窖，大庆的大庆老窖，哈尔滨的玉泉方瓶、阿城大高粱，个个都是高度白酒里的佼佼美人。鸡西、佳木斯、牡丹江、黑河、绥化、双鸭山、大兴安岭以及它们下属的市县都有好酒。吉林省的洮儿河、洮南香我喜欢。辽宁省葫芦岛有一种部队自己酿造的高度白酒，喝得我满腔沁香而不醉，名字好像是八一九。为了核实细节，我委托朋友给葫芦岛打电话，回音，名字叫作一七六（谐音是一起溜），现在改名为督师府。我们一伙大庆作家从葫芦岛归来，火车上不小心打碎一瓶“一起溜”，满车厢都是酒香啊。

可惜啊可惜，你身为东北人，走进东北饭馆，看酒台，能有一两种东北酒就不错了。有的大馆子相当牛，长城以外的酒品一个没有，高度的给你糊弄两种，价钱要命的五粮液或者水井坊，真假问题天知地知他知而我不知。

东北好酒与东北喝酒人捉猫猫的尴尬局面，是怎么造成的呢？我这么些年为此痛心疾首，没事就寻思，没事就画魂儿，给总结出来了，大概有四个不作为。

一是东北地面的政府或大人物不作为，从地方经济和地方文化以及地方产业、地方纪念品、地方礼品的角度，抓抓酒人才，抓抓酒品牌，抓抓酒的喝、藏、玩、宣、销、品运动，那还不得轰隆轰隆的。东北酒可能是个大产业，不比汽车、木材、石油、粮食的利润差。但是咱东北人傻大黑粗，就知道干大事，不知道把小事当作大事来做。其实小小不言的小事情，有时候歪打正着，能整大发了。

二是酒企业自己没弄好，小打小闹，缩头缩脑，妄自菲薄，各自为战，自生自灭。怎么就不能跟茅台和五粮液学一学呢，同样都是粮食精，咱们差啥呀？

三是酒店饭店小吃店马马虎虎或见钱眼开，进酒渠道故意狭窄，里面大概有些说道吧。

第四，上酒店上饭店上小吃店的人们大大咧咧，不把喝酒与热爱乡土联系起来。全东北大地上，如果一个城市有一百个我这样的对本土高度酒一往情深、声嘶力竭、不喝则罢宴、开瓶则心花怒放者，估计喝上十年八年，也就把东北酒的威风和气势整出一个虎皮色了。

唉，东北酒厂的造酒人啊，东北地面的喝酒人啊，领导东北造酒人和喝酒人奋发前进的东北管事人啊，咱们联手把东北人喝东北酒的事情整明白吧。

听腾格尔和李娜

多年不爱听歌了。

细想起来，我四十八年的人生历程里，歌曲仅仅在我的青春时期产生过磁引。那时我正在广阔天地里盼望自己有一天能大有作为，盼望得焦躁而又忧郁。荒凉的时空、荒凉的人群、荒凉的心境，唯有悄悄流传于知青口中的犯禁的那些歌曲，能让我感到欣慰和陶醉。俄罗斯草原上将死的车夫向同路人讲述自己的父母妻子，红河谷美丽的姑娘含泪遥望远远离去的负心郎的身影，达坂城的石头路上求婚男子的马蹄嗒嗒踏响手鼓的节奏。这些歌词和乐曲所叙述的形象，使我的眼睛湿润，胸怀隐痛，情感起伏。

转眼间不再知青了亦不再年轻了，不知不觉离歌曲越来越远。近几年，灯红酒绿的窗门传出扭扭歪歪的调儿，电视屏幕上旋转那些肢节生硬的画面、假模假样的面孔和硬性拼凑的音符，一看一听我就想跳墙，就想钻地道。

感谢天地，腾格尔和李娜的声音出现了。那男人的声音，那女人的声音，让我心里充满纯洁的阳光和干净的风，让我心里说：这才是人生的声音啊。

《蒙古人》，腾格尔。《青藏高原》，李娜。因为两支歌，我记住了两个歌者的名字。因为两支歌，我走向卖歌曲光盘的小摊，去打听这两个人的名字。

腾格尔的歌融进了大草原的浑厚与苍凉，旋律里有一个马背上的民族世代奔涌的血脉之音。唱着的腾格尔几乎相当于说着的腾格尔。他说他是蒙古人。他不是表演而是沉浸，不是拿派弄姿而是平平常常地走着坐着。他的背景大碗的酒徐徐地香酥着云白云红的传说，细柔的炊烟袅袅地萦绕草绿草黄的历史。腾格尔给我的启示是一个诗歌的母题——人和土地。

李娜的歌包容了澄净无痕的天空，她的声音里魔幻出娇小而劲健的翅膀，想飞多远就多远，想飞多高就多高。唱着的李娜相当于喊着的李娜，她的喊纯属身不由己。心地善良又坦荡的人，仰望地球最高处的那片嫩嫩的婴儿眼睛般的蓝天，总会产生喊一喊的冲动。她也不是表演而是皈依，不是矫情地歌舞而是整个身心展翅飞翔。她的背景袒露冰雪和骨骸的至尊之山，山脚冷蓝的湖水和山上冷蓝的天空，以及在这山、水、天之间用心灵连通神佛用体肤温暖冻土的人们。李娜给我的联想又是一个诗歌的母题：人和天空。

蒙古土地，西藏天空，本身就蕴含着真正的歌。我想，这就是所谓的天籁吧。天籁只能用心灵去听，凡夫俗子的耳朵听不到。于是天地委派了腾格尔李娜来，让我这凡夫俗子的耳朵聆听到天籁。听罢他俩的歌，知道原先不爱听歌并不是我的错，好多好多的歌原本不该叫作歌。

由此又想到，好歌真歌是唱给寂寞的，是有声中充满了无声，或者反过来说寂寞才唱出好歌真歌，无声中才充满天意、地韵、人情。

由此再想到，拙歌劣歌的失败正在于它们只是闹哄，没一点真的。它们或者暴躁似乎亢奋得不行，或者冰凉似乎冷淡得不行。无论它们呈现粉红还是苍白，其共同特征是拿腔捏调、装傻充愣、做戏卖乖、虚情假意、莫名其妙。省事一些说，一个字：假。

产生好歌大概需要荒凉、寂寞、忧郁，这三者往往能抚育真正的爱。而与爱无缘只同名利得失有关，那些闹市中的音乐制造小工厂，不整出让人心烦的东西才怪呢。难道指望它们给咱心旷神怡吗，咱也不傻不疯。

泥土什么也不说

露珠说："可真怪，还有点神呢。世界上有这么神怪的事情吗？连我自己也动不动纳闷，你说怎么整的呢？我吧，嘿，我落在哪朵花上，哎哟那花啊，麻溜就变得浪吧丢的美！"

蔷薇听说，即刻满脸通红，连浑身尖尖的刺都气得粉莹莹的了。她说："慢点慢点，叫你这么一白话，好像我们当花的啥也不是了。你在我们脸面上能待多大会儿工夫，没等我眨眨眼，你就给阳光蒸发了。难道你一变水汽飘没影了，我就得当老太婆不成吗？我的芳香也跟你跑了？我的颜色也跟你飞了？嘁，吹大牛也不怕风大闪了你的舌头？"

绿叶说："诸位诸位，切记切记，心平气和与典雅大度乃我们植物界花卉团队的一贯精神。从历史到现实谁也不能否定你蔷薇惊世绝伦的酷美，当然，这也不可忽视我绿叶不为人们注意的陪衬之巨大效应……"

这下子可热闹透了，露珠、花朵、叶子之间唇枪舌剑，辩论大会分成甲乙丙三方进行。

根子在地底发出憨厚的喊声："同胞们、姐妹弟兄们，你们多么无聊多么浅薄啊，让蜜蜂蝴蝶听见该笑话咱们了。想想我，一个具有沉思哲人般品格却甘愿埋头于底层的我，从不跟你们争讨得失荣辱却把心血源源不断喂养你们的我，你们还有理由吵来吵去吗？"

只有泥土，平静地倾听这一切，既像孩子一样天真，又像老人一样宽厚。泥土什么也没有说。

红衣女子下车

不常坐公共汽车了，到哪儿去，要么蹭车（朋友自己亲自开或者朋友手下的司机开），要么坐招手即停的“招手”或者“小客”（小客车），要么打出租（花上一百大毛被小轿子驮着满街追风，让你也在一瞬间产生自己起码正处级副厅级的感觉）。这天在路边，没别的车可选，公共汽车来了。

坐（其实确切说是挤）在公共汽车里，眼睛就比坐别的车活跃。可看的对象多了，尽是平时见着也不会注意的那些人。陌生感与距离感容易滋生一种东西，好奇。这好奇在眼睛里跑出来，像无色无形的探照灯的两柱灯光，挨个人瞎照，照着谁呢，谁也不能不让照。

忽然我的探照灯险些打碎了罩子，差点没电。因为照到一个女子。俊俏，娇媚，美丽，漂亮，这些被人用嘴用笔翻弄兆亿遍的烂词，没法再往她身上用。尤其她还穿着纱绸质地的红衣，简直就是春天。也跟着挤公共汽车，她不感委屈，我都替她委屈了。

傻傻地瞅她好几眼，她竟然不回我一眼。这太不公平了，不免心间涌些小小气愤。但是咱心里明镜似的，能怨她吗？她的回头率那么高，谁瞅瞅她都要回报的话，那不累个好歹的？再说自己挺大岁数，不着调，没让人家指鼻子批判一顿就不错了。

突然，在一个荒凉之地，红衣女子下车了。那里只有一个空落落的站牌，前不着村后不着店，满是高草矮树。红衣女子为什么在这没人烟没房舍的地界下车？鲁迅在三味书屋里说过怪哉这虫，我在公共汽车上说怪哉这女。

假装我此刻是小说家吧。于是乎，其一，那女子下车地点的时代背景推远，一直推到半个世纪前的伪满洲国，她在医院偷偷跑出来，受一位受伤女抗联的委托，去找地下党，前边荒草萋萋中或许埋伏着汉奸特高课的杀手；其二，那女子下车的时间推得更远，努尔哈赤时代，她在家受男人气受婆婆气受小姑子气，跑出来投奔当响马的情哥哥，却不知道情哥哥的绺子已经被编入后金的猛安谋克马队，前往现在的辽宁兴城一带跟明朝野战军玩命去了，荒草萋萋中已经有一群饿了好些天的小狼在等待一顿饱饭；其三，现代，没别的故事，女子为了丢弃身体里多余的水，荒草萋萋中只有些蝈蝈在鸣唱，蚂蚁在转圈，然后红衣女子飘飘地再等后一辆公共汽车。

完了。别指望这篇《红衣女子下车》能有什么意义、主题、情绪、诗意之类，那你就跟我那时看着红衣女子下车一样，莫名其妙地给自己挺平和的心境平添些失落感。完了就是完了。

从绰尔到拉海

二百年不遇的嫩江大洪水已经闹了五十天。进入八月它更加汹涌。杜尔伯特蒙古族自治县沿江地区大片农田、牧场、鱼池已成泽国，大庆油田面临威胁。市委书记和市长到洪水跟前去了。萨尔图区许多小学的男老师都不在家休暑假，暑假挪到嫩江大堤上。北国洪汛和南方大水遥相呼应，老天要把前些年大旱拖欠给中国人民的淡水，一下子补上。这个恶作剧价值好几百亿人民币。

八月十三日上午八点，东风新村我家楼前，我和张英说起洪水，说起想到前线看看。她是大庆民主促进会秘书长，我是大庆第一批民进会员。当时并不知道第三次洪峰这晚到来。

上午九点，张英传呼我。电话里说，去前线的事定下来了。她说，前线最缺吃的，上去要带食品。十点电话，张英说都行了，让我别动，随时准备走。还说大庆许多民主党派成员都去，统战部部长带队。十一点，民进的六个人小聚饭桌边，决定大家先走打前站，老头于主委后撵，跟统战部的车队走。

十二点，从大庆采油九厂到杜蒙县胡吉吐莫的公路上，常见运送防洪人员和物资的车辆。有一段，五六台推土机正推出长长的土堆。我想到，没准那是防洪的最后防线吧。两三个关键路口，有交警打手势，为防洪车辆指点道路和方向。

下午一点半，到达胡吉吐莫乡。乡门口的公路旁，立一块黑板，上面画着防洪前线示意图，标明乡村名字和承担某段防区的大庆各区各单位的名字。它面前，由上到下（由北到南）我记住了拉海、江湾、马场、太和、绰尔。碰见胡吉吐莫党委副书记白华（我大学同学），得知淹得挺狠。打听到前线指挥部在拉海，市长和县委书记现在在绰尔大堤上。于是我们折头向南，奔巴彦察干乡的绰尔村。

下午两点，车到王府（大概就是绰尔）。看见大水了。村子西边汪洋浩瀚，嫩江膨胀为嫩湖。村中房屋最密集的中心地段，公路呈弓形，其实像个盆。长长的盆里浑汤激荡，车辆排队船舰状航行三百多米。路边人家用沙袋围起小坝，院子房子暂时还没进水。当地人和散落路边的八九十头奶牛眼巴巴地看着过往的车队。

三点钟之前，我们在绰尔大坝上。到处打听指挥部的人，到处是人，但都说不清楚。高岗处停满车辆。远处军人正紧张地往编织袋里装土。近处，马车上摆放十几个土袋，几个农民正在抽烟。

我们后车厢里一百多箱火腿肠交给谁，一时成了小问题。看见几位穿警服的，一问，其中有杜蒙公安局副局长王树岐，正是这里前线负责人之一。火腿肠一箱箱卸在土塄子上，底下铺了几个塑料编织袋儿。一个小公安说，从早到午，就吃了四个包子，他手一比画，那包子没小孩拳头大。

这时候看水，连天接地灰蒙蒙，突然在我们脚下，水就站住了。一条细细的土塄，给大水镶了一道艰难凶险的边儿。

王树岐指着水也指着坝，说这是日伪时期的老坝，十七里长，它一开口，大水就直接灌向大庆、肇东、肇州、肇源了。现在坝上有军警一千二百多，地方人员两千，马车六百台，日夜运土、装袋、堵险。他说，土坝已经浸泡五十一天，囊了。往里四公里处最险，渗水成流，市长就在那儿呢。这时一辆汽艇向里面急驰，大概是市长叫它快去。大庆电台、交通台的几个记者围了过来，他们膝盖以下的裤腿全是湿的。

我们顺坝往北走，迎面一队队疲惫的人往下撤。谁说了句，一天一宿了，才吃上一顿饭。嫩水这时候假装温柔，没起浪涛。

堤上，迎水的那一面，打着一排排木桩，桩后是一个个沙包垒起的白墙。水平面跟老坝的平面在一个等高线上，挡水全靠新叠起的沙袋和土塄。土塄上排满了加土堵险的人。向北望，知道更远处是太和、马场和拉海，那里也有大片的冷冷的不怀好意的水，以及大水面前劳累饥饿焦急坚忍的人。

往回返，去迎统战部车队。奔往防洪前线的车辆越来越多，部队的军用卡车成队成队地流淌。能在这时候把火腿肠直接送到前线，我们觉得还行。将近一万根，坝上的人分分，禁饿啊。可惜没带几箱白酒，半夜三更，水气阴冷，还有蚊子，人家怎么熬呢?

下午三点半，在胡吉吐莫。部长张士勇带队，三四辆车装着民主党派代表和面包、饼干、矿泉水、榨菜、盒饭、方便面。大家拐弯再往绰尔大坝。在王府村“临时大水盆”面前，十几辆满载军人的卡车过去之后，堵车。上百辆满载抗洪人的小面包车、大客车、轿车、吉普呼呼迎面而来，让大水掀起波涛。老有灭火的车趴窝在水中。交警和车里人就蹚水推车。一个小时过去，张部长大概急了，带车硬闯，被交警截回。

车队掉头，回胡吉吐莫。途中遇军警岗卡，说新命令，防洪人员车辆一律重返前线，不论什么情况。稍微堵了一会儿车。

晚上六点，胡吉吐莫的二楼某房间，张士勇正向市委书记刘海生汇报。门开着，我在走廊站着，看见灯光下刘海生银白的头发和黑黑的两脚泥。车队按市委书记的建议，向江湾乡拉海村驶去。防洪前线总指挥部仍坚守在拉海。

晚上八点，到达江湾乡。去拉海是土路，拉海村农民王凤江坐在车里当向导。前面是稀泥，王凤江说，没事，都是硬沙底。他说，拉海村今年的庄稼最好，若能躲过这场水，就捡着了。他说，村子里五百户人家上千口人，所有男劳力都上坝，出义务，成天成宿，五十来天了，顾不上自己家。村里还有一支突击队，五十多号人，都是年轻人，还有转业兵，哪儿险往哪儿顶。他说，就怕刮风，老辈人都讲，大江涨水就怕刮风。

晚上八点半，到达拉海。指挥部是个大帐篷，支在高岗上，红旗，喇叭。那周围堆着几大垛苇帘、木桩、编织袋。几十辆各式汽车挤得场地愈显狭小。高岗下就是灰色的水。影影绰绰看见水对面大坝上人影晃动。一个陌生人说，县委书记和民工什么防护都没有，救生衣救生圈没有，一出事，那就……他深深叹了口气。喇叭喊：“泰康的司机集合，有任务！泰康的，泰康的！”就有十几号人在帐篷门前排队。

统战部的食品车开始卸车了。我在车上往下递饼干箱子。下面一个圆脸人，还穿着红色救生衣，灯光一晃，这不是那谁吗？我大声说：“张敬威，还挺好的？”电视台几个记者都在这儿。

夜色笼罩下的拉海村，鸡犬不惊，寂静得如同平常的日子。洪峰快来了。我再望一眼远处的大水，灰茫茫的宁静。灯光照不到那里，那里的人们在黑暗中玩命。我在心底为他们祈祷。

回到大庆东风新村，已是夜间两点。但是我没有睡意，脑海里仍是绰尔大坝、拉海大坝上众多忙碌的人影。

补记：写完这文的第三天，前线传来消息，绰尔大坝、马场大坝、拉海大坝先后决口。文中所说的采油九厂到胡吉吐莫公路边的工程，现在知道那叫胡吉吐莫大坝，已经完工。洪水仍在肆虐，人们仍在拼搏。

走进古恰

古恰，乡名，属大庆市肇源县。嫩江洪水从古恰乡境内浩荡进入松花江。九月上旬，许多地方洪水开始回落，古恰的大水仍然铺天盖地。当地人说，水有“四十亿（立方）”。我亲眼看见那水，表面湖泊般宁静，其实正大江大河般汹涌流动。它霸占和冲洗着古恰已经半个月了，仍没有回归老家的意思。看来想在新床铺上转转就厚着大脸过冬。

九月七日下午，我们的汽车沿着油田公路跑到头台镇的南引渠桥头，没法跑了。公路突然液化，前面是灰蒙蒙的大水。

一条底板渗水的木船，一个摇船的农民。去古恰只有水路了。咿呀的桨声如泣如诉。

“船不好，有点水，但是不碍事。”摇船的人名叫王维国，三十五岁，瘦。他为他的船向我们抱歉地微微一笑。水路五里，五里尽头是个高岗，那是古恰乡。岗上有他家临时搭起来的塑料窝棚，岗下（就是水里）有他家已经变成了稀泥的房屋。

船外的水是浅灰色的宁静。水面齐刷刷一片红色的高粱穗头，让我读出绝望。一个又一个沉默站立在水中的黑色钢铁（头台油田的抽油机），让我读出隐忍。焦黄的一大片苞米抱着早已酸腐的棒子（那是它们的孩儿啊）死也不肯撒手，让我读出悲愤。

王维国挺爱搭话的。他说，打洪水进来那天，就在这儿摆渡。他说他是义务，净是些灾民，哪有钱哪。他说他不是党员，就是心软。我想到二十多天之前的夜间我来过古恰，在红娇粉艳的乡政府院里花坛前，打听抗洪武警一一七师的驻地。那个古恰之夜平和恬静，连洪水的潮湿气味都闻不到。

王维国的手让我们一尺一尺接近古恰。

他说，大水到来之前，上面让搬家撤人，村里人不信，祖辈多少年，村里哪进过洪水？他说大喇叭喊，大水到哈友了，哈友离古恰才八里，老百姓才毛了。他说那水说来就来，满地跑还呼呼叫。就看身后那些土房，一冒烟一个，一冒烟一个，倒在水里，乡亲们眼泪就下来了。咋穷咋破咋土，那是个家啊。水，平面推，哇哇的，大家拖老带小，往岗子上跑，啥东西也没拿。

这时候，木船擦着又一片苞米走，苞米的大棒子很显眼。王维国说，今年，（它们）可出息了，一个瞎尖的都没有。我说还能掰点青棒子吧。他说，棒上的粒粒都随水走了，光剩下囊囊的棒子瓤。靠岸，约定，一个小时以后（下午五点）还在这儿，他等我们。

上岸先看见岗上十几个编织袋披蒙的棚子，那是人们遮得住阳光遮不住风雨的家。棚前，一些人正挖坑，大概打过冬的地窖子。走着，一大片碧绿的苞米近了，娇美肥壮的棒子被叶子们搂在怀里，叶子轻微梦语，吐露着年轻母亲才有的情韵。

经过一所学校。三五个小学生排队走出校门。两三个学生抬水桶拿扫帚，正向校门里走。从校门往里望，操场上玩跳跑闹着哇啦叽嘎的小男小女。再走，正街，两旁酒馆、小卖店、卡拉 OK 的买卖照样做着。眼前的日子似乎没有阴影。被大水团团围住的古恰仍然活泛鲜亮。

花朵鲜丽的乡政府大院里，见到党委副书记张安诚。得知大水把古恰二十三个自然屯淹没了十二个，两千户房倒屋塌，一万三千人被围困在高岗上。为了大局，炸坝分洪，把全乡种水稻的水利设施全炸完了。农田、企业、学校等等损失总数最少两个亿（元）。洪水从上游到这儿需要十二天，也就是说上游乡镇完全排净洪水的时候，古恰还得在半个月之后才有可能把四十亿立方米的水掏弄干净。张安诚讲，乡里一半的干部和灾民现在仍战斗在北边库里泡大坝抗洪前线，大家明知那边大坝越牢固，这边就淹得越惨重。古恰精神古恰风骨——刚这样想，突然觉得这八个字太没劲，把活生生的东西变得僵硬了。

姜家岗、哈友两村的孩子们眼下在两个岗上的帐篷里上课。一部分中学生在帐篷里住。张安诚说，晚上冷啊，乡里去人倒出房子，让孩子从帐篷里撤出来。他说，大面积灾民一时解决不了，咱得先顾孩子啊。过冬房子问题、灾民烧柴问题、口粮问题、大牲畜草料问题，种种种种，为了这些棘手的问题，我不知古恰人将付出多少汗水、泪水、血水。

离别时，我们说起王维国的仁义热肠。张安诚说，现在凡是有船的人家都那样啊。我心里热流翻卷。大灾大难面前，人与人就近，心和心就善。这就是我们这个民族的品性吧！

回到水边，王维国气喘吁吁小跑过来，说他垫补了一口。桨声又咿咿呀呀地轻唱了。大水漫漫，航行中，先后看见三个落差：古恰渠坝被豁开的口子、防风林带上被刨开的口子、公路上被炸开的十米宽的口子。口子附近的浪花显得阴险，但是看得出它们也都困乏了。

一出村就两次下水推船的王维国，边推边叫我们四人别动，紧着说就好就好。划着划着，他讲起一些有趣的事。比如从前洪水漫围孤岗，他们村几个大小伙子拎着棒子打野兔野鸡，能弄三四十只。再比如往年他好打个鱼，半夜下鲇鱼钩，清早下挂子，鱼贩子来收，一天逗它个三四十元。他说，哪知道啊，今年船也没打打腻子，不然就不会漏水了。好像出力出汗的他，多么对不起我们似的。

我们登上南引桥头，天就蒙蒙了，向他挥手，他孤零零地站在船上，小船孤零零地漂在水里，愈远，愈远，人影船影渐渐融入水雾深处。走进古恰走出古恰，先后三四个小时，我却感到从今往后我同古恰好像亲戚。只是我这亲戚穷酸，能给古恰的是些不关痛痒的文字。

补记：上游新站镇发展村的决口正由大庆军民紧张封堵，成车的石头要绕道杜蒙才能运进。据说九月底有望合龙。我祈望上苍，十月间不要上冻，给古恰一个排水建屋的喘息之机。

塔 拉 泓

早春五月，草原初绿，野萱含蕾，一行长短句朋友驱车前往杜尔伯特的白音诺勒，灰灰的塔拉泓就铺陈在眼前。我这么“跩”着（东北土话，文绉绉不叫文绉绉，叫“跩”，三声，取其鸭子般走道那种意思），没来过大庆的朋友没准以为我是跑到异国（有点像蒙古）旅游去了。非也。杜尔伯特，县名；白音诺勒，乡名；塔拉泓，泡子名。它们离大庆百里有余。

人家的湖泊或是清清或是蓝蓝。清清的代表有五大连池、镜泊湖、兴凯湖，蓝蓝的代表有博斯腾湖、赛里木湖、乌伦古湖。前面一群都在黑龙江，我去过、见过、到水里扑腾过。后面一群都在新疆，在西部诗人的诗文里读过，在我的梦里荡漾过。唯独到了生我养我的松嫩大平原上，尤其是处于沼泽联网的大庆西部，我们的湖泊似乎真对不起大家，全是碱泡子，全是灰色卡其布似的浑水。

碱湖怎么了？别看灰呛呛的，别看成年到辈没有西施貂蝉盘坐水边梳妆，却大面积地肥美，大面积地鲜猛。杜尔伯特境内的碱泡子滚包联翩，号称连环湖，大小十八个。个个都是芦苇粗壮飞扬芦花，个个都是波浪徐徐游鹅戏鸭，个个都是大鲤肥鲫鲇鱼胖头白鲢一打冬网成汽车地往外拉。

塔拉泓，边上靠着白音诺勒乡和连环湖渔场的办公楼，还有一个宾馆似的小楼号称旅游度假村，这里就比另外十七个泡子热闹一点。湖边泊着游船，沙滩上披红挂绿备好皮鞍的马，小帐篷支着，肉香袅袅的蒙古包餐馆门开着。物件们都有一种谦和的表情，似乎以都市北京的腔调说，来钱吧您哪。但是当地人的脸上依然是牧民渔民农民那种祖传的憨厚实在，泥土草原灰水般自然地微笑，几乎不向人殷勤，不向人招揽。

长短句们中间有一个不长短句的朋友，他大款，招呼大家上船。他也是农民出身，很抱歉地说："我的游船不在，大家就上这个吧。"船主要价四百，他不讨不还，从手机包里捋出票子交了。就是个普通的烧柴油的铁船，船舱里焊了些铁椅子。突突声里，在灰色波浪中航行，估计一堂课的工夫，转了个圈圈回来了。

我们中一写小说的白脸汉子王清学，闻听这么一转要价四百，下岸即找船主，没费口舌，四张大票还了回来，他自己倒搭上两三张背后印着珠穆朗玛峰的小票。小小的插曲更让我看见塔拉泓人的品行，多么好说话，不奸不滑不赖，叼到嘴里的肉还能撒口。搁大都市或名胜地或菜市肉摊果床，能这么塔拉泓吗？

我在这一堂课的时间里，从船老大那里淘弄来连环湖一十八个泡子的名字。它们叫：塔拉泓、火烧黑（水面最大）、西葫芦（水面第二大）、大实在、二八谷、马圈、北京泡、羊草壕、小尚泡、亚别汽、他步塔、介和拉、东湖、齐家泡、月饼泡、红圆泡、德龙泡、小马圈。十八个水面八十七万亩。最大的鱼（胖头、草根）五十斤。

我闭目一想，没准连环湖比河北的白洋淀大，比山东的微山湖大，但是连环湖在中国没那两个湖有名气。究其原因，在座的长短句们得负道义上的责任，不都是以写字为生吗，没写到孙犁也没写到《铁道游击队》的份上，把家跟前的连环十八湖都给拐带得默默无闻了。

黄昏时分，一行人来到泊在岸边的一艘大船上。大船有一栋二层楼大小，彩旗飘飘，号称"环湖方舟"。上船，进入亮堂宽敞装修一新的大厅，十几张大餐桌告诉你这就叫作水上饭店。没着急上菜，人们在船上转转。沿着甲板栏杆走，看见小窗子里一个个房间，双人床单人床麻将桌不同的硬件，预示着不久的将来此间会有灯红酒绿的故事发生。顶层，小桌小椅可以小坐，塔拉泓灰波万顷尽收眼底。湖风张扬着人的头发，衣衫转化为飘扬的旗帜，坐着竟产生飞翔的感觉。

环顾塔拉泓的水与岸，看见了无所不在的安详寂寞。尽管大小游船排列，尽管大小酒家红幌摇曳，尽管铜铃彩条的马匹虚鞍盼客，尽管一个老者守候在套圈场看着那些塑料的小鹿小兔小猪小狗小猴，春天来了，游春的游客却没来。但是塔拉泓耐心地等着，等着……

“黑吃黑”小总结

黑龙江人吃着黑龙江的可吃之物——把这句话给简称一下（最好用相声手法），可不就跟我上面拟定的标题似的。我是黑龙江人，从小到大一直黑吃黑。总结总结吧。

姓黑的许多菜肴如今在餐馆随处可见，特点就是个豪放兼好吃。比如大鹅炖土豆、猪肉炖粉条子、哈尔滨大凉拌（凡是各种咬起来咔嚓咔嚓响的青菜，切成大块，用花椒油辣椒油加盐加味精那么一搅和，下酒下得要命）、哈尔滨大胡炖（凡是能炖的菜，土豆倭瓜茄子豆角白菜萝卜都给它咕嘟在一锅里，加五花肉，也是下酒下得要命），这些不劳我在此饶舌，人人可为人人正为，况且稀奇度不够。我扯点自己难忘同时纯粹土造的那些吃法或者菜肴吧。

先说河泽的鱼。

北方内陆上的鱼，大概可以分成江河系列、大湖系列、泡沼系列。黑龙江、松花江、嫩江、乌苏里江、额尔古纳河、辽河在史书里潜藏龙鱼，而今只有黑乌两江尚有美鱼，当地人说大的好的集中在俄罗斯那边那半条江。大小兴凯湖、呼伦湖、贝尔湖、镜泊湖、五大连池、杜尔伯特连环湖基本没被污染，有好鱼，例如名贵的大白鱼，但一般老百姓见不着，那是国宴用鱼。

泡子沼泽离北方老百姓最近。泡子沼泽的鱼离老百姓的胃口最近。于是我数十年吃下来，发现了泡子小河淡水鱼在美味界的座次。

论好吃鲜美，在我看来排序如下：第一老头鱼，第二白漂子、柳根、小麦穗、黄姑子之类的小鱼，第三鲫鱼，第四嘎牙子，第五泥鳅，第六鲇鱼，第七白鲢胖头，第八草根，第九鲤鱼。

老头鱼一根刺，浑身蒜瓣肉，白、鲜、嫩、香。还好收拾，把头一掰，肠肚就跟着下来了，高手能连皮也一块扯下，只剩白白的肉磙子。红烧清炖酱焖，咋整都好吃。市场上没拿老头鱼当珍品，它的价格委屈在小杂鱼行列里。其实用不了几年，老头鱼的身价要高过鲤鱼鲫鱼。它长得慢，而且纯粹野生，吃活食肉食。老头鱼第一好吃这条真理，愈来愈被广大劳动人民发现和接受，吃老头鱼的人愈来愈多，老头鱼愈来愈少，它不昂贵起来才怪呢。

至于上面提到的位居第二那些小鱼，白漂子、柳根、小麦穗、黄姑子，它们大都寸巴长短，若吃，收拾内脏刮鳞洗涮很费劲，黑龙江人干脆就来个不费劲，把那些小鱼放在水里猛洗几次，内脏和鳞随它去。锅子烧热，葱花油爆，一盆小鱼就下锅了。大酱往锅里舀一饭勺子，口重的再加半勺，加汤，炖吧。猛火开锅之后，文火咕嘟着，待锅里见不到汤的时候，装盆上桌，用来招待国家元首都行。好吃，绝了。

而白鲢黑鲢，则不能炖，炖出的鲢子味道面了吧唧，尽挑刺了，破坏了它们应有的美味。事先用盐抹遍鱼身，卤它半天，鱼皮刚风干的样子，锅里加油，一定要慢火，吱吱啦啦耐着性子煎之，煎到鱼皮发黄。吃吧，准保说庞壮国够哥们儿意思，这么一个好招，没收技术咨询费，随便就告诉别人了。

鱼身上最美的是鱼肠。五斤以上的鱼，那肠子也没二两，而且才一根。收拾鱼的时候把肠子洗净，积攒在冰箱里。攒到够整一盘的时候，整吧，愿意炖愿意干煸都行。有一回一个渔场场长给我的礼物，就是他积攒的一小塑料袋鱼肠。他算遇上知音了，我也遇上知音了，人生难得几鱼肠？

还有一种小鱼，筷子般长短，筷子般粗细，身上有星纹，嘴尖尖的像鲨鱼形状。至今不知它的学名、土名。嫩江大坝闸口向杜蒙连环湖放水的时候，这种小鱼成群集聚在闸门下，用抄捞子去捞，一捞一小盆。回家，红烧也好干煸也好，一根细刺早酥了，好吃得让人发蒙。我就遇到一次，当时还拿豆包不当干粮，人家给一塑料袋不要，只带一小罐头瓶，过后后悔了十多年。

接下来说说野菜。

我能记住许多野菜的名字，是因为它们曾经哺育少小的我干干巴巴地成长，从春到秋给我苦森森的抚慰和绿蒿蒿的滋养。灰菜、苋菜、婆婆丁、黄花菜、苣荬菜、芦苇芽、柳蒿芽、猪毛菜、鸦葱、山蒜（小根蒜）、刺麻浆、马蹄菜、车轱辘菜，原本它们远离人的胃口，或者亲近牲畜，或者自生自灭。突然人们在饥肠辘辘中发现，它们能否定民不聊生这句成语。

野菜，跟恩情似的，走到寻常百姓家的锅碗瓢盆里，满屋山野清香。大吞大咽，那都是雨露阳光啊。

灰菜，有圆叶的，有尖叶的，叶上都有一层茸茸的灰。多少有点毒素吧，连续吃灰菜人就爱胖肿。挖来灰菜，把它洗净，开水一焯，凉水一拔，攥成团，蘸酱。别当菜吃，得当饭吃。而饭呢，一点稀粥或一块干粮，它们倒像菜了。

苋菜，也如灰菜吃法。还可细加工，比如把菜团剁成馅，用油盐搅和了，外面拍上薄薄的苞米面，上屉蒸。那是讲究人家的吃法。或者用它馇菜粥。总之，苋菜没有邪味，口感还筋道，是野菜中的上品。

开水焯了攥菜团的吃法，还适用于柳蒿芽、猪毛菜、车轱辘菜。柳蒿芽强烈的清香能吓人一跳。猪毛菜简直是菜质的肉。车轱辘菜似乎有些微苦，但是妈妈说，它败火，吃吧。

婆婆丁、苣荬菜、芦苇芽、鸦葱、小根蒜、刺麻浆、马蹄菜就比较让人省心，洗净生吃就行。婆婆丁的清香，苣荬菜的微苦，小根蒜的辛辣，鸦葱的轻辣，刺麻浆的大酸，马蹄菜的小酸，真是百菜百味，山野奇妙不尝不知道。

黄花菜自然是野菜中的极品，大人说过去宫廷里还吃黄花菜呢。三十年后人们吃黄花菜大概比皇上还讲究了，专采花骨朵。但那时人很贪，别说花蕾花瓣，甚至连花秧花根都想吃。黄花菜竟然在那年月没绝种，多么硬实。

吃，从草里发展到树上。杨树叶，一开春杨树叶刚刚伸展成金鱼大小的时候就采，不苦，还清香。等叶子长成那就没法吃了。榆树叶憨厚，一年四季愿啥时吃啥时吃，老是香甜滑溜。包榆叶团子、煮榆叶粥、烙榆叶饼，榆树是中国老百姓的面包树。据说有的地方榆树都没有皮了。

我对四十年前吃点野菜的事并非耿耿于怀，只是永远感到我欠大自然的情感债太多了。现在，婆婆丁、苣荬菜已经变成大棚里的经济菜种了，但是苋菜、柳蒿芽、猪毛菜它们还没有，杨树叶榆树叶也没有，就为它们感到不公。它们的味道和口感独特而美丽，应该把它们请到大棚里来，请到家庭餐桌上来，请到宴会上来。又一想，对它们来说，不被人吃只被牲畜吃也没什么不高贵，老是自生自灭也无所谓寂寞孤独。活着，世代连绵地活着，比啥都强。

还有几种山野吃法，相当讲究。

其一：青苞米蒸饼。把青苞米的嫩叶铺好，用礤菜板把青苞米礤碎，调少许盐，将糨糊状的苞米浆放到叶子上，上屉蒸熟。吃着清香甜美，妙不可言。出自黑龙江肇州县乡间。

其二：糖醋尖椒。把青青的歪头小辣椒（歪头最辣）整它一斤，一大勺子豆油在锅里烧开了，等油凉一凉，放尖椒慢火煎之。煎得小辣椒浑身起泡，再放进与豆油等量的白糖。待白糖溶化，再放入等量的醋。立即出锅。晾凉了再吃，不然容易出现烫伤事故。其汤不是原先的油糖醋了，它们化合为先香再甜后辣的奇特浆汁，一小勺一小勺地喝，妙极的下酒菜。辣椒也好吃。出自原《嫩江日报》编辑侯喜林之手，每次春游他都带这道菜，惹得编辑们排队来尝。

其三：炒鱼毛。大锅江水煮江鱼，吃剩下的部分再加火将汤熚干，加鱼油翻炒，边炒边挑去鱼刺，最后锅里鱼肉呈颗粒状。四季可食，进嘴即融，比现代工业加工的鱼松好吃多倍。出自黑龙江街津口赫哲族乡间。

其四：鱼鳞冻。将小瓦块般的大鱼鳞用白水煮熬，熬至鱼鳞熔化，将残余鱼鳞捞出，锅里呈现白汤，放盐和少许解腥调料。凉后即为鱼鳞冻。出自黑龙江大庆碧里河渔场。

其五：河虾活吃。刚捞的河虾用酒醋盐炝上片刻，即食。鲜活至极。出自黑龙江林甸县乌裕尔河边乡间。

万合福屯

哈绥公路是封闭型的国道。离开哈尔滨，奔绥化去的时候，车子和车子里的人，简直是飘浮着，飘浮在绿色的畅想之中。广阔的绿，干净的绿，起伏弧线的绿。能看出车窗外面是一色的大苞米地，所有的垄都是南北方向排列。百里路程，你眼睛里没有一丝破烂和污染，绿得跟真正的夏天似的。

在闹市里看不见这般纯粹的绿。在南方田野也不容易这样看绿。在黑龙江的大地上看绿真像深呼吸一样畅快，沿途没有多少村屯房屋，总是几十里几十里给你送来大喘气的绿。偶尔几座黄色苞米秸秆的大柴火垛，也垛得跟童话里的小草房一样，不披头散发。

我六七次去过绥化。它是松嫩大平原上得天独厚的肥沃之地。绥化过去叫地区，现在叫市，境内辖安达、肇东、绥化、海伦、绥棱、庆安、兰西、望奎、明水等市县。东北部插入小兴安岭余脉，南部西部正处于松嫩大平原中心。克音河、诺敏河、泥尔根河、呼兰河、泥河、通肯河、扎音河、海伦河、欧根河、依吉密河、安帮河、拉林青河、格尔木河、撇拉河、肇兰新河，是母腹上众多的动脉血管，滋养着寒地黑土上的一切生灵。

寒地黑土是绥化给自己绿色农业的定位，并且已经在国家注册。寒地黑土的含义是指黑土在寒冷气候下，地表植被经过长时间腐蚀形成腐殖质后演化而成，其土壤肥力、理化性质和土质结构居于各类土壤之首，长出的农产品微量元素含量高、品质优良、安全营养。目前，世界上仅有三块寒地黑土地，一块分布在美国密西西比河流域，一块地处乌克兰大平原，另一块在我国东北松花江和嫩江流域，分布在黑龙江、辽宁、内蒙古等地，而绥化市正处在我国黑土地的中心区。

诗人潘永翔张罗成了这次绥化采风，因为绥化那边有个文友许文斌跟潘永翔不外。等许文斌询问我们到绥化之后的去处，潘永翔就如往常一样憨厚，不先发表意见，眼睛看着我，意思让我随便。我就大了呼哧地随便说："下屯。"于是许文斌领我们下屯。

万合村，绥化北边三十公里，属东富乡。那里有许文斌的小学中学同学周全。许文斌说他后来考大学出来当国家干部（绥化建设银行行长），但是同学周全一直在乡下当农民。可不是一般的农民，是俗话说的"屯大爷"。

"屯大爷"这种称谓，既有褒义，也有贬义。但褒义贬义的共同义，就是在屯子里属于不白给的角色，除了村长以外，屯大爷算是民间的长时间形成的被屯子人承认的有头有脸的人物。谁家不和睦了，找屯大爷说和说和；谁家杀猪了，请屯大爷来吃一顿；谁家红白喜事，得找屯大爷忙乎。屯大爷一般得自己的日子过得好，啥事拿得起来放得下，为人忠厚热肠。自己封自己是屯大爷不行，屯子人认账的屯大爷才是真正的屯大爷。另一种蛮横乡里的人，有时人们也叫他"屯大爷"，或者叫"屯不错"。人缘不行，但是一个屯大家住着，惹不起还躲不起吗，屯里人一般情况下是忍让着原谅着这套号的人。

周全家有五六十亩地，种苞米和黄豆。他头发全白了，问起岁数，比我小五岁。他说，现在种地省心，撒下子粒，不用动土，掸药，连灭草带灭虫，蹚地还得蹚。一年下来，好年景纯收入一万。周全会过日子，弄个没牌照的破吉普车，养个四轮子小拖拉机。积攒的废钢铁都有几千斤，前些天人家给两千元，不卖，说也不等钱用，着急卖干啥。

周全出生在这个村，说他爷爷也出生在这个村。地图上这个小村被标明叫"万合"，村北十多里是防洪大坝，呼兰河曲曲弯弯由东向西流淌。村南是津河干渠。万合村由四个自然屯构成，万合福、向家屯、赵老爷屯、山后屯。村委会所在地是万合福。周全也住在万合福。

万合福几趟街，街是土的，但房屋没有土的了，全是砖瓦房。

老周家大院，水泥砌的门楼，往里走，左手小菜园，右手大菜园。正房四扇大窗户，左右四个连环房间，正门里头是厨灶。正房跟前四五十平方米的地面，全是水泥地，干净，等于露天客厅。

一只小毛毛狗拴在右手小菜园的篱笆门上，眼睛都被长毛遮盖得看不见眼珠了，起劲地汪汪。估计平时见不到十几号人来串门，觉得新鲜。

我看不见拖拉机、大车小辆、犁铧啥的，觉得庄稼院没这些可怎么过日子呢。一问，周全说，我还另有个院，老丈母住着呢，农具都放在那边。许文斌招呼大伙到周全他大哥的养鱼池去钓鱼，周全老伴叮嘱周全，让他一定在十点钟回来，十多人的午饭，要不忙乎不过来。

万合福北面，绕过一片一片水稻田，就看见黑土隆起的四方堤坝，接着看见堤坝下的汪汪大水。一气四个鱼池，挺气派。听说一台推土机整整推了春夏秋三季，连通往鱼池的土路都是自己修筑的。鱼池中间的小土房门前，狗叫着，周全他大哥的小姨子端着盆迎了出来。

三角巾包裹着头，但是也能看出年轻俊俏。她说，都是春天才放的鱼苗，等到秋天全部起网，一个池子能出一万元。喂鱼全用颗粒饲料。我说苞米面加鱼粉加豆饼糠麸，比买颗粒饲料省钱。她说以前也喂过，还自己买颗粒机，不行啊，鱼都罗锅了，刺软，不长肉，还得用人家现成的颗粒饲料。接着埋怨现在颗粒饲料太贵，一吨两千元，一吨才二十八袋，你算吧，赶上人吃的粮食啦。

既然是周全领来的朋友来钓鱼，她也不好说全是鱼苗，别祸害了。还是让我用她的颗粒饲料来做鱼食。往盆里抓颗粒饲料，一小把一小把的，能不心疼吗，都是钱哪。

我想，农村人讲究人情，人家周全一家在万合福自己好好过着日子，突然就来同学了，同学还领来八九个一辈子都八竿子拨拉不着的人，也不是亲戚，却当亲戚对待。愿意祸害鱼苗就祸害鱼苗，那边还好酒好菜预备着。我应该知道感恩，但是估计除了心底有点念想之外，感恩的举动是不会有了。但是钓鱼，是我平生最爱，钓鱼竿我出发时就预备好了三四把，在鱼池边上我就顾不得悲悯谁了，鱼也好，农民也好。

许文斌带领不钓鱼的朋友沿土坝采摘苋菜、灰菜、苣荬菜，等中午蘸酱吃。

我把颗粒饲料用池子里的水，搅和搅和，使劲地捏，捏成面团，把手竿、海竿打进去了。鱼群突然在水面狂奔，上百条黑脊背露出了水，靠着尾巴的力量，整个一场鱼的水上芭蕾表演。看出那些鱼都有六七两。五月放进水的鱼苗，已经翻倍地成长了。

这不叫钓鱼，简直就是拿鱼。鱼漂在水面一会儿顶起，一会儿黑了（全部沉入水里的鱼漂钓鱼人叫它黑漂），拿竿，腕子一抖，给上力量，觉得水中的鱼钩咔嚓一下，竿梢弯弯的，手感沉重，那是鱼儿上钩了。钓上来的多为半斤左右的三道鳞鲤鱼。真的糟践人哪，再喂两三个月，三道鳞都得一斤二斤，能卖出钱来。

钓了八九条，其中有个白鳞的鲤子将近一斤，不能再钓了。攥住蛤蟆捏出尿，那也太不叫玩意儿了。

我媳妇小兰钓着一条就嗷嗷叫唤，让诗人张永波给摘钩。我紧着拿眼睛瞪小兰，意思是静默蔫声地钓鱼得了，一咋呼一咋呼的，刺激人家养鱼的人，太残酷啊。小兰处于兴奋中，左一条右一条，呼叫着把鱼吓着了也不管。我急忙喝令收竿。

这时候北边堤坝上有个妇女扛着袋子弯腰，周全他大哥的小姨子赶紧喊："摘野菜的，你到别处摘去，那苋菜是我家种的，还留着喂大鹅呢！"看看，周全他大哥的小姨子是个多么会过日子的人。对野菜都那样心疼，何况鱼苗呢。我这时很佩服她对我们宽谅的耐力，替她想想，唉，一群祸害精，摊上了，怎么整？

我方才仔细看到，堤坝坡上油黑的湿润的土地，果然齐刷刷长满苋菜，不是种的，出不那么齐刷。苋菜也叫西娘谷，叶茎可喂猪喂鹅，结下的小米般的籽粒，在热锅上一撒，马上蹦出花来，跟芝麻一样好吃。小时候，我采过苋菜，成面袋子地采，三年饥荒，城里人采苋菜、撸榆树叶、挖婆婆丁和车轱辘菜，回家包菜团子吃，好活命啊。

周全他大哥的小姨子指着池子里翻花的鱼，说，阴历七月拉它一大网，大鱼上市，挑小的分池，喂到上冻。我说一拉网，鱼受惊，还能继续长吗？她说，三天五天就缓过来了，七月，不是家家都不起鱼吗，我那时起鱼，只要鱼够个，就能卖上价。

全班人马从鱼池子撤到万合福周全家，午饭备好了。大庆的九个文友和绥化的许文斌、周全，把两张桌挤得满满当当，让我内心最不安的是周全老伴忙活半天竟然不上桌。绥化朋友紧着说农村都这样，我越发觉得这样太荒谬太不讲道理。应该由县乡政府发个文，今后农村家家户户来人去戚，做菜的女主人一定上桌。

周全家的门楣上钉着小红牌，上面写着十星文明户，十个星包括和睦星、卫生星、计划生育星、发展生产星等等。我觉得家里妇女不让上桌或妇女本人主动不上桌，那十个星就得打折扣。在城里，哪家敢让女主人在吃饭时待在厨房呢？还反了天了呢！

周全真是实惠大劲了，十多个人敞开肚皮，吃他家的红烧鲫鱼、清炖鲤子、酱焖小麦穗鱼、水榨苋菜蘸酱、小根蒜蘸酱、生菜小白菜蘸酱、粉条炖小本地鸡、出油的咸鸭蛋，更有热乎的本屯新杀的狗肉。吃完一看桌，三十多个盘子，跟没动过一样，再来一悠，上十多个人接着吃，都够。

吃完饭，我们抹抹嘴，一拍屁股走人，人家女主人还得把厨房里没上桌的好菜挨家挨户送给左邻右舍。农户人家没有冰箱，但是一来人去戚，好菜吃不完，就邻居亲友挨家送。

多温情的好习惯哪，应该推广到城市街道家家户户去。

城里人家一有家宴，剩了的就得扔，扔的方式分为两种：一种是看着心疼但是全家谁也不吃，然后长了毛再扔，另一种是客人前脚走咱们后脚扔，免得占盘子。可是我又问自己，把咱家的剩菜，哪怕红烧兔子头，哪怕清炖大白鱼，你敲门要给邻居吃，邻居会不会揍你一顿呢？

万合福啊！要不怎么叫万合福呢？真是万合福。

八座雕像

鹤岗，在我的印象里应该是黢黑的城市。出煤、烧煤、靠煤过日子，黑就黑吧，但是不牙碜。煤城，尽管与“美称”谐音，免不了一个“黑”字。可是跨世纪之前，我没去过鹤岗，竟然随便在脑子里给人家黑了，这有点黑。因为我去过跟鹤岗可称为兄弟姐妹的城市，比如鸡西、双鸭山、本溪、鞍山、开滦以及给黑河市把大门的西岗子，那些出煤的地方，连尘埃都是黑的。

这两年去了两次鹤岗。天暖的时候，大白天，满眼是绿，城里绿得还算不够气势，小草坪小树棵都绿得低声细语。你往城外看，起伏山冈，尽管从前的獐狍野鹿古木参天不见了，但是林子仍在波浪滔天地绿着，让整个城市的鹤岗人没事抬头就能看见绿云笼罩。

去年省里组织文艺家到老工业基地采风，是初冬，晚上满大街坐着车转悠，光明啊。我感叹，看人家鹤岗，就是有电。鹤岗的路灯，一个杆一个杆，跟西瓜树似的，结一个白亮的西瓜不解渴，一结就结八九个，全是奶色的水汪汪柔光。高岗低坡，路灯们就波浪起来，颗颗发光的球球在视野里起伏，真有点让我的心回到童年的作文里，大海一样久久不能平静。

鹤岗是个资源型城市，地底到处是煤，低硫低酸堪称绿色的煤。坐落在城里的煤炭大企业如今叫作“鹤煤集团”。它有一个博物馆，面对左右会展大厅是一条平坦大道，两侧镶嵌着草坪和树木。右大厅展出这个城市和煤矿的奋斗史发展史，左厅展出累累白骨。日本侵略中国，留下了从地底往地面背煤的劳工的骷髅，成千上万，森森的惨白，颤颤的心疼。看了，让活着的中国人的眼睛和心都想喷发点什么，例如血，或者火，或者血火。

鹤岗人说，这个方圆几百米的大坑仅仅是这条死亡之沟的一个小角。七八里长的荒沟，曾是随便抛尸的大坟场。我想，等鹤岗有了大钱之后，把这个坑这个厅再沿着当年荒沟扩展为方圆几公里，也就是让至今还憋屈在地底的白骨们都显露出来，比陕西兵马俑还悲壮十万倍。

心肌抽搐着，从展厅出来，我在大路上徜徉。这时候去看八座青铜雕像。一进来其实就看见八座雕像了，寂寞地站在路两边的草坪上，他们默默注视着来来往往的人。现在我一个雕像一个雕像地围着走，读雕像基座上的字。知道他们都是煤矿的劳动模范，都是曾经超负荷地劳动了大半生的人。六个已经作古，两个活着。八个人名都没记住，八个政工材料语言凝聚的劳模事迹简介也没记住，但是给了我另一种心颤。

鹤岗啊，你是个有良心的城市，你让你城市的良心凝聚为八座雕像。我用目光拂煦着八座雕像，八座雕像也用青铜的目光拂煦着我。他们是一群活人，用一辈子的骨气血气胆气凝聚在诚实的劳动里，自己也没料到竟然凝聚成一座座青铜雕像。

八座雕像是鹤岗独有的文化和风景，也是鹤岗的性格和魂魄。八座雕像的眼神都是沉实的眼神，能读出自信也读出了惆怅。他们似乎对我低语，苦难算什么，我们负重，我们必会走向光明。

我想起了昨夜鹤岗的淌牛奶一般的路灯，想起“鹤煤集团”那位老总级别的人，他小个子但是脸上总在微笑，他轻快地说，八年了，终于把拖欠矿工几个亿的工资一下子都还上了。

我的眼泪在眼眶里转，但是我叮嘱自己，别丢人，尤其在八座大气的雕像跟前。鹤岗和鹤岗人开始了自己的抬头日子，我和鹤岗人一样，能从八座雕像的面容上读出涟漪似的微笑。

四新屯逛集

我所居住的广厦小区西边紧挨着四新。

四新是个政治色彩强烈的名字，四十年前满大街的高音喇叭和不高音的嗓门都动不动就呼号：破四旧，立四新。身边的四新是个乡村。离它咫尺，是宽阔的马路，是比肩的高楼大厦，是灯火温馨的城市居民小区。

跟乡村包围城市的中国民主革命格局相反，此时此地是城市包围乡村。因为四新周边布置的小区有长青、广厦、西苑、科技园。北、东、南都是城市，只有四新坚强而孤独地坚守在西边一隅。通衢大道由东向西，在四新的村口甩了个弯，从长青和广厦前面猛然朝北，奔西苑和科技园去了。四新那里是一片泥泞的三角，在泥泞中停着几十辆农用汽车或四轮子拖拉机，在大车小辆的背景中，一片小平房密密匝匝，烟气缭绕。

突然听说每星期二是四新的集市。去逛啊。人头攒动，肩膀挨肩膀地行走，面对面地摩擦。在人的河流两岸，是农户们各式各样的摊床。不会有时髦和高档的商品，也不会没有实惠实用土气便宜的生活用品。你要买个锄头么，到四新赶集吧。你要买轻便耐穿的老头鞋或者农田鞋么，到四新的集市上踅摸吧。你买铸铁锅或者盖帘子或者屉布子么，也得来四新。

在四新的集市上，你娇骄不行。怕尘土怕污水怕白色的凌乱的白塑料碎片，那你去逛豪华超市，别跟农民来搅和。你趾高气扬、颐指气使也大可不必。卖货的虽然都不挣国家工资，但你觉得自己是国家干部，再带点国家的派，甩点政府的腔，估计要挨揍。说挨揍是吓唬吓唬你，农民不搭理你是肯定的了。所以一般自尊心强的挣工资的人物，也不到四新来逛集。

四新大集上，我看啥都觉得亲。因为我逛集就是逛集，没拿自己当个给集市添彩增光的人物。当然了，如果四新大集某天突然扯起宽幅大红的标语“热烈欢迎诗人庞壮国亲来我集采购并写诗”，我也不会被吓着。在电子喇叭声和土气乡音吆喝声里，我的眼睛不够使唤。鼓溜溜的洋葱，六块钱给你一丝袋子。大白菜，有绿叶的，也有白叶的，想一个腋窝夹上它一棵。茄子紫莹莹，黄瓜绿微微，柿子红鲜鲜，橘子黄澄澄。

都知道这些不是当地产的，都是当地农民从别处淘弄来的。不仅从心眼里佩服那些农民，很有能耐，价钱呢，也跟卖货人的脸色似的，很实在。想到十里八里以外，那些闹市里的摊床，总是暗藏着刀，逮谁想宰谁。可是四新集市，我不担心无形的刀了，却也习惯性地把人家的价钱再杀一刀两刀。卖家只是笑，或者大度地再让出两毛三毛。大家跟玩一样，你卖我买，买卖之中买卖之后，还额外收获了一点愉怍的心情。

这个词，是土语，愉快好受的意思，我写成“愉怍”。土语一翻成书面语，容易流失音韵气韵。这个“愉怍”也一样。愉，还勉强达意，但是发音是二声，实际口头上得用一声，留下了遗憾。怍呢，两个意思，一是惭愧，二是变动面色。所以用“怍”有点牵强。愉快得直惭愧或者愉快得直变脸，都精神病。

但是我仍然惭愧地愉快，变脸地愉快，愉怍地穿行在四新大集里，大集绵长十里，人气旺盛。逛来逛去，我站在高处，看满眼的热闹，看着看着，老毛病犯了。集市和逛集市的人民，都处于尘土暴扬之中，尤其集市的边上或者背后，垃圾小丘垃圾小滩随处可见。我几乎以市长助理的心态来看待这一切了，心里暗说，怎么搞的，咱城市不能给农民开辟一块干净街道，让这集市这朵城乡结合之花开得更鲜艳些吗?

等我坐上三轮摩托，带着大包小裹回广厦的突突响的路上，我又转念了，心态还是市长助理心态。封闭一条柏油大路或者水泥地广场给农民们吗？不行不行，随之而来的交通堵塞问题、治安混乱问题、环保质量下降问题、冲击市场秩序问题、工商税务额外增加工时问题，乱了乱了，还是研究研究再说，维持维持再说。

四新的大集实质是农民摆摊、市民逛集，真要整到富丽堂皇的地场，各种费用洪水似的摊给摆摊的农民，估计农民不干，市民也跟着不逛。集市就等于从根上给灭了。唉，埋汰点就埋汰点吧。一个乡村集市，如果摆在宾馆大厅里或者灯火辉煌的大会堂里，我怕把摆摊的农民兄弟和赶集的小市民统统给吓着。

还听说附近盖家屯、红旗村、喇嘛甸镇都各自有集市，集市的日子也错开了。大庆市区的人民大众如果赶集成瘾，每星期排个日程表，可以天天赶集。

这真是，时代呀突飞猛进，生活啊忙来忙去。

大庆湖泊八看

一开始大庆人没拿大庆的湖泊当作一回事。就像对待芦苇，对待蒿子，对待婆婆丁、扫帚菜、车轱辘菜一样，尽管这些命苦的野草坚守并绿意着我们的家园，却没人觉得欺负野草是罪过。大庆湖泊么，连大庆人自己都鄙夷，说是泡子，泡子也不是好泡子，还是灰了吧唧的碱泡子。碱泡子自生自灭着鲫瓜子鱼、柳根鱼、老头鱼、麦穗鱼、嘎牙子鱼，随来随走着野鸭子、水鸡子，那些鸟也不给当成好鸟，下夹子打，拿枪崩，炖着吃，还说怎么那么腥呢。

想想从前，这地面的人，对朝夕相处的给予恩惠的痴心不弃的湖泊、草木、鱼虫、鸟兽那种心不在焉，那种祸害和蛮横，真该组织一个仪式，全体市民向它们三鞠躬来道歉。

现在大庆和大庆人明白事了，拿自家的水面也当眼睛当宝贝来对待了。不惜几千万几亿元地投入，湖泊的白内障或肠梗阻或胃溃疡手术做得很漂亮，湖泊们水汪汪地睁开妩媚的眼睛，伸展着清纯秀丽的腰身。

我感激大庆政府和大庆大企业的挂帅人物对百湖理念的张扬，感谢开挖掘机的、扫垃圾的、湖边自发义务巡逻抓盗鸟贼的、猫在蚊虫团里蒲草丛中为小雏雀照相的、摇船打捞水里腐败物的那些默默无闻的人。他们让咱大庆湖泊有看头了。举例，举八个例，看湖。

黑鱼湖看莲。黎明湖看灯。果午湖看鸥。乘风湖看风。东风湖看楼。碧绿湖看浪。新华湖看霜。另外一些连绵的小盆小碗般的没名的湖，看芦苇穗和蒲草棒吧。

我拿黑鱼湖的莲花和荷花跟白洋淀的莲花和荷花，在心里头对比。白洋淀的硕大肥厚雍容华贵，那荷花莛子一猛劲，小擀面杖粗细，举个大锅一样的娇艳花朵，一片荷海，像结婚盛宴，喜庆喧闹热烈。黑鱼湖的荷莲则是北方女侠的性格，短衣短裙，掌剑羞眉，花朵俊瘦，自有一种傲骨和媚气，身在江湖，心高韵清。

黎明湖本来是囫囵于楼厦，但她不觉得自己被囚禁，因为白天的道路和夜晚的灯火，给予她人文的人工的美丽。我曾经陪同诗人李琦看过一次黎明湖的灯景，后来她几次再来大庆，总惦记在晚上去约会约会黎明湖。咱大庆人家如果外地来了亲戚，南京杭州的除外，你尽可在夜晚领到黎明湖边，溜达或叫散步或叫徜徉。湖里湖外两重灯火，会让你们的脚步神仙，会让你们的眼光银河。

果午湖看鸥，乘风湖也可看鸥。乘风湖看风，碧绿湖也可看风。浪也是。我这是没话找话，一时没词，糊弄糊弄。果午湖看桥也行。碧绿湖看桥也行。大庆观湖者多得很，等着他们来给砖头换玉吧。但是东风湖看楼，我是有依据的，依据的是名叫醉卧东篱老弟的博客。他动不动就跑到东风湖西边，给电视塔和楼厦群照相，相片上那个美，实景更美。

碧绿湖看浪的时候最好能坐上汽艇飞奔，浪花不是一般的飞溅，飞溅飞溅能给你飞溅出大鲢鱼来。鲢鱼的习性，有些动静有些浪涛，它就乐意蹦高，一蹦，兴许就蹦到你船里。真事，我在船里抓到过四五斤重的鲢鱼，当时渔场场长华广忠说，那是鱼苗，放湖里吧。当年的碧绿湖在箔网的堵头起鱼，铁驳船满满，百斤的大鲢大鳙逮十几条，五十斤三十斤的鲢鳙上百条，不到十斤的鲢鳙人家就手放归湖里。要不是碰见十几年前败家的事，现在碧绿湖出大鱼的场景，肯定是咱大庆人可以在清晨围观的热点。

新华湖看霜，要冬天去，霜的树，霜的草，霜的画面和音律。新华电厂冷却水通过渠道在新华湖循环，热气蒸蒸，霜就常年美丽着一方水土。夏天的新华湖能不能看看白天鹅，那你得去问一个叫徐树森的人。前五六年新华湖来了一对白天鹅，他起早贪黑跟踪着摄影。去年他给我来电话，说湖面上发现六七对白天鹅了。

看芦苇穗和蒲草棒在大庆处处皆可。曾经有一时段，家跟前想看大穗大棒不容易，要跑出去三十来公里。这两年，大穗大棒从远处回归。昨天前天我在方晓一个小水面钓鲫鱼，鲫鱼不咬钩，一连两三小时鱼漂不动，我也不心烦。因为我身边到处是芦苇大穗和蒲草大棒，在萧瑟秋风里给我一派浪漫的赏心悦目。

我在大江边凝望

坐在大江边，坐在时光流淌的宁静里。坐在没有音符没有旋律没有节拍的天籁里。坐在陶渊明、李白、苏东坡那种惆怅、苍凉、放达的句子里。一个人面对一条大江，无言的心，被洗涤被抚慰的眼睛。凝望。

齐齐哈尔的嫩江边。葫芦头和浏园，那是我的少年。在富拉尔基，在富裕县，在嫩江县，在泰来县，在吉林省大安县，在大庆的肇源县，我看过嫩江。我妈哺乳我的时候她日常饮用的是嫩江水，母亲奶汁里，除了母亲的血亲之外就是嫩江给予的水亲。那个遥远的少年，眼睛里没有邪恶没有仇怨，他从嫩江的胸怀里走出来。阳光拂煦，把我从颤颤，烤为不颤颤。

坐着，守望，清晨或黄昏，在黑龙江边，我已经是二十五岁紧接着三十岁的人了。黑龙江给我五年的沐浴和映照。漠河北极村的江边，我钓过黄姑子鱼。在船上半夜不眠，看太白星照耀着一个名叫鸥蒲的小村和它跟前的江水江岸，听外兴安岭深处传来大鸟的啼鸣。在呼玛、黑河、爱辉、孙吴、逊克、嘉荫、萝北、同江、街津口镇、勤得利农场、抚远，在不同的时间里，我在以上地名的黑龙江右岸看着黑龙江。

乌苏里江，在乌苏镇，八五九农场引乌灌溉工地，在饶河，在珍宝岛，在虎头镇，看它绿绿地奔流，静静地奔流。

看松花江，哈尔滨的斯大林大街，江北松浦的大坝和老船厂附近的江岔子，太阳岛，肇源县，呼兰，木兰，佳木斯，同江。

看长江，武汉，南京，九江。

梦想着看看澜沧江、怒江、金沙江。

还有一些江河，在蓝色星球上自在奔流，我却觉得这些河流远在我的梦想之外。亚马孙河、密西西比河、勒拿河、叶尼塞河、鄂毕河、伏尔加河、尼罗河、刚果河、恒河、湄公河。

但我能用一生中的零星晨昏，心和眼睛，获得同时又被摄取，那些美丽的大江。母亲父亲一样的黑龙江、嫩江、乌苏里江、松花江，或者省事一点都叫黑龙江。此生足矣。

巴哈西伯之绿

杜尔伯特（县）白音诺勒（乡）巴哈西伯（村），这一串蒙古语地名，在我听来像腾格尔吟唱的一串歌词。我想，去过几回那里的人，都会跟我有同样的感觉。水草交连之地，白鸥翻飞而灰鹤静立；蓝绿相间之野，豆秧轻语而黍叶吟唱。田园温馨静谧，地势呈丰满的曲线；湖泊柔和光洁，水面展清亮的平镜。红红的许多小房子点缀在万绿丛中，就猜想那里的人家小日子该怎样和美。巴哈西伯——蒙古语“富饶的岗子”。巴哈西伯——一片诗意的家园。

我站在巴哈西伯绿豆市场的二楼平台上，眺望这片土地，清风扑面，绿意满目。庆西公路由南向北，在这座楼的面前横亘。巴哈西伯南距大庆北距齐齐哈尔各九十公里。这村子于是宛若一粒小砣，秤杆是公路，它就南庆北齐那么称着量着。

巴哈西伯四周被连环湖镶边，东与北是“二八谷子泡”，南与西是“雅布汽泡”，水汽温霭，蓝光粼粼。巴哈西伯村由三个自然屯组成，巴哈西伯屯、沙田屯、南地房子屯。缓缓的岗上田野，碧铺千顷，黍豆茁壮，葱茏如画。

三十一岁的马军（副乡长兼绿豆市场经理）站在我身边，指点方圆，话语里充满对绿豆的情意。绿豆，是这块土地的主旋律，是这块土地的地方戏。他说，巴哈西伯的绿豆以“绿珍珠”的美名1998年在国家商标局注册登记，还取得欧盟国际生态中心（ECOCERT）的绿色有机食品认证。“绿珍珠”牌的巴哈西伯绿豆以无污染、纯天然、高品质的风姿，如今已经迈过黄河，跨越长江，走出国门，饮誉天下。

县里乡里为了缩短农民与市场的距离，为了让当地绿豆成为王牌商品，为了使绿豆生产和经营规模化规格化，在财政窘迫的情况下，不惜投入三十万元，建设一个目前全国最大的村级绿豆市场。绿豆市场门脸上镀金大字“杜尔伯特县巴哈西伯”在阳光下放光。它占地一万平方米，大楼一千多平方米，具有办公、经营、加工、食宿综合功能。院里，两千平方米混凝土场地。市场安装了电动振动筛，日加工能力五十吨。还设有宽敞明亮的精加工车间，人工手选绿豆，箱装（二十斤）、盒装（五斤）、袋装（一斤）有机绿豆，日产两吨。

马军说，在江南一个名叫三里桥的农贸市场，专门经销他们的豆子。在那里，对于豆子，提起黑龙江提起大庆不如提起巴哈西伯，巴哈西伯绿豆、巴哈西伯红小豆、巴哈西伯芸豆、巴哈西伯豇豆，已经成为名牌。

绿豆市场副经理秦广运（县国有资产局包村干部）讲，1999 年绿豆市场一开始运行，就对客户全方位服务。全国各地来经销绿豆的人，在此吃有住，仓储、筛选、包装、装车、发运一条龙。

在精选车间里，我看到长长的木桌子上铺满绿豆或白色芸豆。大姑娘小媳妇坐在桌子两侧，手指在豆子上抚摩拨弄，那些即将装袋的豆子每一粒都水灵都圆满。她们拿计件工资，每挑出一斤挣四分钱，每天收入八元十元十五元不等。虽然薄了点，但是当地人讲话了，闲着也是闲着，闲着谁给你十元呢。

我到巴哈西伯那天上午，看见绿豆市场的三四个人（目前他们的工作人员只有五六个）正围着一台东风加长货车忙乎。十二吨由农垦总局采购的精选绿豆快装完车了，据说要发往法国。县里准备在街口显眼处为巴哈西伯绿豆市场建立巨幅广告牌，抓住这个场景，摄影师抱着机子咔咔一个劲抓拍。马军、秦广运为他们张罗着，跟他俩接近不上，我就接近当地农民了。

他是来卖两麻袋绿豆的。他说，现金，“大楼”（当地人这样称呼绿豆市场）都给现金，一把一利索。他说，现在绿豆价格低，才一元二三，他家存了几千斤，少折腾点，弄两百元先花花。他说，自从有了这个市场，农民有了自己家银行一样。他给我讲了个故事。

话说是在前些年，绿豆行情猛涨，三块五一斤，还不用风筛子净净，装上麻袋就是钱。来了个倒腾老客，住在农民家。把密码箱打开给老农看看，花花绿绿一箱子四个老头大票。老客说，钱有的是，你就给联系豆子吧。老农前屯后屯给他装上三汽车。人家开走了。说密码箱先锁在你家炕琴柜里，下回还得拉几车，再来一块儿算账。再就不来了。一个月两个月，老农没招了，找村干部找派出所，还一本正经三头对证似的，撬开自己家炕琴柜（钥匙当初在收放密码箱的时候就交给老客了），再撬开密码箱。打开一看，眼睛当时就长长了，上吊的心都有——里面装了满满当当的马粪纸，就表面铺了十几张真钱。两三万哪，那个老农还债还了好多年。

现在好了，有了绿豆市场。这两年绿豆价格一跌再跌，可是家家户户还是不放弃绿豆种植，为啥呢。因为咱农民背靠着绿豆市场，就等于面向全国面向世界哩，心里有底。

转过一晌，马军陪我走访巴哈西伯村种植绿豆大户李永昌。老汉六十一岁，当村干部三十多年，现在还是党支部书记，他家种了二百亩绿豆。谈起村子，他如数家珍，连串数字脱口而出。人口、劳力、耕地、牲畜、农机、树木、债务、房子，十几个数字中，令我精神一振的是他们汽车拖拉机的占有量。一千多口人的村子，东风王载重汽车两台、北京客货十三台、三轮农用车二十七台、泰山拖拉机五十九台、面包小客车一台。这些车就是用来经营绿豆的。

这里的农民种植绿豆、营销绿豆并举，绿豆在他们眼里已经不是传统意义上的农作物，而是商品。用李老汉的话说，心思就是钱，就看你有没有那个心思。比如说吧，离巴哈西伯村十二里地有个那尔台村，也种上好的绿豆。有一年，绿豆丰收，价钱也好，巴哈西伯村的大车小辆涌到那尔台村，三天，就把那村子的绿豆全拉来了。那村到这村，一收再一卖，中间差价一毛二、一毛五，每个车一天干挣五百块。

李老汉说，村子人好攀比，你富我也想富，这不，一万六七一台的农用汽车，昨个村子里又开回来整整六辆。农闲时节，巴哈西伯的汽车跑出去三五百里，在泰来、昂昂溪、肇源、肇州、林甸一带，走乡串村转圈儿收购绿豆。巴哈西伯村自然而然成了黑龙江最大（也可能是东北三省最大）的村子一级绿豆集散地。而乡政府花费几十万修建马赛克贴面的绿豆市场大楼，可谓顺应潮流推波助澜再掀高潮，使小小绿豆走上地方支柱经济大舞台。

为什么天南地北的绿豆客商纷纷涌至这个原本不出名的巴哈西伯？马军、李永昌都跟我谈到这个问题。用土话说，是因为这里水土好。浩大的连环湖四面围绕巴哈西伯，若没有一条公路一座桥，巴哈西伯就似乎处于与世隔绝状态。

清纯之水为这片沙质岗地外围形成了天然隔离带，使它远离污染源。巴哈西伯之土又适合高质绿豆生长。

李永昌说，这地沙性大，种苞米种甜菜种花生他们农民都试过了，十年二十年，终于找到自己的主打产品，从用工、成本、效益各方面看，绿豆是巴哈西伯的看家作物。

全世界都倡导绿色食品的这个年代，巴哈西伯人种绿豆不用化肥不用农药。提高地力，宁可费劲搭工去泡子边挖塘泥，改土肥地。闹虫子，宁可起早贪黑用手抓，用中草药，也不用见效快成本低的化学农药。巴哈西伯村这样行动的背景是——它所在的白音诺勒乡于1996年获得省农牧渔业厅“无污染农产品证书”，1998年国家环保总局有机食品发展中心黑省分中心颁发“有机（天然）食品基地证书”，同年被国家授予“中国绿豆之乡”称号并挂牌，还是同年取得欧盟第三国有机农产品认证书。

李永昌老汉说，今年（1999）7月24号，一个高个德国人带着四个中国人，带着仪器，跑到巴哈西伯的田野里，检测土壤和植物，视察周围环境。他们是代表国际生态中心（驻德国纽伦堡）的专家。专家们夸赞，巴哈西伯周遭有自然湖泊作天然隔离带，真是得天独厚。

李永昌说，现在这算什么，他小时候，走出院门，野鸡扑棱棱拍翅膀，野兔都不躲人。家里来戚，到湖边现抓现吃，活蹦鲫瓜子两三斤一个。西山沙坨子（现在的绿豆基地）那边，狍子也厚，狐狸也厚。

要离开巴哈西伯村了，我对这里悦目清心的绿色涤肠洗脑的绿色出诗入画的绿色几多感慨。巴哈西伯之绿，绿得让人们舒畅——绿豆丰收，户户万元（1996 那一年，绿豆使全村收入五百万，四百户人家，最少的也是万元，还不算营销收入那百十来万）。巴哈西伯之绿，绿得让人们上火——因为近年绿豆价格低，许多农户几十吨绿豆没法出手，三万五万的钱一赔两三年，农民和绿豆生产营销的客观现实呼唤着绿豆深加工企业的兴起，呼唤着绿豆下游产品的大规模开发。巴哈西伯之绿，绿得让人们充满希望——水乡泽洲的农民既然能从单纯种植转变为效益性经营，那上百台农民的汽车所奔向的明天绝不会是陈辙老路。

充满矛盾、充满自信、充满活力、充满艰辛、充满乐趣、充满哲理——那是“绿珍珠”般的巴哈西伯之绿啊！

钓　　鲫

我和老唐、老齐、小王不断变换湖泡去钓鲫。一开始，人家钓五根了，我可能才钓一根。但是我能宽慰自己，嘟囔着说："我叫不着急，我的名字改了，不着急。"钓友们估计抖腕子抖酸了，过来看看，惊讶地大叫："你的钩怎么可以钓鲫鱼?"

看看他们的钩，两粒芝麻似的。看看我的钩，三粒黄豆似的。他们惊叫的口气里具有强烈的批判力，看来我错了，对鲫鱼太不尊重了，竟然把鲫鱼等同于鲤鱼。鲤鱼是咬死钩的，逮着食就狠命地一拽，水面上的鱼漂也就忽悠一下黑到水里，再迟钝的钓手，只要提竿，就会感到鱼在水下跟你较劲。鲫鱼聪明，或者吃食时含钩不动，或者摘食时轻飘飘地舔，让你不断纳闷，怎么一会儿我的钩上就没食了呢？在钓鱼界，钓鲤是初级职称，钓鲫起码中级或者副教授，钓海里的大马林鱼肯定高级了。

渔竿上，铅坠、鱼漂、鱼钩之间的关系被老齐测量检验调整得精细。鱼漂露六目在水面，鱼线垂直，铅坠浮在水底上面二三十厘米的地方，两个鱼钩一个刚刚挨上水底淤泥，另一个距离淤泥两厘米。只要鲫鱼一碰鱼饵，水面的鱼漂立即有动静。

我从前的大傻钩被老唐给换成了温情的小毛钩。

但是唐齐王哥仨仍旧快当地上鱼，我还是不上。老唐说："你盯住漂根，水面与漂根之间稍有变化，就提。"我说："盯漂根吗？我一直盯漂梢，或者盯整个漂，都盯二三十年了。"

老唐和老齐对我的呆痴钓法嗤之以鼻，小王在一边窃笑。

要不钓鱼者愿意几个渔友结伴呢，身边有专业高手指教，能提高啊。我的网庠里不断入鱼。

但是我还是有点瞧不起他们，鱼食用拉丝钓饵，全是从渔具店买来的，自己动手烀苞米面、擀炒熟的芝麻、掺酒掺奶粉的乐趣没了。弄俩小钩在食团底下用手一拉，太容易就把鱼食挂到鱼钩上，简直机械化了。我觉得还是用食指肚和拇指肚捏团面食小粒，再往钩上挂，才诗意。等鱼出水，他们的钩没倒刺，把鱼往钓鲫专用的渔护上一搭，渔护网口横一根铁针，名曰起鱼器，鱼凭着自身重量，让鱼嘴与鱼钩脱离，啪嗒，掉进网袋。也是机器程序。

钓鱼的乐趣之一是摘钩，鱼在手心里扭动，你的眼睛看着鱼嘴，手指小心翼翼，把钩拿下，再把鱼放进网袋里，然后洗洗沾满黏液的手。很原始的接触，人的手心和鱼的鳞肤，挣扎与反挣扎，擒获与反擒获，这些微妙都给省略了。等于把钓鱼跌宕起伏的四幕戏剧简化为一走一过的玩闹小品，结尾连高潮都没有。

我们几个一夏天，满大庆跑，四处钓鲫，知道不同鱼池的鲫鱼有不同风格。国道边上的 A 鱼池，大鲫鱼半斤到八两，咬钩很大气，以为我们都是饲养员，送漂送得潇洒。水稻小麦掩映的村庄跟前的 B 鱼池，鲫鱼也够个，但是小麦穗和串丁子闹钩，容易心烦。牛奶企业大院附近 C 鱼池，三钱五钱一两二两的小鲫，前仆后继地咬钩，轻轻复轻轻，可以练钓鲫手艺。水利处 D 鱼池的鲫鱼经常在水底含着食不动，你没发现鱼漂有动作，半天了想换换鱼食，一提鱼竿，竟然感到了沉重，鲫鱼在水底跟你挣着。

钓鲫是个专业课，就像游泳里的蛙泳，你会了蛙泳，以后什么样的泳你都能对付。钓鲫是个练眼力、练心思、练手把的活，看你跟鲫鱼之间谁能玩过谁。碰见鲫鱼中的高手，又送漂又沉漂，但是让你屡屡白抖手腕，空钩连着空钩。你在岸上骂鲫鱼，也许鲫鱼正在水下笑话你。

淳朴的吃

现在一提到吃，已经没有从前那种红旗猎猎的豪迈，没有冲锋号一响冒死奔赴战场的气概了。吃点什么好呢——连我这样大大咧咧的粗俗人物往往都不自觉地露出秀女犯愁状。历史上人民世代保持着那种英雄大侠很猛烈很野性的吃，也得了时代病，变得娇性、搅性、骄性了。我的心，两面翻腾，正面多愁善感地为自己和整个社会的食欲大衰退痛心疾首，反面陷入迷茫的回忆中不能自拔。

淳朴的吃，遥远遥远了啊。

淳朴的吃我不能说它怎样辉煌或者怎样壮烈。因为这个喜忧参半，貌近老爹老娘的词组，必得有一个三孙子一般的前提——挨饿。饿得头昏眼花，饿得身体中部前皮贴后皮还贴不牢靠，中间夹着一根干巴瘦的脊梁。

淳朴的吃，在我的吃履历里，具有逮啥吃啥的意思。知青时代流行的知青谚语里，有一条就是“两条腿不吃梯子，四条腿不吃板凳”，其气势很接近携剑西去的大侠，不顾身后风之萧萧，寒的易水与寒的击筑之声。

柳蒿芽，早春采摘，用滚水一焯，蘸大酱，贼拉拉地清香啊。清香得让人承受不起。清香还能让人害怕，能香得你直翻跟头，这是柳蒿芽。不信你嚼一嚼柳蒿芽试试。

车前子，诗人，但是作为诗人的同名小草是一种药材兼野菜，吃着苦溜溜。车前子作为草药名叫了千百年，作为诗人也就叫了几十年。所以我说吃车前子的时候，我不怕诗人车前子跟我闹麻烦。但是他要是在专利局把车前子注册了的话，估计有些不适。但是诗人想随便注册也不容易。

豆饼，煳香，胀肚。酱油渣滓，黑色的咸腻，拌在苞米面里蒸成干粮，都有些奢侈。甜菜渣滓，没滋味的两寸白条，口感是澥呆呆的，容易让儿子对母亲产生怨恨，怎么老是甜菜渣滓煮粥呢？豆腐渣滓，雪白雪白的安慰，如果奢侈地放些葱花豆油一炒，能进入饭店当一盘菜，传说有个小饭馆管这道菜叫作“春妮踏雪”。春妮者，绿葱花，被踏的雪，豆腐渣是也。

猪毛菜、灰菜、苋菜、鸦葱这些野草，都是救命的菩萨。杨树叶子和榆树叶子也是。杨树叶子早春刚冒出三瓣的时候采摘，前些年在河北易县的小酒店里还见到这个清炒杨树叶子的菜，满口春天气息，微微的苦。

曾经淳朴地吃过，再回忆饥饿，突然产生了一点阿 Q 似的感激。可是对于饥饿的根源，想到是一种怪诞的思想行为，是狂热和偏执，是不讲天理与人道，又有点想嘲笑自己。

杜尔伯特感觉碎片

大夏天，两个星期两次，我去杜尔伯特。好几年前，也是一帮哥们儿去杜尔伯特，途中有人问，为什么叫作杜尔伯特呢？我随口说，一个姓杜的你大爷他脾气很特，简称杜尔伯特。有人问，五马沙坨什么意思？我又随口说，真笨，五匹马杀了一个骆驼呗。这两次路上一些人嘟囔我几年前的语录，我坐在一边偷笑。转眼窗外，满目翡翠，突然内心里断言，杜尔伯特草原乃中国第一草高花艳的草原，不信你就全国各地草原上走走看，能够干败杜尔伯特草原的没几个。

几近颓衰的草原恢复为高草艳花的天然良性生存繁衍状态，杜尔伯特政府和人民付出了七八年的痛苦代价，坚忍、碰撞、摩擦、等待，以及咬牙坚持、雷打不动、哭喊不移。六七年前一个名叫薛志伟的人来到这里当县委书记，提出生态建县的思路。那时的杜尔伯特草原跟那时的呼伦贝尔草原、科尔沁草原一样，沙化、盐碱化、鼠洞化、衰草化，草越来越少，牛羊越来越多。

我见识过干旱中这样悲凉的草原。你一迈步，脚前爆炸一般飞溅起黑点点，几百只蚂蚱像撒旋网一样，呼呼地，飘起一朵嗡嗡大响的黑云，吓人一跳。你举目一望，不见绿色的草，能见一片毛茸茸的小鼠脑袋，它们立身蜷爪，看四周来没来老鹰，来没来黄鼠狼子。

一打春，牛羊就漫野啃草芽。草们努力生长，牛羊的牙口加速追赶草的拔节速度。草茎、草花、含浆的草籽，一天到晚的，被嚼被啃被吃。草们唉声叹气，没心思再活了，根本没有开花、结籽、撒种、养育草孩的机会。牛羊呢，没草可吃那就得啃草根。谁在草原上刨个小坑，挖走防风、甘草、桔梗，旋转的风就把小坑变大坑，大坑变沙窝，沙窝变沙丘。鼠也吃草根，牛也吃草根，羊也吃草根，草原上满目疮痍不堪目睹。

杜尔伯特一咬牙，全县禁牧，让草活就是让自己活。但是世代放牧的牧民想不通，矛盾了好几年。暴吵，斗殴，打死偷牧的奶牛，上访告状。几经碰撞，几经磨合，几经胳膊拧不过大腿，几经疑无路，几经又一村。

现在的杜尔伯特草原是五花草原。

春天黄花遍野，黄花者，书典上叫萱草，老百姓叫黄花菜，是为黄色草原。

初夏，红花与蓝花，红花者，山丹花也叫红百合，还叫萨日朗；蓝花者马莲是也。初夏的草原即红蓝草原。

夏末早秋，白花盛开，还夹杂勿忘我（矢车菊），还夹杂蒲公英（婆婆丁），还夹杂野韭菜花的星星白。是谓白色草原。

一到深秋，经霜的草叶与树叶，五花十色，油画一样绚烂辉煌，是花色节日大聚会的五花草原啊。典型的五花草原是白音诺勒乡西边的固山贝子草原，那一小块起伏的草地，应该是大庆人野餐野游野趣的胜地。

杜尔伯特的每一个小地方都是一篇好文章。我想写写十里杨，小屯子的人们骑摩托骑得没油了，往路边一扔，三五天再拎个油桶加油再骑，不带丢的。我想写写胡吉吐莫深处的一个名叫龙坑的水泡子，夜半听水对面老牛嚼草的声音，看眼前荧光闪闪的鱼漂，忍受小蚊嘤嘤的亲近，天籁一般的夜钓生活啊。我想写写喇嘛寺大金沟，嫩江开闸放水的时候，湖泡的大鱼小鱼往闸口上顶，二十多斤的大白鱼和大草根，一旋网能够网上四五条。我想写写老名大蒿子的烟囱屯，老名小蒿子的泰康镇，中东铁路刚刚修建的时候这两个小地方是为黑龙江最早的城镇。

杜尔伯特历史上是成吉思汗给子孙的封地，一个排行老四的王爷逮着实惠了。地盘包括嫩江与松花江的交汇处，大庆、齐齐哈尔、松原这些现代城市的区划。现在缩小了许多的杜尔伯特，我一去很想跟着一群牛随便走，走到谁家进屋就喝酒，听他们唱祖传的蒙古歌。诗歌与音乐凝聚了嫩江大平原上的一块宝地，连丹顶鹤都不到别的地方筑巢孵卵，就在它的湿地深处。

蒙古名字杜尔伯特，翻译成汉语的意思是“四”。四面八方的四，四海五湖的四，四通八达的四，四平八稳的四。

寿　　山

杜尔伯特蒙古族自治县有一个地方叫作寿山。它的名气渐渐大了。寿山滑雪场，寿山度假村，寿山公园，寿山公墓。我估计慢慢地总能成点气候。草原里的一片丘陵，艰苦卓绝生长着宁死不屈的树，扭曲的身姿暗含着它们受过的苦，不摇摆不呼号，像当地劳动人民一样坚忍着，过着挺不容易的日子。

寿山吸引人们前往的，就是纯净的风、纯净的雪、纯净的沙、纯净的草。

我们黑龙江人祖祖辈辈不该忘记的一个人埋葬在那里。那片土地是以他的名字命名的——袁寿山。

清朝末年的封疆大吏，黑龙江将军，袁寿山是个有血气的民族英雄。年轻时他在北京城中央朝廷当个小秘书，赶上甲午战争，他书生意气投笔从戎，文官不当了，骑马跑到辽东半岛，参加中国陆军对日本陆军的作战。他的弟弟福山是个骑兵军官，他哥俩真刀真枪并肩玩命。辽宁南部的凤城、丹东、草河口、崔家坊、汤岗子都曾经是寿山哥俩战斗过的地方。

史书上说，日军攻破鸭绿江，占据了凤凰城，哥俩率马队直迫城下。弟弟被枪弹击中，三次扑倒又站起，死得壮烈。后来寿山亲率骁骑在汤岗子与日本陆军接火。一颗敌弹从寿山右腹钻入，左臀钻出。他身体多了一个窟窿仍然不退，一直战到敌退，他才血衣血马回营。兵将见他袍裤淋漓，血厚盈指。那些一直作壁上观的江淮宿将伸着舌头半天没敢闭嘴。原来对他瞧不上眼的黑龙江将军对他刮目相看，在临去新疆当伊犁将军的时候推荐提拔了寿山。

袁寿山是明朝卫国栋梁袁崇焕的七世孙，出生在古城爱辉（瑷珲）。他当上黑龙江将军不久，皇城那边八国联军攻占北京，这边俄罗斯沙皇血洗江东六十四屯，六路大军攻占东北，他的将军衙门所在地卜奎城（齐齐哈尔）被沙俄军队攻占。也守土了也御敌了，但是没守住没御了，在城破之时这个省级干部躺在棺材里吞了鸦片。嫌毒性发作太慢，命令护卫向自己开枪。胸前桃花怒放，四十八岁，给自己画了个悲壮的句号。

寿山的妻子是杜尔伯特蒙古族人，他的遗骸被儿子庆恩送到他大舅哥的土地上。希拉布罗丕勒（寿山夫人的哥哥）考察许多风水，最后把寿山夫妇墓定位在巴彦查干附近，小林科村西北四里处。当年树木茂密，如今已是一片沙丘起伏，愈发衬托出烈士百年后的万古寂寞。

正方形青砖墓基，白色拱顶两丈高，西面黄土台阶三级，每级宽八米、长十二米。这是当初的气势，而今只能凭借平庸的土包加以想象。寿山墓在土改时被当地农会发掘。估计当年没多少文化的农民并不知道大土包里埋葬着民族气节，希拉布罗丕勒家族的牧场财产咱们都敢分割，还怕它个土包子么？出土的金银首饰、琥珀串珠、盔甲不知流落何方。

寿山墓如今还在，不是当年模样了。墓碑竟然不是当地政府所立，也不是文化历史的权威部门所立，是散文诗界的谁谁给题字立碑，还留了落款。整个墓地显得幽默未遂。先烈墓碑的树立我以为不该太随意太随便的。杜尔伯特这个名叫寿山的地方，应该好好把寿山的事迹张扬张扬，且不说爱国了继往了啥的，起码咱们除了玩好吃好、该挣钱挣钱、该建设建设之外，让历史与今天与明天有点联系。

历史、今天、明天本来就血脉相通，关键在于咱们有没有一点文化意识，有没有一点敬畏珍惜缅怀远望的精神。

论 泡 子

泡子成串，芦苇连片，蛤蟆唱春，鸥鸟掠水。在许多许多年之前，没有通衢大道，没有摩天大厦，没有霓虹彩灯，没有磨胶皮冒废气的移动钢铁，没有熙熙攘攘的人群，你可以管这块土地的这种画面叫作荒凉。现在，一个初具虎皮色的并且日益虎皮般斑斓的城市里，也能有这种诗境，容易吗？不容易啊。

纵观国内，城市中泡子或曰湖泊像我大庆这般富有的能数点出几个？

北京皇家气派，昆明湖、玉渊潭、北海、中南海、龙潭湖，虽然没像咱们这里很轻易就连片，可人家对泡子是祖传的重视啊，大多围着泡子建设成公园。名胜之地大都放个泡子在里头，或者摆放在旁边，例如陶然亭公园、紫竹院公园、朝阳公园、农业展览馆、鼓楼、地安门。南京有玄武湖、莫愁湖。杭州有西湖。济南有大明湖。武汉有东湖、沙湖、南湖、月湖、墨水湖。人家也都是拿湖泊当镇城之宝，当掌上明珠。

反身看我大庆，从东边向西进发，一出卧里屯高速公路进入世纪大道，两侧汪汪湖泊镶边，也等于芦苇镶边，水鸟镶边。市政府大楼所在的东风新村，前后几大块湖泊，好像故意让那些楼群来照照镜子。五排公路、三排公路两侧，也是泡子不断。有情有意的泡子一直绵绵地护送着道路，公园立交桥附近，奔腾村大转盘道附近，后龙岗附近，让胡路周边，水汪汪大姑娘一般的眼神啊那些泡子。往乘风庄、八百垧、杏树岗、葡萄花那边朝南去的大路，泡子们也不少啊。尤其八百垧那个原称毕里湖泡后来叫了碧绿湖的大水面，从前五十多斤的大鱼，每天早晨都起出百十多条，等着拉大鱼的汽车在泡子边排队。而著名的黑鱼泡和龙虎泡，虽距城市不算近便，但那是东西两大片居民的水源地，荡漾着母爱，盛满浇灌我们成长的母乳啊。

说到这儿我真想掉眼泪。没见哪个城市往湖泡里倾倒破砖烂瓦，让美美的水面萎缩成病块。没见哪个城市不管不顾自己的眼睛，让它烂眼边子，让它白内障。工业废水生活废水很省事很省心地水往低处流，泡子们的地位多么低微，连科级股级都不是，它们敢说啥呀，只好承受着我们强加给的罪孽，让自己得癌。

我刚来大庆的二十年前，一走一过，泡子给我是鲜鲜的风，绿绿的蛙鸟联唱。而今，多少泡子让我们路过不得不掩鼻而屏住呼吸了？是泡子腐臭着我们还是我们腐臭了泡子？泡子们痴心地装点我们的家园，多少代多少年从没想到离开这片湿湿的诗诗的土地，怎么到了我们这代人手里就那么不小心，把今后子孙的湿气诗气都给祸害了？

论泡子论到了我们城市的良心。我们城市如果有良心，应该像好泡子那样清亮那样温馨。救救泡子，也就是救救我们自己。

少年与家乡

五百只江鸥在纷飞，一千只江鸥在浮水。我惊呆了，依偎着果午湖畔的栏杆，心里回荡着一首缅甸老民歌。“晚霞笼罩着伊洛瓦底江，活泼的海鸥展翅飞翔，啊，它们飞来飞去尽情歌唱，啊，它们自由自在多么欢畅。”可是我的眼前不是印度洋那边的海鸥，而是松嫩大湿地的江鸥。我是站在大庆油田的土地上。众多雪白的翅膀点缀着弯曲回转的桥廊，拂煦着一群群墨绿色的钢铁骆驼。大庆油田生产指挥大楼的擎天气势，音乐喷泉不锈钢灯柱之塔的峻拔时尚，甩长袖的大路与摇团扇的广场激发人们奔驰奔跑的欲望，杨树林丁香树林与马莲花草坪联手的娇媚风姿，把清亮秀美的果午湖周围构建成一个生态文明的盛大节日。千百只江鸥用咿呀的鸣唱，用翱翔的舞姿，告诉我这个生态文明节日刚刚开始，没有尽期。

我的大庆，果午湖仅仅是你美丽裙裾的一角，是你史诗交响乐之中的一个小令小曲，就已经让我陶醉迷魂，忘记我此刻敲字是要完成一个作业，完成大庆电视台《教育新视界》节目的电视人的嘱托，给全市青少年《我眼中的大庆》征文结集成书写一个小序。

2009 年 4 月到 5 月，大庆市文联、团市委、广电集团联合举办青少年《我眼中的大庆》征文活动。时值春天，等到了秋天，就该是中华人民共和国诞辰六十周年、大庆油田开发五十周年、大庆市建市三十周年三重大喜的日子了。这个春天里，江鸥纷飞在果午湖、黎明湖、黑鱼湖、乘风湖、碧绿湖。孩子们的稿件像江鸥一般也纷飞着，却只飞向一个地方，大庆电视台。具体一点说，是《教育新视界》节目二十位编辑和记者们承担起了繁重的发动、组织、接待、收集、编类、初选、再评、编辑、奖励一连串任务。而这一系列细微烦琐急忙的事情，绝不可占用他们正常工作时间，每天每天他们脚打后脑勺地忙，说骏马奔腾是表扬，说黄牛拉犁是写实。采访、写稿、摄像、编排、剪辑、录制、播出，这些雷打不动的活计干利索了，才轮到把征文的事情整明白。怎么整明白呢，他们半夜半夜地把爱心浇灌到孩子们的征文里。时常走出广电大厦的时候，世纪大道一片寂静，打不到出租车。

由此，这些大庆电视人心存感激，感激那些主动进行了初评的学校。如数家珍，他们对我说，全市有九个学校啊，对孩子的征文先组织了校园竞赛和选拔。十九中、四十四中、十六中、一中、二十五中、五十五中、庆丰小学等等，全大庆五区四县一共有八万小学生、初中生、高中生参与征文活动。他们在百湖网上挂展了一千二百篇青少年写大庆的文章，点评量逾十万人次。

那些紧张忙碌的日子里，大庆电视人也被一种深情感动着。有一个家住创业庄采油九厂的家长，坐车倒车四个小时，专门为自己的孩子送来一篇小文章。有两个小女孩，自己的文章没被学校初评选拔，不服气，特意跑很远的路，亲手送到电视台。有一位八十九岁的老翁，是第一个送稿到电视台的人。还有一些外国留学生，还有一些大学生，还有一些壮年中年人，都寄稿送稿。征文评选组顺应时势，在高中组、初中组、小学组之外，又设立了社会组。

初评，由《岁月》杂志编辑张永波，《小作家》杂志编辑王政阳，黑龙江省“十一五”科研骨干、市五十八中学高级语文教师何伟，国家优秀课改实验教师、黑龙江省教学能手、市祥阁学校高级语文教师接晶，市优秀教师、市直机关一小高级语文教师李治平组成初评委员会。五位评委对一千二百多篇稿件从内容、结构、语言、文字等方面进行综合评审，满分为十分。评选出小学组一百五十篇、初中组一百五十篇和高中组五十篇。这些篇章情感真实、结构清晰、创意新颖、语言优美、文字精练，进入第二轮评选。

第二轮评选，由王贵（大庆市委政法委副书记，中学写作研究学者，著有指导中学语文阅读写作的专业书籍《作文胜经》和《阅读胜经》）、庞壮国（一级作家、中国作家协会会员、大庆市作家协会主席）、王勇男（“中华铁人文学奖”获得者、大庆市作家协会秘书长、诗人、大庆油田教育中心让北学区主任）、胡冰（黑龙江省小学语文教学研究会副秘书长、大庆市教师进修学院副主任、语文教研员）组成评委会。最终，有二十七篇优秀作品获得大赛一、二、三等奖，十五篇作品获最佳人气奖，三百零八篇作品获得优秀奖。这些文章结集为《“我眼中的大庆”大庆市青少年作文选》一书。

从征文到编书，对于我们壮阔的大庆、豪迈的大庆、担当的大庆、奉献的大庆来说，作用和意义绝不会彪炳千秋或者感天动地。很可能仅仅是一字一句的文化凝聚。一字一句啊，对于一首奇妙的短诗足够了。没准还是诗眼呢。对于整个大庆文化，或许仅仅是一抹心血一般鲜艳的晨霞，一曲痴情一般颤动的鸽哨。我们这片三十年五十年奋发的土地，却需要这一字一句的文化积累。我们的少年用他们的心、他们的笔播种着土地文化的春天。

大庆，家乡，这是大庆人心中的情结。大庆人越来越把大庆当成家乡了。过去可不这样，在大庆奋斗和拼命的人，几乎潜意识地没把大庆当作家乡。明明在大庆工作和生活二三十年了，人一问，你是哪里的人，被问的往往不假思索地回答，哦，我陕西人，或者我河南人，或者我哈尔滨人，或者我兰西人望奎人海伦人克东人。大庆地面土生土长的人，才一代两代，勉强冒出三代吧。而在本书里的作者，绝大多数是生于大庆长于大庆的大庆人。如果说我们大庆最终有了纯牌市民的话，正是这些少年。

少年与家乡，对于每个生命个体来说，是诗意的萌发基地，是怀念的淤积本源。

少年们三百五十篇文章，各有千秋。现在我们来读读、看看、品品少年们笔下的大庆吧。小学生邱泽昱的大庆，是一个自己家不断变大变美的大庆。他才十一岁，却经历了三个家（房子）的螺旋式上升（搬迁）。第一个家，他在幼儿园时期，晚上睡觉要跟爸爸妈妈挤一个双人床，姥姥姥爷挤一个单人床。第二个家，他有写作业的房间了，也有能跟小朋友玩耍的公用大凉台了，但还有些不如意，妈妈的衣服没地方放，他的书本没地方放。第三个家，“湖滨教师花园，房子也变成一百三十多平方米。我的房间里不仅放了一个大大的书桌，而且有三个书柜。”顺便还写了大庆书城里购读、黑鱼湖里赏荷、油田乐园里滑雪。朴实的言语，透明的童心，以小见大，言之有物，真是好文章。大庆的发展史，不仅展现在世纪大道、生态大道、铁人大道张开仙鹤的翅膀，铁人广场、时代广场、油田广场、创业广场、乘风广场在大地上升起皎洁的月亮，更激发人心更浸透情感的往往就凝聚在这些家家户户的欣然悦然恬然的细微之处。

十一岁的李欣哲写大庆，分三个小标题，爷爷奶奶眼里的大庆、爸爸妈妈眼里的大庆、李欣哲自己眼里的大庆。小小的结构，三代人的时空，一出手，这个小学生的文章就已经得了神韵。

胡晓彤写大庆，写的是喜鹊。写她平时遇见的喜鹊，写评选市鸟她给喜鹊投票。更重要的是，她写喜鹊的时候还采访了，采访的是爷爷。爷爷说当初大庆家家户户烧原油，四面八方冒黑烟，连麻雀都是黑的，从没见过几只喜鹊。“我问爷爷：‘是不是爱美的喜鹊嫌大庆的环境太脏而飞走了，或者不愿来了呢?’爷爷回答说：‘可能是吧!’”笔锋一转，“喜鹊黝黑发亮的黑羽毛代表了我们大庆的石油，洁白无瑕的白羽毛代表了我们大庆的整洁美丽。”我赞叹这个四年级小学生，写得多么温馨。我决心向小学生学习，以后写文章也不大吼大叫，该心平气和一定要心平气和。

中学生汪胜龙写大庆，选择跟老会战爷爷参加宴会、到老年活动室、看报纸、举办生日酒席一些琐事。文章里老会战爷爷原汁原味的叨咕，透露着老油田和老生活的艰辛，又与小作者对时尚现代富裕文明的生活赞美形成反差。心理活动和心理描述如工笔画手法，一笔一笔写出少年与老年对大庆的不同角度的情感。文章有烟火气，有冷暖，是活人写的活文章。历来的应试作文往往苦心孤逸地为采分点服务，文章变成了应试产品，没了血气和呼吸，这是很可怕很令人痛心的事情。

高中生李靖昳写的姐妹湖，“滨洲湖与黎明湖一桥之隔，‘血脉’相通，宛如一对姊妹”，真是好点子。高中生刘鹤用“我是一滴油”的比拟贯穿全篇，也是好点子。但是我读高中组的入选文章，觉得少有初中组和小学组那些文章给予我的活泼气韵，心灵颤动。为什么呢？因为高中生的文章里活人活事太少，泛泛的灿灿的滥滥的书面语言汹涌澎湃。可能是他们忙于冲刺高考，没有时间在写文章之前进入必要的采访和体验。也可能是在应试学习的轨道上运行了十多年，让孩子们对写文章失去了独创的自我娱乐性。心灵的疲惫、思绪的倦怠是不会产生打动别人心境的文章的，尽管那些文章很可能得高分。高中语文，我看阅读和写作之外，行走行走也很重要。走到生活里去，走到民间去，走到工地、油矿、荒野、乡村，跟陌生人唠嗑，跟陌生事接触。我相信高中生们一定会写出让我敬佩的文章。当然，那得拿出时间来啊，那得学校和家长配合啊。我站着说话不嫌腰疼，还是别说了吧。

文章也是人生中一走一过的事情。能有八万少年参与，能有千篇佳作飘集，能有一本文集问世，能有一大群教育人、电视人、文学人为之奔忙，这是多么美丽的事情。大庆广电集团总经理冀年勇在整个征文结束之时，轻轻说了一句，“出一本书吧”。我感觉到少年和土地一起萌动，文化的小芽就是这样不声不响地绿了，绿着。

第 三 辑

遭遇大滋花

早年，几个诗友在一块掰扯，说谁傻，不用那个“傻”字，而说谁谁“大滋花”。“大滋花”者，东北土语也。原意没有“傻”或“不着调”或毛楞的意思，仅仅是指过年放的那种小型礼花。诗人们把土语名词引申暗喻借代，大概看中滋花放射时嗞嗞的声音和五彩光芒——为了给人短暂的愉悦，稀里糊涂就燃烧和喷放了自己全部积蓄，最终只剩焦煳的空壳。是够傻的。

最早在口头上五次三番使用“大滋花”这个词的，是在齐齐哈尔，我的诗歌朋友孟凡果。或者说，因为孟凡果动不动甩出三个字“大滋花”，我也就“大滋花大滋花”地跟上了。

没料到，就在跨世纪的门槛上，大滋花“咚”的一声碰了我的眼球，把我从肉体到灵魂碰成个大滋花。

当时我还站在雪地上，四周黢黑。我一摸眼镜，右边的镜片没了，只剩镜框。镜片都没了，镜片后面的眼睛又该怎样？顿时觉得原先眼睛的地方是无底的疼痛，就站不住，就立刻后背摔在雪里。仰面躺着，心想，五十岁五十岁还弄个独眼龙。事后，豆芽她妈说，在屋里就听见礼花响了一声啊。就那一声，没用第二声，一个信号弹，没崩向夜空，而崩在我心灵之右窗上。

八岁半的豆芽拉着我的手，哭泣着说：“爸爸，都是我不好，我不该急着放鞭炮。”我被女儿的泣声激起英雄肝胆侠士血，一屁股坐起，说：“没事，孩子，不怨你。”豆芽她发现我的脸在流血。几分钟后在药店里照镜子，我看见我的半个脸成了法国名著——《红与黑》。

那个傍晚，豆芽她二姨捧着一大抱花花绿绿长短粗细的大滋花进家，豆芽立即欢呼并且立即要放。这个节骨眼正是要挟孩子认真学习的好时机。孩子大人达成契约，晚八点之前她做完作业就能放。她说："那我放俩。""行，放俩。"

作业做到七点半，豆芽面对数学卷子，突然大粒儿大粒儿的眼泪噼里啪啦。我说怎么啦，她带出哭腔："已经七点半了，卷子还有一半，我肯定做不完，放不成炮了。"我说："只要你认真，只要你不溜号，写到九点那么咱们就九点去放。"

豆芽的铅笔在纸上窸窸窣窣，我坐在她身边读什么文章。我们父女在大庆西部一个小楼里享受祥和，当时不知道哈尔滨来的三个作家在大庆东部一个酒桌前等我，没准谁叨咕着："臭小子怎么干传他也不回话呀？"

豆芽愉快地喊道："我做完了！"我抬眼看闹钟，七点五十五。爷俩到客厅里把自己变得臃肿。在穿棉衣的时候发现传呼机里两个小时前潘永翔的呼唤，阿成、范振飙、何凯旋正在，让我速去一聚。我哪里料到那是朋友冥冥中要救我免遭劫难。犹豫一瞬，觉得还是女儿比朋友更亲，再说朋友们都老大不小，还能好意思跟八岁半的小女争一个不着调的我吗？

回电话说明早再见吧，心想当务之急是放滋花。

我们爷俩排除种种干扰走进冰雪世界，走向即将来临的剧痛——我这不够哥们儿意思只够爷们儿意思的人，到底上不了层次不能圆满。

那夜的雪下得柔绵，好像带着情意似的。

矮粗如竹筒的滋花放在石头桌上，点燃捻子。嘶嘶了几秒，没动静了。扫兴。轮到细长的那支，点燃，我说："你拿着。"女孩说："我不敢。"

于是细长的花花筒在我手里轻轻地晃，开始它还冒点烟，后来只给你沉默。晃了晃，还是沉默。我想，真对不起我女儿。把滋花细筒对着我的右眼，想瞅瞅到底冒不冒烟。

就这瞬间，它"嘭"的一声！解放战争时期的歌词，"练一练手中枪刺刀手榴弹，瞄得准来打呀打得狠”。真狠。

话说我从孩子的哭声里获得振作的力量，由躺在雪地的姿势改为坐在雪地的姿势。

孩子惊叫：“爸爸啊，你满脸是血。”

握着她细嫩的手，我站了起来。

“爸爸，咱回家吧。”

“回家有什么用？你知道这附近哪儿有卫生所吗？”

“市场那边有个药店，药店二楼能打针。”

于是我闭着眼睛，忍着越来越激烈的疼痛，那只娇嫩的小手是我前进的路标，是我迈步的力量。黑暗中，疼痛中，那只小小的软软的手，传过来血流的温度，给我能战天斗地的精神激励。

药店老板扒开我的右眼看看，说：“不行了，瞎了。”

我很愤怒，自己也扒开右眼，模糊与火辣中看到药店老板，一个湿漉漉还起了毛边的影子。

我说：“你瞎扯，我都看见你了。”

正当两个大人讨论瞎不瞎的无聊问题的时候，我八岁半的女儿走向电话。大概家里占线，她又打传呼给她的妈妈和二姨。

半夜，大医院，书记吴占林和眼科权威傅晶女士把我惨痛的眼睛真当大事给抓了一下。小镊子摘取眼睛中的树脂圆碎粒和火药残渣，眼球麻了之后注射药水。

后半夜，阿成、范振飙、何凯旋、潘永翔到医院含情脉脉抚慰我心灵的时候，我右眼一方白纱布，只给了他们半个脸的歉意表情。

时间匆匆，跨进新世纪了我的眼睛还有一点红。

大滋花事件中，我作为大人始终表现得不堪回首，八岁半的女孩危急关头显得异常镇静，特别有正事。遭遇大滋花，能让我女儿处变不惊，迎难而上，锻炼成长，当爹的眼睛遭点罪也值。

或许这想法本身比大滋花还大滋花，但是我真那么想过。

疼 痛

疼痛是无法回忆的。

哪怕你在一秒钟以前，疼痛得冷汗淋淋漓漓，汗珠仍在额头鼻尖上，显示一种被割遭剐感觉凝聚的晶莹。而这时是一秒钟以后，疼痛消失了。像远你飘逝的迷雾——你无法把原味的疼痛回忆出来。

真正的疼痛十分娇嫩。稍纵即逝，韶华一样，没等你爱抚或者珍重，它就突然老了。尽管在疼痛中你可能嘶声，可能低号，可能吸气，可能迸泪，但那不是你的体验，而是被迫的动物性十足的无奈，是纯粹肉体范畴的没出息行为。当你经受住了，想英雄一下，想从精神层面重新进入疼痛领域，对不起，疼痛本身不吃你那套。疼痛说：老实待着你的，不然我还让你动物一回，并且是绝望地动物一回。

此刻我坐在轮椅上，警惕着我腹沟深处的刀口，知道它不想老找我的麻烦。但它有如剑气如霜的大侠，端坐我血肉之中正念天地之悠悠，并非一副悲天悯人佛释胸怀。说不准因为我的吸气或者咳嗽，会激怒它，它不再诗意地守静，而要腾空跃起，胳臂腿来一番狂草蹚一回流云，我立即变成无法独奏又无法和弦的疼痛之碎片。

谁说疼痛能回忆、能描摹、能再现、能升华？我会斩钉截铁地说：去死！（此段写于 2001 年 5 月 29 日上午，小肠疝气手术之后的第五天。）

续记之一：蜷在席梦思软垫上，躲着腹部深处那随时可能翻脸的疼痛。疼痛统治着我，是突然侵略我灵肉、霸占我心思、蹂躏我品格的帝王，它不屑于跟我讲理跟我谈判，而我的抵抗只能是战战兢兢臣服于它。我敢埋怨疼痛吗？只好埋怨身边一切好东西，让它们蒙冤。比如，什么席梦思，怎么绵软得死硬死硬，硌得腰疼。

心不在焉、心猿意马、心神不定这些毛病，我从幼儿园时就开始努力克服而不能克服。在疼痛面前，我忽然成长起来，能当地市级干部了似的，坦然默然肃然，没坐主席台等于坐了主席台。疼痛啊，你是我的主，在下时刻对您老人家低三下四。看啊，咱注意力集中得如同兔子在狼嘴里战栗一样。主啊，你那两排狼牙并不怎么着急咔嚓一下咬合对吧？

这时候少年时代党的教育遥远地走来——方志敏脚踝上铁镣磨啃着一种疼痛，他的白骨摩擦着铁，子弹在前面的枪管里等待着给他的头颅穿凿一个更大的疼痛。江竹筠的十个手指插满潮湿紫黑的竹扦子，那种疼痛在生理学神经学范畴里大概是不可战胜的。如果我们不拍电影不整电视的话，这时候英雄忍不住号叫或者呻吟，一点都不掉价。

一个浅显的真理却能够使疼痛失去价值取向，敌人正自以为得意地寄以卑劣企图的正是它，什么呢——屈服。可是方志敏江竹筠不屈服。于是一种常识水落石出，那就是疼痛无法复制无法回忆，它使胆怯最终破碎，胆怯由量变到质变，成为大勇。疼痛之中疼痛过后，人不再是原先的人，人能包容一切了。方志敏江竹筠连疼痛都包容了，还能在乎死亡在乎荣辱吗！理想原先是一种意念，而到这个关口就成为活着以及死去的最终意义。

我蜷缩着躲避着疼痛的时候，温习党史，揣摩先贤，可能我的市井之心远远背离他们的气节英灵。实在的是，觉得生活原来在疼痛的时候也没变味。看看窗外，蓝天真蓝，绿树真绿，愕然觉得许多许多人用自己的疼痛渗进这一块大美之中，让我无话可说。那么，前段关于疼痛的言论到底有多少荒谬，我又茫然了。

续记之二：“扔给我一本书吧。”我跟小兰说。

她给的是池莉《怎么爱你也不够》。十五万字，一气呵成，读书就是比写书快当。

“腹部的疼痛一直持续到第二天中午。我已经疼傻了，呻吟的气力也不再有，仅仅只能在嗓子里头呜咽，像条垂死的狗。”池莉是说她生产她女儿所经受的磨难。我觉得她描摹的那人跟我有了关联。关联的丝线正是疼痛。

我毕竟还没达到池莉在疼痛界的高度。她如果是疼痛界大匠，我呢，是刚刚挤进疼痛独木桥上的初学者。我的幼稚的疼痛作品正需高手指教。于是惺惺的疼痛使我和池莉距离近了。在我自己隐隐的疼痛中读池莉轰轰隆隆的疼痛，读着读着我的眼角枕巾湿了起来。

“突然，一阵剧痛刺进我的身体，我无法形容那疼痛。当一柄刀子切开人的腹腔时，文字就显出了它的苍白与无能。我怎样描述才能向人们传达那种手术刀切割肉体的感觉呢？我没办法描述。我只能说我疼死了！真是疼死了！”池莉是在腹部没有完全麻醉的状态下挨刀的。就是在这种“我最希望的就是哪一刀能够干脆利落地捅死我”的疼痛大境地中，她坚持不死的唯一理由，是等待看一眼从她的血肉中诞生出来的孩子。

我什么文字都无法读了，因为洪水覆盖我脸。

洪水出自眼睛，湿得我只能仰面承受。

没准我是在替整个世界的人表示一种感恩。那些经过剖腹产手术而来到人间的女儿儿子们，那些徘徊在手术室门外的丈夫们，你们把疼痛留给疼痛中的女人，你们为此流过眼泪吗？如果没来得及汹涌地流一次，那么我现在替你们做这件小事。

其实我的泪是卑贱的。我表面上扮演大慈大悲者，其实更要害的问题是，我感到自己正经历的疼痛简直没有任何美学价值，没有任何社会学价值。人家池莉的大疼大痛，以及世界上所有母亲的大疼大痛，那是创造另一个生命。而我耿耿于怀的疼痛是个什么东西呢。

我其实是为自己的卑微而流泪。

男人的卑微啊，无处不在，再不老老实实流流泪，洗一洗这卑微，男人还有救吗？

小兰走到我身边，用毛巾擦我的脸。泪水反而愈发止不住了。我想起小兰的儿子（如今半大小伙子了）出世是剖腹手术，也想起我女儿豆芽出世也是剖腹手术。

续记之三：想起来我一年前买的一本书，随笔集《疼痛》。《北京青年报》编的，它有个《随笔作家》常年专版。编者是个随笔界张罗人潘多拉。似乎书里说道，疼痛是个好东西，能疼痛说明我们活着有一种敏感，有一种力量。

我转述的文字跟那篇《疼痛》里记录的文字大概有差异，因为我唐诗宋词能背诵的都有限，现代随笔还指望我这般浑浑噩噩者给它背诵吗？连我自己发表过的诗（哪怕诗界哥们儿吹乎它经典，哪怕我自己常年沾沾自喜的那些篇什）我都从没背诵出来过。

反正《疼痛》小文初看挺到位的，细想想，还是稍微有点秀。秀隽的秀或者作秀的秀，在字典里对号也都是同一个秀，这个事情你是能够恕我吗？

我曾经拿着那本厚厚的《疼痛》去跟《大庆晚报》主编“挑衅”：咱大庆作家人力资源丰厚，也整个随笔专版怎样？主编乒乓球打得好，一个推挡，接球吧老庞：“好啊，你主持吧。”那些日子，约稿编稿从没觉得哪地方疼痛，也不想惹谁疼痛。

话说回来，不讲究疼痛难道还讲究不疼痛吗？

咱们不能老是麻木啊。人家用导弹把咱大使馆穿五个窟窿，咱的水泥混凝土不疼痛。人家把咱的外兴安岭咔嚓一刀砍成人家后院了，咱的松柏草木祖坟茅屋不疼痛。人家历史里现实里总是凌辱咱的脸面，鞭打咱的脊梁，咱老是傻吃茶睡，该贪污的贪污，该诈骗的诈骗。

退十万步，不说人家说咱自己，自己给自己弄的疼痛还少吗？老舍忍不住那种从心灵到肉体的疼痛，走向太平湖深处，波浪柳莺花草还记得湖畔徘徊的泥脚印铭刻的疼痛吗？岳飞望着一条大江翻腾的红色，他的呼吸不是连绵着万古的疼痛吗？林则徐走在沙漠上，他的影子不是铺垫成夕照里瘦瘦的疼痛吗？鲁迅的胡须，刘胡兰飘扬的头发，王杰扑向即将爆炸的手榴弹瞬间让自己破碎了，谁能说读不出一种民族血液中的疼痛？

而在市井道路、舞台屏幕、饭馆浴池、灯红酒绿、蓝天碧海之间，我们最爱做的事情是放逐疼痛麻醉疼痛。多么拙劣的歌声都能挣到激光棒的挥舞、钱币的倾泻、追星的狂热，多么低下的足球都能大把挥霍民脂民膏，而且还黑哨啸啸娇毛飘飘，多么无聊的文字都能火爆盗版、炒卖街头、糊弄天下，多么空壳的游戏都能充斥荧屏、泛滥晚会、荡漾晨昏……

这漫无边际的不疼不痒！

这铺天盖地的昏昏沉沉！

我甚至在眼前幻化出一群衣衫褴褛、饥肠空瘪的贫下中农，他们扛着梭镖，冒死穿过白狗子的封锁线，去投靠老红军。土豪劣绅、团丁炮手喝大酒、耍大钱、泡大妞、吸大毒，不知死之将至。

我试图站起来。

冷汗从毛孔中渗出。

我庆幸，这次我主动找到疼痛了。

疼吧疼吧，免得不知道疼痛随时存在，免得不知道疼痛不能回忆。

兰 花 花

突然想到我二十来岁的时候爱唱陕北民歌《兰花花》。一唱，心里似乎就汪着泪水。

金线线那个蓝线线，蓝格盈盈的彩，一十三省的女儿家，顶数兰花花好。

多少年又多少年，这支歌总能在我忧郁的时候抚慰我颤颤的心。兰花花，你是一种怎样战栗我心灵的花啊。

宿命的力量，兰花花啊。

此刻，我眼含泪花，坐在电脑前，感激上苍。遥远的血缘、遥远的情愫、遥远的依恋，是我唱了三十年兰花花修来的吗？一十三省的女儿家，顶数兰花花好——是我的魂魄所依，是我的肝花心瓣的疼痛，那种疼痛让我知道活着思念一个人。尽管那个人好好的人，坑得我整天什么都干不成，她不在身边是思念，她在身边眼睛瞅着眼睛还会有一支歌在心里扑腾着翅膀——蓝格盈盈的兰花花啊！

多久多久了，那种爱的感觉放逐了我。我的孤寂、我的无依、我的漂泊是宇宙一般的漫长。心如空谷。人是风中用勉强微笑来遮掩满心伤痛的影子。写没心肝的文，喝不花钱的酒，说不领情的话。远望最后的日子，一脚深一脚浅，踉踉跄跄地醉步踩云，就奔它去了。早丢弃了当年乳毛未干时高唱“迎着晨风，迎着朝阳，昂首阔步到边疆”的激动与豪迈。

可是一支歌，兰花花她就来了，她就开了。

蓝蓝的兰花花，我的命。

当当主席

白发皓然的孟久成在电话里仙人指路："这回别像上回，别发牢骚，写写体会。"

那我就写写体会吧。

上回指的是二月黑龙江作家协会主席团扩大会。一到这时候，各地市作家协会主席就能给扩大进来。各路诸侯都很正经，用惯常的政工社论体语言，显示着文学在黑水荒原铁轨煤田之间的大好形势。其实我也该那么说说。一不留神，没准能整出点近似经验的那啥。比如大庆市作家协会跟受众面最大的媒体合作，在文学园地日益萎缩的大背景下，咱们好像小气候似的给作家们开辟新垄沟（在《大庆晚报》我主持每周一块作家随笔专版）；再比如在电子网络如潮如涌的新时代里，在油城写作者家庭电脑随波逐流上网在线的新形势下，咱们紧赶大潮让文学也扯起电子风帆（一帮热爱文学的小兄弟姐妹即将整出杂志似的文学网页）。评功摆好往脸上贴金的事情还有一些个，可是傻帽啥样我啥样。我没正事也不是一天两天了，竟然讲起"大滋花"。

当当主席，这滋味跟"大滋花"燃放时一样好受。

用热情的火光干扰别人，让他见识见识梦幻的花朵是怎样迷糊他眼睛的。王大作家立纯不是废寝忘食正修理长篇呢吗，电话搅和他，搅和两次。我估计秃顶老王在电话那一边长叹一声，备不住还轻声嘟囔，摊上庞壮国还有好？百般无奈，还能把那点意思整得不够意思吗（老舍《茶馆》台词，得英若成先生用半公鸭嗓来说最到位）？只好把长篇先放下，小品文从电子信箱给咱电传过来。小姜书记（树臣）不是从乡镇党委的办公室正朝副区长的办公室搬家呢吗，电话骚扰他也骚扰两次，让他在二十一世纪的春天突然体悟到再不写随笔，那个副区长也当不消停。退休在家的老市委书记（李智廉），正在岗位消耗体力脑力的市委办主任（季学文），主管一个县地方税的局长（姜宝库），采油第一线的小女工（刘燕，她来送稿咱还管饭），忙活杂志焦头烂额的主编（潘永翔，他给咱稿他得管咱的饭），挨个用电里的好听的话打动他们。写稿来稿形成集团军似的冲锋，显示大庆写字力量在随笔方面的雄厚实力。

百八个电话打出去，我家当月的电话费严重超支，几乎二百五。跟小款玩手机差不多了，关键是没人给咱出支票，自费。事后我才有一种失落感——这个主席当的，为你们服务的时候下达指令才好使。转过来为我服务，再下指令试一试——“喂，给我开辆桑塔纳过来，车里备上俩小姐”——我非得挨顿胖揍不可。

发牢骚和写诗一样，选择词语必有一定的情结或潜意识。“大滋花”这个土词之所以让我在短时间高频率地使用，因为我在跨世纪之交的一个晚间，遭遇了大滋花。简言说那是一个父亲为了女儿实现燃放星星的快乐，为了女儿能够处乱不惊在灾祸中锻炼成长，他把大滋花即将喷射的“枪口”对准自己的右眼，“嘭”的一声，当时眼镜片没了，不知眼睛还有没有。详情请见阿成问世的一个小说《漫天风雪与我同行》（它在贵州《山花》杂志头条），或者拙文《遭遇大滋花》（它被发送到黑省文学院的办公电脑里，估计是末条）。

当当主席，成为一个城市理所应当的文学张罗人。当初不是我选择它，而是它选择我，我本寻思玩两天“票”也行。没料到一玩就上瘾，赔钱、赔时间、赔精力、赔成绩、赔心情、赔笑脸、赔委屈的买卖，沾上手还好像驿站的劣马，鞭子咋抽也不想跑似的。人家一叫我主席主席的，心里总觉得有一股准国家元首般酸甜。

也常常惆怅，心间不平。上面没给咱一分钱，咱干着那些上面一给就几十万元单位应该干的事。哪怕一年给咱一万两万呢，咱还不得干出花儿来。又想，也容易堕落，弄不好十年八年把那点公款攒着攒着，买房子买车还不够，买个十年刑期正好，跟那些积攒花不出去的钱的傻帽省长似的，进去咋整？

一个城市，无论发达也好萧条也好，从容也罢惶恐也罢，凡人群密集，必然有一帮头脑聪慧但是智商低下的精神动物，搞文学而且搞得失魂落魄。这个小小人群中，当大家失魂于电脑前落魄于大街上的时候，他们没忘了推举一个不大不小不能太奸也不可太傻的人，让他当主席。

当主席多好啊，显得大气，显得宋江，显得朋友遍天下。但是我知道我这个主席是地道的傀儡，处于上有老还有大哥二哥三哥四哥，下有小（小兄弟小妹妹小侄子小侄女小外甥小外甥女）中间。在中间咱干啥呢——扛活啊。给文学扛活，给文学的兄弟姐妹们扛活，比旧社会给地主扛活当然要快乐得多得多。

多么辉煌的两个字，在西方那叫总统，在东方那叫主席。

我的上海哥们儿

我带领十多位惨遭放逐的青年，从龙门农场场部下放到十五里地之外的七分场，组建一个大田排。我们都曾是各分场不错的青年，不然当初不会被从各个角落抽调到场部。有的在招待所，有的在食堂，有的在酱油坊，有的在榨油厂，突然一下子说我们表现不好，给齐刷刷地刷掉。谁表现不好了？不就是场部换了个后勤科长吗？不就是后勤科长想用新人吗？

大家带着几乎可以说悲壮的心情，立志要在卧牛河边的大天地里做出个模样，洗雪四面八方那种眼睛余光里的非议。这帮小伙大都比我岁数小，又几乎是清一色的上海人。我们占据了七分场场部红砖平房西厢房的一个会议室，十几个木头板子铺位，那就是我们的家了。

共青团组织刚刚恢复，我原先在学校里就是团员，此刻成了七分场团支部宣传委员，再加上是他们的排长，我成了老大。弟兄们都想入团。我曾经那么一本正经跟他们挨个谈心——小王锄地，手上起血泡就乱叫，想当团员哪能那么娇气呢；桃根是个长脚，骨架大，可心眼也得大哦，别人用一用你的香皂，何必大呼小叫；阿苏的床铺总是军毯上不染纤尘，讲卫生很好，但是兄弟一坐你的床铺你就皱眉，人家刚一抬屁股你就扫床，何苦因为这影响团结呀……

弟兄们一点没嫌乎我唠叨。日常，他们都说上海话。跟他们混了一年多，我等于进修了一年上海方言学习班。我照样用普通话（他们管那叫东北话）跟他们对话，因为我一说上海话他们就笑，“侬港得啥末子洋井蚌矮蛙”（你说的什么洋泾浜语言）。他们的上海腔调我全能听懂，以至现在三十年后我仍受用着。把衣服“打一打”（洗一洗），“侬恹过了哇”（你吃过了吗），“阿拉勿晓得”（我不知道），回想如同诗歌如同音乐的南音吴语，使我更加怀思我的上海弟兄。

我们曾用一个脸盆做红烧粉条、桂花肉过年。曾经弄十几条小鱼加荤油加土豆丁放进小饭盒坐在卫生所的炉子上，隔一会儿派人去看一看，然后一帮人围着，每人吃一点解馋（那是我生平吃得最香的鱼）。我们曾经一人一把大芟刀在漫无边际的东大片草场上打羊草，碰见紫莹莹蓝瓦瓦带白霜的都柿果，就都围着跪下大吃大嚼，以至于每人都满嘴好似抹了紫药水。我们又从砖瓦房搬到帆布帐篷里，白天点燃烧荒的大火，夜间冷飕飕缩在被窝中大讲绿色尸体红色绣花鞋，自己把自己吓唬得吱哇瞎叫。之后我混进农场中心校，初中学历的我竟然教高中学生写作文。再后来更荒谬了，混进记者队伍、编辑队伍、作家队伍。就再也见不到我的上海弟兄们了。

弹指间，三十年，俱往矣。人在南北，音信渺然。我已经是五十岁出头的人，我的上海哥们儿也接近知天命之年了。上有老下有小，在闹市的大厦群中眺望夕阳一定挺费劲。那么，半夜起床看看当空的月亮吧，但愿月光不被薄云遮。月光一直具有思念功能，自从苏轼整出“千里共婵娟”的诗句之后。见到我的小文，就当月光给你们去信了，我的上海哥们儿！

能回信吗，地址是大庆市文化局。

今晨雨丝

今晨（2001年3月30日）突然我四点半就醒了。

自己好不惊讶。

一年到头我从来午夜两点睡上午八点醒，凌晨将临的时候总是我犯困的时候，哪有福气满脑清冷地被清晨接见过呢？这回被鸟鸣和晨光接见了。我格外珍惜这次幽会。

多长时间没刹下心读读什么文字了。随手拿起延边张洪波老弟刚刚邮来的杂志（像书而且有书号的那种杂志）——《中学生读与写》2001年一二期合刊。那上面有我两个短文。

在取杂志的路上，站在大庆市市政府楼梯口我先就读完自己的，觉得还不算太怎么丢人。其实我这样物我两忘只倾心杂志的时候，已经跌近丢人的边缘，我眼睛的余光见到从我身边走过的市直机关干部都对我面露诧异，多少有那么一点怀疑这人是否有病的意思。

此刻，我该看别人的文章了。

早上六点，读到《雨丝书信选》。编者有一段话，放在前面，我知道名叫雨丝的女孩已经不在人世了。她的信中告诉我她是那么热爱生命、热爱友谊、热爱学校、热爱风景，她想入团，她想上学，她向往像平常女孩那样走走大街，她不情愿躺在医院的床上。她短短的生命里却经历多次手术，刚刚开始童年，竟要干老年人常干的事，与死亡倔强抗争。

她在我眼前出现了，我不知道她长得什么样。但是杂志封面上那个少女我认识。马天牧，她六岁时候我还拉着她的手陪她妈妈李琦遛过哈尔滨中央大街，她妈说这条街有普希金的气息，于是我一直感觉小女孩马天牧身上也有普希金的气息。现在，普希金气息就转移到雨丝的言语里。雨丝的言语是多么平常多么琐碎，却在我面前开始结晶。让我知道生命原来可以通过最不起眼的话，流淌碰撞到我们心痛的地方。

“问你一题，必答，只能选一个，快乐的动物和健康的傻瓜和你做朋友，你要哪一个?”读到这里我的心一颤。孩子，你的问题荒诞吗?让大人感到不给你健康，是大人的错，是世界的错，是上帝的错。

这时候我真的走进你的文字。我先选择了快乐的动物，动物而且它还快乐，多好啊，比人强多了。跟动物交往，如果产生友情，那是纯自然的，似乎接近天籁。我家书房里有一只小松鼠，至今它只在书柜后面藏着，偶尔给我闪亮一瞬它的尾巴。我在屋地放上一个果盆，里面的瓜子松子花生只剩下空壳的时候，我才知道它没饿着。它不肯出来跟我做朋友。

我有点怕它，怕它拿我的书磨牙玩。

看来选择动物有点不着调了，那么选择健康的傻瓜。这时候我才突然体悟雨丝的良苦用心，我想说，孩子，我去当一个跟你好的健康傻瓜吧（严格说我当傻瓜够格，而健康呢，血脂高胆固醇高并且仍然大啖大块肉的我，哪来那种勇气敢跟上帝叫号，说咱健康永远健康也成了副主席，那可是等着挨摔呢）。

“问一题，必答，如果快乐和健康任你选一个，不得两个都要，你们选择哪一个?”读到这里，我一下子泪流满面。几乎哽咽着去摸电话，我想找张洪波我要骂他，因为他不该把编者的话放在前面，事先让我知道雨丝的早夭。

我的泪，为一个我素不相识素不相知的女孩，为她两个无法回答的脑筋急转弯问题，就那样涌流着涌流着，似乎我内心淤积了太多太重太厚太浑太苦的冤屈忧郁，不这么彻底清洗我就活不过去。

算了，我不写了，再写我就成了林黛玉，胡子拉碴的林黛玉谁能受得了。冥冥中，那个叫雨丝的女孩该笑话我了。我一个五十多岁的小老头，让雨丝该多么看不起啊。

她会说：“别哭别哭，你看我当初疼得那样都没哭，你看你呀……”

鲁迅能替咱俩解气

做一千个梦咱们也碰不到的事，咔嚓一下显现在咱们俩面前。原以为是自己莫逆至交的朋友（以为了十多年），竟然对咱俩暗中使用腿脚，在紧要处绊了你一下绊了我两下。原以为是咱们山盟海誓的娇人，你的那位竟然对你粉脸变为青脸，我的那位白脸变为黑脸，然后人家转头各自挎住另一个胳膊扭摆而去。原以为是咱们钢铁的后盾水泥的靠山，突然某一天冷眼看咱们，重新洗牌，改槽换马，让咱们捏着剩下的几张残局纸牌目瞪口呆。

咱们却不知该怨谁愤谁。云雾，苍蝇。云雾蒸腾在脑海里，苍蝇轰嗡在脑壳外。时间缓缓地流，心伤却不愿意缓缓地愈合。咱俩咋整呢？

摊事儿了。生闷气也没用。好办法是翻《鲁迅全集》，读上三篇五篇。随便哪几页，鲁迅准保能替咱俩解气。

鲁迅说："大约一个多月以前，这里枪毙一个强盗，两个穿短衣的人各拿手枪，一共打了七枪。不知道打了不死呢，还是死了仍然打，所以要打得这么多。"见《〈阿Q正传〉的成因》一文。这时候你不妨摸摸后背，我摸摸肚子，咱俩一个枪眼也没摊上。活着多好。还想咋的呢？

鲁迅又说："早晨被一个小蝇在脸上爬来爬去爬醒，赶开，又来；赶开，又来；而且一定要在脸上的一定的地方爬。打了一回，打它不死，只得改变方针：自己起来。"见《马上支日记》一文。你看，最后连鲁迅先生都没有别的办法，只好亲自起床。咱俩面临那些麻麻烦烦的人与事，其实在人群中此伏彼起，大小都不值得惊怪。

底事那厮虽然让你让我不堪，但对你我起了警世醒世喻世的作用。起码有一个功能，就是咱俩感到被劈头盖脑呼了一巴掌。这巴掌产生的反作用力，能催咱奋起于情绪的泥沼之中。咱俩那种不问世事不肯算计的行为，别人在不伤害咱俩自尊心的前提下，把它定义为懒惰。起码是思维行事的懒惰吧。细究起来没准还有糊涂、呆傻。当然换成若愚、天真之类的说法就显得好听，还能让咱俩飘飘然。

这么看，小蝇的烦扰可以与军营的晨号、战阵的冲锋号媲美。

鲁迅还说："草也比先前黄得多；然而我那门前的秋葵似的黄花却还开着，山里也还有石榴花。苍蝇不见了，蚊子间或有之。"见《厦门通用信（三)》。读到这里，咱们黄草黄花满眼，想象力不乏的话还能闻到石榴素雅高贵的芳菲。更重要的是，"苍蝇不见了"。至于蚊子，间或就间或吧，应想到它的飞姿不管咋说也比苍蝇优雅，后者那种赖皮缠滚刀肉的姿势实在难以入目。

咱俩这时候终于心平气和。

别忘了读读阿 Q，那是鲁迅先生写给所有中国人的，也包括你也包括我。读来读去，一不留心，没准从根儿上就把病去了，咱俩于是就容易圣贤起来。

蝴蝶风筝

打小到大，生平我买过两个风筝。第一个是蝴蝶，红的；第二个仍旧是蝴蝶，粉的。

红蝴蝶为我的女儿豆芽，哈尔滨松花江桥头，现从高天上扯下来的，我怕买地面上摆放的那一叠有可能飞不到天上去。红蝴蝶到底没怎么在天上遨游，最终只能悬挂在我客厅墙上，像一个飞不起来的梦。

粉蝴蝶为一个男孩隆隆，在大庆铁人广场上现买现放。那个傍晚它在天空颇出风头，在漫天几十个飞翔体中后来居上，辉煌得甚至排列到高度第三。

三四年前红蝴蝶在东风新村地面仰望天空寻找天空的时候，才发现笼罩我们所有日子的天空是那样破碎。楼区间的上方没有蔚蓝色的完整，电缆、电线，横的电缆竖的电线，叫我像傻子一样捧着红蝴蝶，身后跟着一个嘟嘟囔囔“爸爸咱们怎么还不放啊”的小女孩，从楼前走到楼后，从楼后走到另一栋楼的楼前。那时候地面上没有广场，有大块无遮拦天空的下面往往是公路或者芦苇塘。一直到六岁女儿不再仰脖看天，她蹲在地面玩起石头子，一直到我拎着风筝回屋，把红蝴蝶挂在墙上。

那种感慨随即感慨在我泱泱万字的散文《感慨大庆》里，我说大庆人呼唤自己的广场，呼唤一个能让红蝴蝶之梦飞翔的天空。

三年后，大庆在两个地方有了浩大的广场——石油管理局门前那叫铁人广场，市政府门前那叫时代广场。两个广场在春天的大风里，给我们两块同样活闹的天。红蝴蝶、粉蝴蝶、黄蝴蝶，蓝鹰、黑鹰、褐鹰，绿蜻蜓、白蜻蜓、紫蜻蜓，飞呀飞。天空有什么样的愉快，地面就跟着有什么样的愉快，而天地的两个愉快又都装进人们本来狭窄时常憋屈的心里。

粉蝴蝶的线在男孩隆隆的手中，粉蝴蝶的娇姿在隆隆他姥爷他舅舅他妈妈的眼睛里。他们的眼睛这时候能够成为天上那粉粉小翅膀的倒影。我看着稍许笨拙步履憨厚的隆隆，他的线把我的许多情思变成了粉蝴蝶也放飞在天上。这时候我想起在不很远的地方我还有一只红蝴蝶。

粉蝴蝶红蝴蝶都是我的心肝。

此刻粉蝴蝶代表着红蝴蝶在飞。

我想，有一天，红蝴蝶会来与之比翼，那一定是个澄澈无尘的心境，那心境蓝得跟天空一个样，浩得跟广场一个样。

耀景街二十二号

一看这个题目，有点像反特故事片，还有点像言情室内剧。非也。耀景街二十二号在我心目中是一块温馨的心灵花园，是贫穷快乐高雅坦荡之徒来来往往聚聚散散却无法相忘的地方。我二十三岁那年跟它有了缘分，一吧嗒嘴，竟然缘分了二十六年。

那是哈尔滨众多建筑中很具特色的半大院。正面一座二楼，坐南朝北；侧面一座小了一点的三楼，坐东朝西。楼旧，但是风度宛然是正宗的俄罗斯。院里，丁香树丛环绕，它们没开花时让你感觉到隐隐芬芳，不定啥时就如雾如云；真赶上它们开花，恍恍惚惚梦兮幻兮神经病兮，那就极愿意没出息了，没人拦着醉卧花丛也说不定。

让咱魂牵梦绕的不是这层外表，而是里面的瓤。正面那楼驻扎着省文联，还有它下属的《文艺评论》《章回小说》，都有师长或哥们儿在里头天天伏案伤腰。侧面那楼盘踞着《北方文学》，我的另一种家，抚慰心灵、调理精气、激发继续点灯熬油爬格磨笔的斗志。一个作者，横下一条心，就挺能熬的，能把一个杂志主编、编辑熬过好几拨，而作者还是那个弃之可惜留之没多少肉让大英雄在三国时代都紧皱愁眉的“鸡肋”。

我当《北方文学》的“鸡肋”式作者，就熬退休了熬调走了十好几位主编、编辑。对我有过教导、言谈、编改之恩的名单如右：鲁琪、关沫南、程树臻、黄益庸、萧英俊、关荣玉、韩梦杰、岳志诚、鲁秀珍、刘畅园、苗欣（李世昌）、张恩儒、李希英、梁南、王也、门瑞瑜。这些都是上岁数的。没怎么上岁数的是李琦、吕英、常新港、孙苏、张鹏飞、程铁男。最终他们被我熬得可哪都是（基本分布在作家协会一带）。目前正熬着李福亮、吴英杰、吴华斌、鲁晓聪、白荔荔、张茜荑、刘云开、傅德芳、乔柏梁。

我混进文学圈，跟《北方文学》有直接关系。七十年代，我在小兴安岭西麓一个国营农场里没有太大作为，但是趴在大通铺行李卷上写长短句写了好几年。一来二去不怎么歪打正着混进了北安农场局办的四五十人的文艺创作学习班。省里来了教授和编辑辅导我们。冯刚教授讲样板戏的创作经验，张玉麟、关荣玉、李冰牧、李世昌、门瑞瑜挨个过筛子般看知青们的稿子。

我的一诗一散文被过了三四遍。白天过，晚上改；晚上过，白天改。比铲地割黄豆自然幸福了许多。他们走的时候，带走了我的诗（写开荒建点的）和散文（写女孩反孔子师道尊严的）。转年在《黑龙江文艺》上陆续发表。《黑龙江文艺》就是以后的《北方文学》。

以后，我又参加了《黑龙江文艺》举办的两三次班儿。印象最深的是在尚志县石头河子，岳志诚、刘畅园主持，同班十来个人中有已经很厉害的张恩儒、李翔云、韦尚田等等，我白丁着却不知愁，每天早晨吃不够的浆子大果子，让瘦骨嶙峋的我生平第一次白胖。那回硬整出个散文《老司机的歌》也发表了，斗私批修式的，后来不敢收到自己的散文集子中。

值得一提的是，我们这个学习班里有一个兵团来的北京知青。他仪表堂堂，白净红润，修长劲健。平时他不声不响，哪能想到啊，等我们进入花甲之年，这个小青年成长为咱们国家的外交部长。他就是王毅。

再以后，借《北方文学》的光，我在蓝若古梦的乌苏里江上乘军艇而破浪，在兴凯湖旁看月的波光还闻着椴树花香，在牙克石林区一个花园般的小镇巴林呼吸最上等的空气。再再以后，跟着作家协会《北方文学》走大兴安岭，听十八站鄂伦春女子唱“老爹你别喝醉了，邻家的猎人打马经过该笑话咱们了”，拜见东北战场朝鲜战场九死一生而后把七枚军功章深藏不露净做好事，以至于被某野战军英雄连队一直当烈士纪念着的八十岁圣贤般的曹发庆。哈尔滨名胜太平湖，小兴安岭木头别墅群的桃山，水光天色的当壁镇，那里《北方文学》编辑们的脚印和我的脚印发生了亲密的相互叠印的关系。

有些稿子，没有《北方文学》编辑的催产般的劳动（打电话、写信、见面就问，他们不嫌劳累和啰唆），我就不一定捅咕出来。比如写知青的二百行诗《回头看海》，比如万字散文《秦汉以及我的行走》，那是刘云开、白荔荔辛勤浇灌我这棵不爱开花结果的半大老秧子的结果。

看看，我多么不会写文章啊，整个就是无才无韵的磨叨，颇有评功摆好故意溜须编辑以便今后发稿水溜溜之嫌。那我就不写了，我改成喊口号：《北方文学》，我的稿件第一驿站；《北方文学》，我的精神之家。

老 牙

它俩老是活动老是活动，啥好吃的也不敢让它俩沾边。问医生，真就没治了？没治了。我要是牙医，也愿意处理这样的，不用使劲，钳子晃荡晃荡就下来了。事后连疼都没疼。

我带着它俩回家。一路上左看右看。哎，跟随我四十八九年，现在你俩下岗了。别怨我狠心，是你们自己立场不坚定，有个工作干干多好，老是不安分，最后到了怠工罢工的地步。它俩像原始部族烟熏火燎多少年的野灶垫锅之石。又一想，我有忘恩负义之嫌，哪能对我的退休老部下说翻脸就翻脸，说厌弃就厌弃呢？它俩其实有英武猛烈的性情。

口占打油曰：恨肉不成泥，恨米不成浆，一头为臼，研磨时光；另一头像三齿剑，不扎别人，扎营在我的骨肉上。

积攒老牙属于魔怔行为，会害得别人笑掉本来好好的老牙或小牙。便是积攒成全套积攒成系列，又如何呢，我最终能把它们带到哪里去？那么抛弃吧，内心泛上一种不忍。一夜夫妻百日恩，它俩虽然在我这儿工作一辈子也没得到提拔，更甭说爬到妻子或准妻子的重要职位，但对我的温顺服从忠心不贰值得所有跟我眉目传情的女子向它俩学习。

只不过这两年它和它才刚刚学会不着调。

留兮扔兮怅然兮，老牙让我陷入两难境地。这时候它俩原来的位置上，产生了一种空洞感，我想大声抒怀可惜已经吐字不清。我估计，过些天，我能服从这种空洞之感，把不习惯打磨成习惯。

其实它俩在最后关头对我也够意思极了。丢了职位，没要养老金，更没纠缠，连最后本该给我的一疼，都没舍得给。

老牙，模范啊。写写它俩，算是对它俩和我自己内心的一种抚慰。人之将老，岗之将下，自己不来抚慰自己，自己不在抚慰之后果断斩灭惆怅和颓萎，难道只想指望街道或者工会吗？

果然，敲击到此篇歪文的尾巴之时，我已经从不能自拔的苍凉感中解脱出来，而且有些华夏族祖传的自我鼓舞——看看咱，扔两个老牙都能整出文笔，事实雄辩地证明，目前我还不算啥也嚼不动的老牙。

电脑朋友

辽宁河北的诗人朋友换笔之后，写信鼓捣我也搬台电脑玩玩。那时是二十世纪八十年代末九十年代初，我住在耗子串门蚊蝇扑窗的奔腾村平房，在单位般大般的人堆里工资最低，电脑钱（六七千吧）于我几近天文数字。我只好回信，说俺家这片地方爱停电，停得我满脑子昏黑，不忍心让电脑也来跟我遭这份罪。

八年前我鸟枪换炮。先是评上副高职称，正赶上工资套改，别人一算，等于连升六级。接着我的要房报告被市长签字了，我携妻挈女告别蛤蟆小鼠，搬进东风新村楼房。然后就筹借八千买了电脑，其意义等于又有一套两屋一厨的新楼单元坐在我的写字台上。

我噼噼啪啪打着键子，天蓝色屏幕上显示仿宋或细圆的字词句。这八千元的兴奋与潇洒，如果没有一个会写诗同时也会弄电脑的朋友，没有他的多次鼓励，没有他的几百里奔波，没有他的连续牺牲节假日，也就没有可能。

他的名字叫萧刚。某日，几篇诗稿铺展在我的办公桌前，机器整出的字玲珑漂亮，雪白的两边有小圆孔的纸。没发表之前人家的文字自己先就变成了印刷品，真现代，屈原李白乃至多少代诗人哪有这种殊荣？

诗里，萧刚听他女儿背诵着唐诗。两千年前唐朝的雨淅淅沥沥敲打着他家的窗玻璃，女儿嫩稚的声音飘弥于空间，古老的音韵只有在这时候才复活为童年的泉声，另一场雨在年轻父亲的心头淅淅沥沥。我心里说，好诗。就这么认识了萧刚。

待到日后他亲自到编辑部来，才知道他瘦，个子挺高，在单位搞电脑。他说用电脑写诗怎么怎么惬意，当时我将信将疑。熟得哥兄弟起来，他便极力鼓吹让我买电脑。从他最初动议到我下决心实施，前后有一年。我打电话给他，他兴奋得好像是他自己要买电脑（至今他自己家里也没武装上一台）。一两个星期之后，他带我去了“庆利达电子公司”。后来才知道他货比货跑了不下五家。

电脑进我家，萧刚一连好几个星期天把黄金时间给了我。调试主机、安装程序、拷贝文件，他的手指在键盘上忙着，嘴里还得给我讲解。从他所住的乘风庄到东风新村我家少说也有四十里地，光坐车的路费估计也得有百八了。更糟糕的是他上星期给我调试好的程序，我用上三四天，保准犯些莫名其妙的错误，不是给格式化了，就是弄成了死机，害得他又要跑一趟。好几个月之后，我基本出徒，他才少挨些累。

还有一位名叫张中范的朋友值得我敬佩。他是“庆利达”老板，家在东风新村四区，我在三区，因为买电脑我们结识了。每当我的机器或我的操作出现我所解决不了的问题，给他一打电话，他再忙也会来。我买电脑并未由他经手，如果单从售后服务这点上说，我的事他可管可不管。他为人很大气，许多没从他那儿买电脑的用户，有了问题找他，他照样帮忙。我那回出现的两种病毒“磁盘杀手”“太空炸弹”就是他给查出来杀死的。

待到我把电脑由三八六升级到五八六，又有张林和杨小林为我的新电脑忙活。求人的事，一般都是有求于人者主动上门，在电脑问题上不行，得被求者屈尊到我家。从市文联退休的张林在我心目中是电脑中文软件专家，他连电脑里的字库都随心所欲地换来换去。他用电脑写文编书挺忙，可一旦我的电脑丢文件或不玩活，他就会放下自己的电脑来治理我的电脑。杨小林在大庆技校教电脑，我电脑 WINDOWS98 系统是他帮我装的。这系统要比我以前用的 UCDOS 和 WPS 好使多了。刚开始用，也常出点小毛病，就传他。从王家围子到我这儿，光打车钱就有上百。大概是他写诗我也写诗，看在诗歌的面子上，他至今没管我要车钱。

电脑使我受惠于真挚无私的人。萧刚、张中范、张林、杨小林的行为，让我在陌生的电脑世界里心里有底。他们其实是在为电脑走向城市的每一个家庭做着传教士一般的工作，那种不计得失襟怀坦荡本身就具有一种宗教精神。今日大街小巷买电脑的人家愈来愈多了，客观现实呼唤着萧刚、张中范、张林、杨小林似的人物更勤快地穿街走巷。多几个电脑朋友，在信息时代活着，才踏实。

电脑史大概不会记录他们，但是我得记着。

白话冷汗

张洪波从延吉来电话，正编书，《作家历险记》，约稿。1985 年我和他第一次西安遇聚，担任全国石油化工首届文学大赛评委，往来十多年，越来越知道他具有“生猛性”。“生机勇猛德性”，表现为点子多，能张罗。文学江湖中他独坐清月之下，垂钓风雨，知道用什么样的“鱼饵”，能使大鱼小鱼都来“咬钩”。

不九死一生，能叫历险么？有的作家怀抱天良，铮铮铁骨，百难不折，蹲过各种监狱。有的诗人热肠侠义，性情透明，大劫中几次抬头仰望歪脖子树，低头注目浑汤子井，与狼共舞，同熊斡旋，置之死地而后生。翻查自己四十八年上万个日子，我叹息没啥意思，怎么活得这么顺当?

我该怎样混进这本书呢？咱没法悲壮，幸好还冒过冷汗。总不能先对不起张洪波不平庸的策划，接着再对不起自己很平庸的生命历程吧。写冷汗吗？那就写一写冷汗。

我的第一次冒冷汗缘于沉默的电。

小学一年级，老师说了，电那东西不能摸。那天，到齐齐哈尔日报社，我找我爸。一进门，宽阔大厅里，我看见了它。原先是电灯开关盒的地方，现在只剩黑黑的方洞，隐约露出赤裸的铝线。那里埋伏着一种神秘，凭啥不能摸呢？我跳起来，伸手碰不到，再跳，再跳。到底咔嚓一下子，蓝火花在我的手指尖上美丽地开放了。

米粒般的蓝火花啊，它咋那么大的力气，轻轻接触，就被它凶猛地拍了我一个跟头。一个小孩像个皮球一样，吧唧摔在地上。小孩又不像个皮球，摔在地上却弹不起来。我在地上躺了一会儿，仰望那截冷静自若的铝线，深深体会着整个右胳膊的麻木感。老师说得对，电哪，不能瞎乱摸。

回思小时蹦高摸电的行为，认了，天生一个诗人哪。不肯听话具有反叛意识，异想天开具有冒傻气的精神，举止荒诞竟敢超凡脱俗，这厮不当诗人还指望他当第三梯队后备干部吗？

我的第二次冒冷汗牵扯到柔弱的水。

我十六岁，同我们班一帮十六岁的男孩一道，中午放学不回家，投靠嫩江。玩耍不叫玩耍而叫锻炼。家长老师都不敢太往深了管，那时候谁敢反对孩子经受大风大浪呢？

嫩江贴着齐齐哈尔市区的边缘，流淌风景。上游，一个露天游泳场叫“浏园”；下游，一个露天游泳场叫“葫芦头”。沿江曲曲弯弯地走，十里大坝，绿树如墙。

我们一开始都在葫芦头的水里扑腾。越来越艺高胆大，连横渡三五里宽的嫩江都不过瘾的时候，就起“幺蛾子”了。大家把衣服脱在葫芦头，由一个只会抓底凫的同学看管，其余的“浪里白条”们赤脚沿着江边逆着水走，一个多小时之后到浏园。下水，而且下到江心，往葫芦头漂。在水里向岸上看，自己有一种奔驰感。少年们在浪头上嬉闹，追逐球胆，互相往脸上泼水，哪在意危险就跟随着潜伏着。

一个大风天，我们又那样痛快了。漂着漂着，都能看见葫芦头的大坝和小房子了。突然迎面一个浪头，拍在我的嘴上得有一盆水，偏巧我正向肺里吸气。灵魂出窍一般地呛水，要死啊。气管和肺子要爆炸还爆不了，没命地咳嗽，四肢慌乱，眼睛发黑。

这危难时刻偏偏我的大腿根抽筋，抽得剜肉似的疼。

我没命地叫了。

我的同漂一条大江的生死小哥们儿，全从四面八方围了过来。恍惚记得有两个人扶住我的左右肩膀胳膊，有一两个人轮番扎猛子，在水底掐捏我的大腿根。他们一顿忙活，葫芦头就到了，而这时我精神一振，所有的毛病顷刻消失。

我们又像啥事都没发生一样，嘻嘻哈哈，全然不知死亡刚刚与我擦肩而过。

令我淋漓大冒冷汗的又一件事，是发生在火车上。

二十世纪八十年代头几年，一次春节期间，我同妻子张爱华半夜从北安上车，回齐齐哈尔。车过克东克山正是凌晨两三点钟，旅客们昏昏正睡或欲睡。我与妻没座，站着的就比坐着的清醒。突然涌进车厢里六七个膀大腰圆的男青年，个个全是黑亮短皮夹克，有点像南斯拉夫一个电影里的纳粹铁血党徒。呈网状撒开，分散到车厢里前前后后的位置，很亲切地向每个昏睡的旅客低下头来，似乎他们正要嘘寒问暖。

他们的手极为放肆地摸索梦中人每一个口袋。那手就像一只白狗，在别人的身上，竟然如同跑到自己家院子里一样，随便闻闻蹭蹭再抬腿滋些狗尿。白狗似的罪恶的手，在当时贫穷的中国，公然夺掠窃盗贫穷的昏睡的中国人。

在此之前，我没见过罪恶胆敢如此公开。我当时是一家小报的记者，也开始在全国各地报刊发表诗作了，这说明我基本还是一个正经人。一个正经人目瞪口呆亲眼见识这些太不正经的事，就容易恼怒。我的确满心恼怒。那些小白狗灵活地捏摸别人的钱袋，让我感到空前的耻辱。它们猥亵着我的良心。

我同妻子说："这个车厢怎么没有民警?"

夜深人静，我的声音大了点。使六七个穿黑皮的白狗子都向我转过头来，以穿透力很强的带有杀气的目光，把我扫射一顿。他们大概对我这个戴眼镜的文弱书生不屑一顾，又各自埋头于自己的业务。许多旅客清醒了，就清醒地看着他们翻弄身边没清醒的人。我的灵魂想要叫唤，我的喉咙和唇舌却被一种名叫"懦弱胆怯"的无形抹布堵着。

这时候一个黑皮白狗从我身后往前挤，站在两个座位之间过道上的我，浑身暗使劲，不给他让路。他还是挤过去，并且就在我眼前向一个老农民模样的人下手。忍无可忍！他没把我当活人看，这个活人正站在他背后。

正巧我临上车前捡了一个铁扳手，一直在手里拿着没扔，就在座椅靠背上当当敲了两下。我想敲醒老农民。白狗一惊，停了。那个贼抬抬眼瞅瞅我，然后又旁若无人地下手。当当当，这回我敲了三下，比刚才狠，我的心也在发狠，你敢来“抄乎”我，我就先给你开瓢，打倒一个或许能镇住一帮。

那白狗急眼了，真要往我身边冲，另一白狗急忙拉住他的胳膊，拖走了他。全体白狗十分默契，呼啦一下就不见了。几秒钟，我恍惚觉得正义比邪恶强大。这一切都是无声电影一样。

事情发生的全过程中，我身后的妻不知死死地拽我几次。敌人撤退之后，她用哭腔责问，你一个人打得过人家六七个吗？忽然我又跌落到屈辱中，没吭声，只觉浑身精湿。

冷汗不算汗，算什么呢？一个懦弱胆小而又要保持天良的人，在两难境地里，被外界的罪恶也被自身灵魂的叩问，所逼迫出的身心之水。它本应从眼睛里出来，此刻却从全身冒出来了。可是谁能够把“冷汗”叫作“泪水”呢？

还有一次轻轻微微出了点冷汗，是在公共汽车上。

二十世纪九十年代，大庆，我同妻子杨秀霞从商厦买货回家，坐二路客车。大夏天，热得令人发昏。汽车里统共三十几位乘客，凡是有座的都在瞌睡。半道，从龙岗站上来四五个小青年，打扮得溜光水滑，可行事就有点丢人现眼。

他们在全车厢里分散开来，朝昏沉沉的乘客们下手。公安术语叫“绺窃”，市井说话叫“掏兜儿”。我看见一个中年干部模样的人即将破财，就自告奋勇代替女乘务员大喊一声：“二路线上挺忙啊！”全车人震惊，个个揉揉眼睛正襟危坐。那些小青年的一顿白捡的酒席大概让我给搅了。

我估计他们并非“职业杀手”。在世风日下的环境中，他们只不过是把那下贱的行为看成下班之后的业余消遣兼创收罢了。内心惊慌的“溜光水滑”们匆忙集合在车门边，一到通信公司汽车站，他们便蜂拥而下。最后下车的大个子大概觉得如此逃遁实在脸上无光，便把大手往我肩膀上一搭，黏着不撒开，说：“大哥，咱俩下去玩玩？”

我说：“今天没时间，明天你到站前找我。”

我心想，大庆火车站附近有两个派出所，到时候咱们去哪个都行。

大个子被他们一伙中一个具有军师地位的小个子拽了下去。临行前，大个子赠送我一个富有诗意的眼神，其中一句，我读懂了，是“我想吃掉你”。

伴随整个过程的，是妻子不断地拽我掐我的动作，以及她恐惧万分的表情。等我们下车，往奔腾村的小平房走的时候，她还不断地回头，幸亏路上一个人也没有。

她说，今后你可别逞能了。我没吱声，当时想的是，应该谢谢大个子，那一瞬间他要迎面给我一拳，然后从容下车，我敢追他么？而满脸开放桃花的我该怎样捧着脸回家呢？

最近一次冷汗，是在大海的石崖边缘。

我带着六岁的女儿同朋友张东光游览渤海上的刘公岛。女儿豆芽淘气，我一直对她大加小心，眼睛盯着，手儿拉着。那天在高高的古炮台上，她却吱吱哇哇表现得不大气，给我一种她也知道害怕的假象。从炮台到海边，我们到悬崖上看海。

豆芽突然在三十五度的斜坡上向悬崖方向奔跑。那小路满是石块，只要一时失脚，就可能摔下百米悬崖。

我在她身后疯狂地追，还不敢大声喊，怕吓着她。

张东光闻声在前头张开胳膊做拥抱状。两个大人的脸——煞白，一个小孩的脸——通红。

终于停下来了，她哈哈哈哈银铃大笑。我想坐地就哭。冷汗湿透衣衫。多么想狠狠地踢她屁股一脚，又怕这回真的给踢下山崖。而且张东光看见我铁青的脸，早有防备，把豆芽抱在怀里，没让我沾边。

好奇、快乐、屈辱、惊惧，一瞬间会让冷汗出世。恨也能冒冷汗，爱也能冒冷汗。冷汗让人承受无可奈何的湿，或者突如其来的湿。湿，诗，音同，形与意不同。

这世道没谁想当诗人了。倘若真有不知死活硬要当诗人的呢，那我告诉你个偏方——你吃饱了没事就冒冒冷汗。

半夜听火车鸣叫

我的居所是在城里。平时我的活动范围，书房六平方米，客厅三十平方米，厨房和卫生间各八平方米。一走一过，站在南凉台或北凉台发呆。那些平方米对我来说都是一走一过。只有书房，严格说只有电脑前的我和我占据的一平方米小空间，才融合为生命流动，把时间化为文字，读电、留言、吸烟、瞎想、迷糊。至于火车，我根本没意识到世界上还有一种大钢铁叫作火车。

突然一个半夜，火车鸣叫了。似乎近在咫尺，似乎就在我的窗外招呼我，热情而凄凉地邀请我跟它去远行。

听火车鸣叫一定要在半夜。白天它也叫，汹涌的市声淹没了它的啸啸壮音。正如满世界逗口、骂口、俏口、娇口、赖口、吟口、嚎口、咳嗽口淹没了一首具有李白风骨的小诗一样。

听火车在寂静之中帕瓦罗蒂一样孤独高歌，四周的寂静愈发显得寂静到了时空颤抖的程度。如果这时候你身边正巧坐着一个美丽女人，而那美丽女人是你一辈子的念想，众里寻他千百度的那种。蓦然回首，或者蓦然侧头，原来你和她同在灯火阑珊处。火车的鸣叫覆盖着你俩。你俩用不着眼泪吧嚓，用不着两情相依，凝神听着火车鸣叫就行了。身子不摇不动，心灵即将轰隆轰隆出门优游。也许你从来想写而写不出来的大气诗句就从心眼里涌出来了。这样的诗句我杜撰不出来。但是意思我稍稍能感觉到，用我日常言语给透露一下，五个字足矣：人生啊人生。

有一夜在我家麻将屋里，我与三个麻友斗智斗勇已近尾声，火车的鸣叫穿透玻璃，那种大喘气的呜咽，一下子把我镇了。我的手捏着一个“妖姬”（也叫幺鸡），面容大概很凄凉很肃穆。我把另外三个麻友给镇了。他们本身也都是有层次的人，师范教授或者中学高级教师。因此他们惊慌是绝不会惊慌的，而仅仅关切地低声地问：“老庞，你怎么了?”我返过神，对他们说：“你听你听，原来咱们家离铁道线这么近啊。”

我所依赖的城市是大庆，我的故乡是齐齐哈尔，我常常奔赴的城市有哈尔滨、佳木斯、牡丹江。我以一个外乡人心情和眼光短暂旅居过的城市有北京、天津、上海、南京、西安、武汉、乌鲁木齐、沈阳、长春、石家庄。城市与火车鸣叫到底是什么关系呢。我一好信儿，把我积攒的十几本地图册摊在床上，挨个看这些个城市的市区图。

啊哈，我发现，城市们的身躯上都是有大血管的，钢铁大血管。就是铁路。大庆地面，铁路用丁字形支撑着生活。哈尔滨地面，铁路在它身上挽了一个环。京津沪宁汉乌石沈长它们谁也没躲过铁路的缠绕。火车鸣叫已经天长日久地吹拂着城市人的耳朵。

有铁路就有火车，有火车就有火车的鸣叫。有火车的鸣叫就有听火车鸣叫的人。由此推论，我半夜凝神带一点惆怅带一点深情去聆听火车鸣叫，绝不是精神病行为。当然我是优越的，衣食不忧，为火车鸣叫去感动。这不会是贵族行为，因为太通俗，平民的敏感而已。那些遭罪的人，妻离子散的人，受伤受害的人，半夜听火车鸣叫会让他们惊心。也许会有另一种人惊心，比如拿了不该拿的钱，犯了不该犯的事的人。

我写过一首小诗。名字叫《夜半听火车诉说》。夜半时分我团缩在小小蜗居/突然觉得离火车很近/白天/我学习蚂蚁奔忙在街道/或者化身为蟋蟀/在官场商场文场牌场酒场掐架/我和许多不去漂泊的人一起/漠视火车的存在/夜半/一切市声都沉浸在雪花里/枕畔听着娇妻简单的微鼾/这时候火车插了进来/呜咽着诉说远方诉说故乡诉说流浪/听着听着你会热泪盈眶/你会觉得你的家正在路上/夜半的我夜半的家被你偷偷载走/火车啊亲人/我们呜咽着去向何方。

感谢周洋

感谢周洋。我为什么写这四个字呢。是因为十九岁的长春小女孩在得了奥运冠军时，不假思索的一句话，她感谢父母，今后让妈妈爸爸过上好日子。以后一查找，在网络上，得知周洋爸爸妈妈双双下岗，清贫窘迫，但是自尊自强，该给孩子的都给了。这孩子有孝心。有孝心的孩子才可能有爱国心。她知道心疼人，心疼爱她的人。心疼是爱的另一个说法。

后来听说国家体育局某领导给周洋上纲上线了，上升到德育高度，一场对国家队运动员的思想教育工作似乎要开课了。

我就笨寻思，假如周洋没说感谢父母，那么周洋的父母能不能挑周洋的毛病，指责说周洋，你个不孝的孩子，连父母都不感谢。我估计父母不会这样小气，父母首先想到的是，俺孩儿这次比赛哪块皮肉又受了伤，疼不疼。那么国家呢，对自己国家的小运动员，对于给国家升了国旗的女孩，对于成长在自己怀抱里的黑头发黄皮肤的宝贝，用得着叨咕叨咕，非得让孩子感谢感谢国家吗？我们国家的胸怀是博大的，一般不跟小孩计较感谢不感谢的问题。

于是问题就来了。什么问题呢，教育问题。

是应该教育孩子，以后作为公众人物，时不常地把国家放在口头上，因为你对于国家已经有分量了。这是第一条。

第二条，教育官员，要有国家胸怀，别动不动“事儿妈”。代表国家的官员要能够包容，思想政治工作要改变思维方式，以人为本了嘛，首先得像我似的，看见孝心与忠心的辩证关系，先表扬，后批评。

第三呢，得好好教育教育那些记者和媒体，别幸灾乐祸，没事找事，断章取义。本来官员随口说说，哪怕是在人大政协这样的重大场合，有了一点感触，属于国家性牢骚，也不该在网络上渲染个没完没了。

第四，逮谁教育谁。

第五，教育我自己，庞壮国你太有才啦，以后把这个才多给国家写写大文章，别顺手随手老整豆腐块。

但是对于周洋，我该感谢还得感谢。因为她气喘吁吁刚刚赛完，没打腹稿张口就来的一句话，那句话让普通老百姓眼睛湿润，也惹得官员媒体网络波浪滔滔。歪打正着，偏偏让我受益了，得了一个六七百字的小品文。

我乐意我是黑龙江人

我是土生土长的黑龙江人。作为土著，我心理上血液里总有些文化上的自卑。觉得不如中原，春秋战国秦汉唐宋，中国历史正剧、悲剧、宫廷打闹剧、民间传奇剧尽在那片地方上演。人家热闹了两千年的时候，咱这边亘古宁静，老虎大熊和人过着不招谁不惹谁的艰苦生活。历朝历代皇家命令编撰史书，咱这广阔土地上的动人事迹一般捞不着进入章节。

终于产生了几拨震撼全民族的英雄群体，例如大鲜卑山（兴安岭）一带的拓拔氏族、松嫩平原的完颜氏族（头子完颜阿骨打）、白山黑水间的爱新觉罗氏族（头子努尔哈赤），煌煌业绩也不在写啥论啥，全是金戈铁马。细想想，人家属于游牧渔猎民族，跟现代意义上的黑龙江人也搭不上多少边。

由此我怅然惘然惶然兮，心想年轻时不好好念书混进北大清华，然后转变成北京人上海人英国人美国人，而让我的后代还是憋憋屈屈当黑龙江人，唉，耽误子孙哪。

黑龙江人虽说文化不高，但是性情大度壮阔。漫野荒莽中你逃命地走啊走啊，终于天擦黑时看见一个窝棚。进去，没人，却有柴火有米，你尽可以煮粥。天亮临走时，再给人家把柴火备足就行。进山打猎，五六天了你又饥又渴，可是运气不佳，连个狍子毛也没捞着。山口碰见不相识的猎人，人家马爬犁上装满了猞猁黑熊野猪。见面分一半，人家给你卸下半爬犁牲口，一冬天你家老少的吃食不犯愁了。记住，下次你大获而归的时候碰见走背点的谁谁，没亲戚没邻里关系，也得给人家一半。这种山规这种风俗这种性情能让山里的人们得以繁衍和生存。

远古的温馨的诗意文明，如今在水泥森林中来来往往的人们中间，是不容易找到痕迹了。但是率真坦荡的心胸还是有的。所以在日本统治的漫长时期，真正的黑龙江人里，抵抗的英雄总是多于屈膝的奸佞。

黑龙江人是音乐和诗歌天然的同盟者。就是一个大字不识的庄稼人，在田头地脑哨起押韵的口头文学，尽管带黄带粉却现编现卖聪明绝顶，有机会深造深造没准能成长为赵本四赵本五。

说话的口音里，音乐与诗歌的元素一划拉一堆。比如应当说“干啥”偏不说“干啥”而说“嘎哈”。你嘎哈去？我不嘎哈。你不嘎哈那你嘎哈？你嘎哈老问我嘎哈不嘎哈？辘轳井房前或者高速公路口的这种对话，比许多硬写的现代诗还具有纯文本韵味。什么什么“啦吧唧”更精彩了，傻啦吧唧倔啦吧唧虎啦吧唧，上百个“啦吧唧”。

我乐意当个知足的黑龙江人。

两半树

能让人荡气回肠的树，能让人心弦震颤的树，能让人一步三回头的树，就是那一棵老银杏树吧。她的身躯假如不破碎，该有我家半个客厅那么大的方圆。

而现在映入我眼帘的，是她那十余丈高的躯体，被雷霆之剑恶狠狠地劈为两爿。这样，她的身子就像两只手掌，黢黑与惨白交杂，那拉开的距离中间似乎还回荡着雷声。两只永远无法合拢的手掌之间，留下一个狭窄的过道。小孩子们在她惊心动魄的伤痕上，钻来钻去藏猫猫。

活活被纵向劈裂的树，按理是没心情没脸面再活下去了。她大概也的确死过几次。因为被裂成两半的瞬间，烈火灼灼。她身体中间裸露的两大片死木头，除了痉挛一样的白褐色纹理之外，还袒露着烟熏火燎的悲哀。

看看她头上那苍翠的鬓发，就看到了生命的不可战胜。

两半树活着。一千年，两千年。世界上还有真正的诗歌吗？心中隐隐产生这种疑问的我，面对老银杏树已经无话可说。她就是中国的但丁。她就是遥远的李白。

唐太宗的女儿或孙女，过去在这两半树下有个宗庙。皇家的雍华、贵族的富豪、人来人往的世态炎凉，一切一切都荒芜都模糊了。只有她傲然屹立，小视着天下。

后来谁把老子骑牛的姿态，用一堆泥巴垒筑在这个野草离离的大院。后来还有谁，把许多美字凿刻成碑，摆列在这个大院。但是它们都不行，它们无法与那棵雷劈的老银杏树抗争。

不远，山上，是陕西省周至县名胜——观台瀑布，那里人群熙攘，甘愿买票仰脖累累地看吊在半空中的一条流水。

而这个青砖院落静寂，动着鸣着的是最年轻的雀子，不声不响的是最年老的银杏树，在鸟与树之间站着一个情思连绵不能自抑的人。我的心魂所寄，一生都多灾多难却总是微笑的老银杏树啊，老母亲啊。

后来因为血稠因为胆固醇高，我每天要吃银杏叶药片。于是每天就会想想遥距我千里千年身分两半的老银杏树。给我清理血液又给我清理精神的老树，我祝福你圣贤神仙一样，好好活着。

铁人村的老头老太

铁人村铁人村的，那一片楼区被人们叫了这么些年，或许都认为住着的一定是王铁人那一伙的，钻井队的家属。其实不然，住户们不是属于供电（公司）就是属于供水（公司），再有就是采油一厂三矿的家属了。没有铁人的铁人村，没有钻井队的铁人村，历史不知在哪个小细节上出了一点小变故，但是大庆市人民政府建立的碑石就竖在村口的路边上，碑上赫然铭刻着“铁人村”三个字。

铁人村与东风新村、龙南小区不同，家家户户都有老头老太，而且都当家。而在东风和龙南大多人家都是“1+1=3”的人口构成，老头老太很稀，他们一致反映：太憋屈了，连找个相同年龄说说话的伴儿都挺不容易。

铁人村的老人们都有功于大庆油田，老头们清一色的六十年代当当响的会战者，老太们清一色的五把铁锹闹革命的家属工。他们渗透汗水的青春写进了大庆油田发展史，尽管由国家出版社正式出版的《大庆油田发展史》里面并没有印上他们的姓名。他们甚至连个干部也不曾混上，当初只讲奉献来着，其中不少人也曾遇到不少提拔转干的机会，反正是阴差阳错都过去了。跟他们般大般的凡是当上科级处级的，先后都搬出了铁人村。现在他们退休在家，落得个清闲自在，不甘寂寞的或许被哪个单位返聘回去看看大门打打更。他们的工资并不高，一个月七八百，毕竟干了三十多年哪，比起现在在岗的职工，工龄十几年二十几年的差不多也拿这个数，有些亏。

豆芽的姥爷就是住在铁人村的老会战。看到他工资比我拿得少，手头不宽绰，我曾劝他：“有那么多闲工夫，到批发市场弄它几筐鲜菜卖卖，也就一上午的事儿，一个月挣个千八的不是手拿把掐的吗！”但是他不干，他说：“扯那个干什么？够花就行了，钱这玩意儿有多多花有少少花。”

他的思想完全能够代表铁人村的老会战们。铁人村小市场里卖菜的、卖水果的、卖熟食酱菜的、卖鸡鱼蛋肉的几乎全是外县人或农村人。老会战们绝不是低看了这一行当，这里大概有个文化心理问题，要想一两句话给说明白了，我这点儿浅薄的见识肯定是不行。批判他们缺乏现代商品经济意识，估计也能说得通，但是显得轻巧显得省事显得不大负责任。说他们清高说他们不知道钱好花，那就有点儿不是人话了。

我斗胆胡乱猜测，他们一直生存在生活的底层，当年饿着瘪瘪的肚子，用自己的骨头和冰凉的钢铁支撑起中国石油工业，一堆篝火一本毛著，从精神到肉体都得来一番不管你情愿还是不情愿的冶炼浇铸锤锻，直至把他们变成一种特殊材料制成的人，变成石油大工业的组成部分。

从这点来说，悲壮的史诗并不诞生于舞台屏幕书本报章之上，而是鲜活于铁人村（还有解放村、张铁匠村、乘风庄、创业庄、方晓、星火、红岗、杏南等等）那些老会战们的昨天与今天，鲜活于他们的很平庸很通俗的举手投足之间。

铁人村的老太们比起他们的老伴们自然又委屈了许多，没有退休金可拿，后来石油管理局给了她们每月五十元的生活补贴。这微薄的五十元在她们来说意义重大，总算是历史对她们开荒种地养活了油田、生儿育女造就了又一代大庆人那种英雄行为的一种承认。她们至今也不愿意闲待，开荒种地仍觉得其乐无穷。春风劲吹冰雪消融，她们就扛着镢头成帮结伙走出楼区投身田野，一小块一小块的园田是她们晚年里最愉快的俱乐部。在那里翠绿的秧苗微笑着给她们微笑，丰硕的果实甜美着给她们甜美。

老太们把那点庄稼看得很金贵。有一次我听说老孟太太哭了，是因为钻井队打加密井把她的菜地给毁了。她眼泪汪汪收拾着残破的菜秧，能看得下眼儿的只剩一大捆茴香了，把茴香拿回家她就挨个邻居送。那天中午我回铁人村，吃上了茴香馅的饺子，好多家也都吃茴香馅饺子。老太们都那样，青苞米、大辣椒、倭瓜、西葫芦、毛豆、旱黄瓜收得再多，也不会拿到集市上去卖，却保证让邻居们都能尝尝鲜，不管那个邻居自己是不是也种地，是不是也给她家送菜。

每到晚上，吃完饭以后，是老头老太散步的时间，铁人一村的、铁人二村的、铁人三村的都往供电俱乐部大楼走。这时候街上几乎见不到年轻人。整个铁人村是老人的世界。夜色朦胧，地面上路灯的光与穹庐上星星的光，一齐宁静温柔，一切好像都在沉默，一切又似在轻轻诉说。

第四辑

回忆绿风诗会

1983年夏天，我在齐齐哈尔《嫩江日报》，突然接到新疆的一个请柬，邀我去开诗会。柬上，诗名赫亮的杨牧先生还手写体签名。我找报社总编请假，他说，新疆那么偏远，有啥去头呢？以后苏州杭州有机会，你再去。我就犟嘴，说苏州杭州我还不稀罕去呢，从小就惦记新疆，惦记三十三年了。总编的关口过了，再找副总编，路费宿费的事。副总编说，也不是新闻口的会，一个诗会，光给你报销路费吧，注意，卧铺可不行。

会期才三天。我去早了七八天，会后又蘑菇了三四天。十多天的新疆之行，却让我处处时时沐浴于诗歌的神韵中，影响了我整个诗歌的生命。石河子，绿风诗会，快三十年了啊，那绿绿的诗风至今仍在我的襟怀中迷迷魔魔地吹着。

跟杨牧住了对门

我倒短，向西。一天一夜硬板火车，天亮了是北京。瞎逛一个白天，又一天一夜。天亮是西安。羊肉泡馍的大碗后面，诗人子页说，绿风改期了，向后拖延十多天。我说，那我也得往前走啊。兰州，在铁桥上看一看煤烟浓烈的城，再轰轰隆隆地坐着走。柳园，夜间望一个比都市大了几圈的月亮，心想，它怎么挂得住呢？敦煌，跑到莫高窟的山顶，跟一只沙蜥蜴赛跑。下山，跟一群骆驼合影，海鸥相机放到石头上，自拍。认为以骆驼为背景，我就能成为骆驼家族的成员，但是骆驼们不怎么愿意搭理我。乌鲁木齐北边的天池，掬水，本该濯我缨，因为咱没缨，只好濯濯脸。石河子就到了。

杨牧、石河、李春华、谷润那些《绿风》人一愣，七八天之后才开会呢，庞壮国你也太积极了吧。我说，来帮着干点啥吧。其实是他们帮我干点啥。住宾馆咱囊中羞涩。杨牧刚搬进新居，知道自己家对门还没分配出去，找房产部门借来钥匙。谁谁帮我借沙发床，帮我抬进杨牧新居对门。我晚上睡不着，到杨树林底下站着，听鸟儿左一声右一声，好听得像梦。等到天亮了一问，才知道那鸟儿原来是夜莺。怪不得呢，别处哪有半夜不睡觉成宿唱歌的鸟儿?

杨牧家一开饭，就敲对门。我老蹭饭，不好意思，一到开饭时间，赶紧跑街上找小吃。反而坏了，杨牧家认真摆四个菜，他们夫妻女儿，加我，模糊记得还有酒。我比杨牧能喝。后几天，全国各地诗人哗哗涌来，杨牧顾不上我。我如获大赦。

接下来再抬许多床，搬红砖垫床，我干活很积极。原本我一个人寂静的三室一厅，呼呼进来七八个诗人。都是单位不给报销宿费的主儿。有山东陈显荣，苏州朱红，宝鸡渭水，安徽陈所巨，山东张中海，陕西段恭让。

我跟朱红最好了，并不因为他戴眼镜我也戴眼镜。因为他的故事让我偷偷眼含泪水。他被打成右派，二十来岁衣食无着，拿一把剪子走遍长江两岸。给人剪影，两三毛钱一张，一个烧饼一碗汤。一块黑纸，他眼睛瞄着你，纤纤的手不知怎么动的，剪子下，渐渐地你就出来了。我被他剪得连唇上细细的须都细微如真，谁看谁说绝了。诗会期间，朱红义务剪影之外，还背了一塑料袋子塑料凉鞋，他说，不以推销产品的名义，来不成新疆。

跟朱红精神学习，他给诗友剪影，我给诗友照相。后来邮给昌耀先生一张四寸小照。从甘肃来信说，他生平最好的照片是这一张，麻烦找找底片。找了，找得我头发冒烟，愣是没了。我的底片是求报馆摄影部给冲洗翻印的，不知哪个环节上丢了。昌耀大师，原谅吧，当时我毛棱得厉害。

往本本上相互题字

诗人们天南海北，见一面容易吗？往本本上题字，是个挺重要的节目。日后，翻一翻，滋味啊。估计大诗人用不着整这种事情。我是小诗人，整得格外积极。

我的本子上六十九个诗人留下墨迹，其中朱红是剪纸，牛波是钢笔画（一只鹰），别人的都是语录。选辑几个，属于绝版文字啊，假如不在此显摆的话——

“让我们不只在一瞬间感到心胸绿风一般开阔。梅绍静 83. 9. 4 天山脚下。”当时她还在延安。她的新信天游体诗歌，让我如饮天风如聆天籁。她劝过我什么，今天才悟到，人哪，不能太张牙舞爪的。那时候我虎了吧唧，肯定毛病大去了而不自知。

“壮国同志：十步之内，必有芳草。以人民为师，愿我们共勉。公刘 83. 9. 4 石河子。”多少年来，我多想再见公刘大师一面，未能如愿。他的骨头那钢铁之声，我听见了。

“缪斯已经递给你热情的手杖，握紧它，敲响脚下冥顽的石头！给壮国兄共勉。贺东久 83. 9. 4 绿风诗会。”二十八年之后的今天，他秃顶的亮光仍然晃我的眼睛。他是手握艺术之手杖，敲得大地山响，不但石头响，泥土也响。诗歌诗歌，到了贺东久那儿，诗与歌真的合为一体，还能唱。

“以空旷天地间的鼎足之势，组成一幅相依为命的画面。录拙句与壮国诗友留念。周涛一九九三年九月六日。”骑马在天山下的大斜坡飞驰，一个穿军装的普希金笔下的中尉，他在为爱情和荣誉奔驰吗？当时我那么想过。

“区别便是存在。赠壮国同志。杨牧 83. 9. 4 石河子。”我告别新疆回到黑龙江，几年里大量生产北方游牧渔猎民族历史文化心理的组诗，四处报刊乱投。周涛语录杨牧语录有一种点燃什么的功效，我时常翻出来看一眼，当是兄长远远地给我加油了。

“作诗先做人。我与壮国同志共勉。丁耶。”诗会结束，吉林的丁耶还有谁谁，结伴而行。丁耶常常拉着我跟他逛街。买个纯毛毯，卷个卷，我替老人家扛着。一路走，他一路说，让我一路笑。丁耶动不动就遍地摔响幽默的能耐，让我肚子疼。治肚子疼的唯一秘方，是他闭嘴。不然，老让我犯病。

“愿你做一个真正的人。哈密县计委张玲。”她跟老头丁耶一样，教育我。丁耶是嘻嘻哈哈地教育，她呢，也许字里行间一种规劝的眼神。我想，准是我在诗会上有嘚瑟的地方，不然人家没事教育我干啥，挺累的。“嘚瑟”，东北土语，炫耀是表层意思之一，深层的隐秘的呢，任何言行都可用这两个字替代。时光如水，人在水上漂游，该教育是得教育。

“我喜欢这样的人：女人的妻子，男人的丈夫。曹永正。”诗友们都说小曹会看手相。会下休息，七横八竖的手就伸给曹永正。他妖道地说，别人就妖道地点头。轮到我的手了，他看了一看，笑了一笑，不说。事后，同住一屋的诗友给我打听出，他说庞壮国有三次婚姻。当时我说，净扯。如今一看，歪打正着，他蒙对了。以后读一个报告文学，有人称他为“预测大师”。

歌王来临

王洛宾先生来到诗会的时候，全场掌声雷动。我那时没什么音乐知识，感到纳闷。音乐家来就来呗，也不是但丁或者李白来了，诗人们为之倾倒，有病吗？旁边的诗友大概见我拍掌拍得无精打采，就告诉我，“达坂城的姑娘两只眼睛真漂亮”“在那遥远的地方我愿变一只小羊”“掀起你的盖头来”“我的青春小鸟一去不回来”等等，都是他的歌啊。我这才大梦初醒，巴掌拍得手心通红。

诗歌诗歌，诗的生命岂能仅仅活在长短行文字里，它也在旋律里，也在人的生命中。王洛宾自己就是诗歌啊。诗人们给予王洛宾以但丁李白的礼遇，说明诗歌真的洋溢在诗人的心胸间。也说明只要用心血生命来写，写啥啥是诗。

梦乡的大站

上海女诗人陆萍在诗会上很活跃。一开始我还真没瞧上她。哇啦哇啦满嘴上海“矮娃”（话），没有她不认识的。不认识，一来二去，她也混得贼熟。后来她成长为上海名记者，大概跟她这种天性有关。

越烦越坐对面。从吐鲁番回去，我们黑龙江帮东北帮要坐四天四夜的火车才到北京。哈尔滨两位诗人坐卧铺去了。车厢里，没机会躺着的诗人就硬挺，好在都有座位。陆萍就坐在我对面。嘉峪关过去，兰州过去，宝鸡过去。我上车前带了一瓶白酒，几天几夜，晕晕乎乎。跟陆萍和周围诗友瞎说一气。慢慢看出陆萍的动人之处。她的诗集《梦乡的小站》，也是诗人们议论的话题。我读小站，更晕晕乎乎，她的诗把我引入温馨。

突然一个夜半，西安到了。停站十分钟。陆萍给她女儿带了两个巨大的哈密瓜。她要在西安倒车去上海。总得有个男子送送矮小的女子，何况那两个哈密瓜，连在一起快等于她的身高了。“我送你，陆萍。”说罢，扛起瓜，前肩膀一个，后肩膀一个，才有些后悔。真沉。

西安的站台也缺德，那么远的路。我俩在一个长廊里走来走去，干走走不到剪票口。终于在铁栅栏前把瓜放下，广播就吵吵说我们那辆车要开了。我撒腿往回跑。晕晕乎乎跑在梦乡的大站里。一脚轻，一脚重，不知为什么竟然不摔几个跟头。估计陆萍也不会望着我摇摇晃晃的背影，感动得眼睛湿润什么的。她不会有工夫再多看我一眼。她自己得以弱小之躯扛起给女儿的沉重之爱，半夜三更找旅馆或者找南下的车次。

我刚刚踏上车门踏板，火车徐徐移动。摸一把额头脖子还有脸，甩一把汗，心脏像刚刚经历爱情那样狂跳。心里不是好声地叫道：“陆萍啊陆萍，坑人还想咋坑呢，差点把我留在一个梦乡的大站。”

突然想吃西瓜以及轮大襟喝酒

九月的石河子，天气最热。那里居住的人们竟然不喝水。新疆的西瓜硕大，沙瓤，甜死。

青年诗人谷闰当时还没结婚，却有个家。他领诗友到他的家里看看。一个厅，一个床，一张桌，小平房。一进屋，新疆气概出来了。地当间，隆起的小山似的西瓜，农民用三轮小拖拉机装，得半车厢。谷闰说，夏天我们不喝水。

会场里，宾馆里，果然没怎么供应水，西瓜大大地有。某个下晌，午觉时光，十多个诗人聚会在一个房间里。刘小放、边国政、逢阳、萧振荣、李老乡、林染、鄢家发、唐晓渡、商子秦、毕林、刘益善、赵丽宏、杨世运、刁永泉、王家新、徐晓鹤、骆耕野、孔令更诸君。估计这些人名里，有没在的，我给写上了。有在的，我给漏掉了。反正他们摊不上啥事，在屋不在屋又能咋的，坏事是我干的。每屋两个西瓜瞬间造光。隔壁谁有，拿来，亦是瞬间造光。

也不能干说话呀，嘴上不湿，开的啥诗会呢?

谁谁亮出一瓶白酒。轮大襟，“干旯”。“干旯”是东北土语，我用“旯”字而不用别的，是强调那个字的读音。真正的喝酒是不用菜的。轮来轮去，两圈，没了。谁在这时候搞小组织活动了，命名为这个屋叫“绿风酒会”。不管啥会，嘴皮子干着，总不是个事儿呀。还得想法子接着湿啊。

我自告奋勇，说我知道西瓜在哪儿，我去。

能报销宿费的中青年诗人住的是前院，普通间。后院，高级单间，一人或者两人一屋的，大概是公刘、阮章兢、邹荻帆、黎焕颐、赵亦武、阿红、叶笛、周良沛、林希、高深他们吧。在高级一栋的房子里，楼梯下有个小屋，装满西瓜。我一走一过，见女服务员从那里往外圆鼓溜溜挺费劲地搬。高间西瓜也许管够，可是高间的人们吃不动了。普间的，一屋俩，按理也够，可是诗人一聚堆，有多少还不得造多少，得

“玩意儿”了。

我特意在大中午穿一件风衣，易水萧萧一般，奔赴偷西瓜的路上。进了高级馆，走廊无人。开了西瓜门，一手一个并且大大方方夹在腋窝下面。风衣一遮，满怀豪情，回到前院。屋里顿时欢呼四起。

现在想想，丢老人了。多虎啊。也对不起石河子啊。跟服务员说一声，正大光明地要几个西瓜，能不给吗？年轻气盛啊，真被抓个小偷现行，多么污染诗会呢。但是当时一点都没后怕。诗人们咔嚓咔嚓满嘴湿润，让我胸怀波浪徐徐。

绿风吹自二十八年前。现在主持《绿风》诗刊的石河先生，那时是英俊中年，如今早有鬓霜了吧。那时主持《绿风》的杨牧先生，早已回到他的老家四川。他的当年桌子高的女儿，也该成家立业有了自己桌子高的孩儿了吧。我怀念石河子，怀念《绿风》。那些编辑过我的诗歌的《绿风》人，都过得可好？夏天，还是不喝水，咔嚓咔嚓让西瓜里面的甜汤来浇灌吗？深深感到石河子市委市政府多么有正事，一个诗会，就让人让诗人让诗歌界永久记着——新疆石河子，那是一片滋生养育诗歌的土地。

贾宏图的飞翔与行走

贾宏图的长篇报告文学《大江向洋去》，写了黑龙江好多地方好多人。贪了一个黑起了一个早，二十七万字就在我的心里闹腾了，波涛起伏，浪花迸溅。

合上书，闭上眼睛，我看到贾宏图张开翅膀奋飞的奇怪样子。在黑龙江的广袤大地之上，像那种撒播农药或者树籽的双膀老牌飞机。他扇起江风和林涛，俯瞰着，从黑龙江上游飞到下游，还朝乌苏里江兴凯湖拐了一圈，从边境城镇飞到哈尔滨北京以及俄罗斯的莫斯科、布拉戈维申斯克、符拉迪沃斯托克。飞到哪都不白飞，逮啥记着啥、想着啥，回头就写下（拿下）。

不光是俯瞰地理，连时间也一块儿俯瞰了。清朝，民国，二十世纪五十年代、六十年代直至二十世纪末直至二十一世纪。

不光俯瞰时空，连人群和人生也都给俯瞰了。沿江逆行追本溯源的省长、从黑龙江入海直进太平洋这条黄金水道上第一船的船长、通过卖西瓜打开中俄贸易大门的经理、闪烁艺术之光的小木匠、偷渡国境的“叛逃者”、抗击外侮吞金自杀的清朝将军、心系边陲的老抗联、砸拦路之锁的县长等等，数以百计。

俯瞰中有回溯，回溯时又常伴着眺望。而且他也不老在天上待着，绝大多数时间是在地面上走。漠河的沙岸、街津口的岩崖、绥芬河的中俄民贸市场、哈尔滨亚麻厂爆炸后的废墟、玉泉狩猎场的雪坡、布拉戈维申斯克黄昏中的广场、海参崴雨后的火车站……都留下他近似八字形的脚印。

这本书的总体构思几乎和他这个人的身体成正比，都是大骨头架。纵纵横横的笔触连着他的神经。由于其间描绘的是真人，叙述的是真事，洋溢的是真情，我读着很解渴很畅快。它具有审美价值的同时，也具有新闻价值和史料价值。

纪实文学许多年来以钩沉为乐事，似乎有逃遁现实之嫌。有写国民党正面战场与日军血战的，有写志愿军战俘悲惨命运的，有写西路军同马家军苦战而全军覆没的，与时代保持一定尺寸的距离。近距离地写改革写政治写经济写世情写人生的作品好些年都凤毛麟角着。

黑龙江从远古流到二十世纪最后的年代，终于挣脱历史的刀光剑影，揩去耻辱和惶惑，解冻（书中上篇的标题），奔流（书中下篇的标题），浩荡向着太平洋向着世界展示跨世纪的风姿。正此其时，老贾跑着采着记着写着，二十七万字有光有色，那是黑龙江人焕发的黑龙江精神。记者兼作家就该如此弘扬司马迁以来秉正文风、忧黎热肠、时代良心，就该眼睛跟踪芸芸众生，心血倾尽土地道路，精元注入一杆笔中。

有许多章节富于传奇色彩，那不是他关在斗室精疲力竭虚构的产物，而是他远走路、广交友、细采风的收获。这些章节与其说是报告文学的段落，不如说是可以独立成章的人物本纪。我最爱读第三章第四节《一个混血儿的命运》。

胡泓，与我同龄的哈尔滨人，身世坎坷。他精通钢琴小提琴，会唱男高音，会搞舞台布景，在北大荒当过兵团战士。父亲死后母亲瘫痪，他滞留哈尔滨，干起木匠，手艺超群。他跑到兰州空军文工团，连写几个剧本，可人家看中他的木工手艺，他当了舞台美工。因为反对批判贝多芬、莎士比亚而被下放。青海高原上两年里写了几十万字的文学作品，只能用来当枕头。转业回到哈尔滨跑遍文艺团体没人肯要。安置到区医院当 X 光医生，结婚生女，这期间他继续攻文学，小说发表《青春》上。不久母亲去世，再不久改革开放。

胡泓辞职，办起一个个体家具店。秋林公司一向乏人问津的家具部人头攒动，因为小胡设计制作的酒柜梳妆台上市。喧闹的火车站附近出现一座建筑小品，圆顶塔楼与拱形屋顶的小洋房精巧别致，这个天鹅汽车出租公司站前调度室也是他的作品。他又关闭家具店成立了建筑装修队。哈尔滨为玉泉狩猎场建筑群体设计举行招标审定会，省市建筑设计专家云集。名不见经传的胡泓以自己独特的设计夺标。四十人八十天风雪中他们小月亮装修队拿下这个近百万元的工程。国务委员、省长、市长为之剪彩。他又应邀去日本考察，并设计一批艺术建筑，日本专家赞叹：他“必将成为参天大树，这棵大树的枝杈将从中国伸向日本、美国和欧洲”。他收集许多资料，幻想着有一天能亲手重新设计和建造哈尔滨从前那座尼古拉大教堂。

一个或许可繁衍成中篇长篇的素材，老贾拈来则惜墨如金，可见其行文的翔实和坚厚。

贾宏图笔下还有一些章节令我百读不厌，例如《春江水暖和西瓜事件》，写黑河的刘兴泉以一大船两百吨西瓜发端，促成二十世纪八十年代第一例中俄边贸，饶有风趣。我在黑河当记者的时候刘兴泉是地委办副主任，大院里出来进去时常看见他，读他的故事自然亲切。

《往事如烟情犹在》一节写到《黑河日报》记者李广厚。二十世纪五十年代两个中国男青年两个苏联女青年在界河中央各自的船上热情致意，给拍成纪录片，画外音是“黑龙江一条友谊的江”。六十年代这个镜头在电影中又出现过，画外音变成“黑龙江曾经是和平友好的江，可是新沙皇的炮舰打破了宁静”。李广厚两次作为观众看电影上的自己，一次二十岁，一次三十岁。我到李广厚身边当学生的时候，他快四十了。采访、编版、画样、校对一系列记者编辑的活儿，他几乎手把手地教我。如今我四十五岁，编采业务上自信不糠，这点功底全得益于他。老贾在书里说李广厚是历史的见证人，让我掩卷而思亲，忆旧怀谊，心飞边城。

作家出版社在封底内容简介中说：“这是一部关于黑龙江的史诗，洋溢着厚重的历史文化韵味、独特的边疆风情和震撼人心的真实感。”整个评价并非胡吹瞎捧。黑龙江的变革步伐经济建设照沿海省区落后老大一截，但不等于说黑龙江人都是熊包。不等于说熊包们没有大熊舔掌饮雪的坚忍精神，没有大熊与虎拼搏的血气，没有大熊面对朝阳引颈长啸的祈望。

资源大省计划经济大省重工业大省，我们“傻大黑粗”背的包袱太重了。有些本不该背的，由于历史原因体制原因，或出于大局或宥于困境，不得不咬牙瞪眼，包袱再重也得挺直脊梁。但是大江毕竟向大洋奔流，大江大洋毕竟融为滔天巨浪。你远远地看，地球都给洗得莹莹的蓝。

重读李琦的长诗《死羽》

李琦在我心目中是缥缈而实在的女诗人。诗人其实就是诗人，在这桂冠前面生硬蛮横地加一个“女”字，我知道我已经俗不可耐。能使我明知故犯这种下里巴人错误的原因也很俗。我是个酸硬男人，还写酸硬的破诗。破诗往往是那种没有灵性的长短句，大多数都出自我这套号的男诗人之手。出于尊敬也为了区别，我如果把李琦也含混地称为诗人，似乎就有抬举自己浑水摸鱼水涨船高当个充数的不发声的笙竽演奏者之嫌。诗，咱写得不咋的，人再做得不咋的，那还有救吗?

《死羽》大概是李琦1986年边走边思边写的吧。使她有西北之行欲望的，是她一个女友画家讲起的三只麻雀，在戈壁荒凉寥廓中三具羽毛拂动但小身躯僵硬的鸟尸，它们的头颅朝着一个方向，它们的死充满宗教的诗意，平凡的惊世骇俗，平静的生命绝唱，使得李琦在西北行走之时头脑中总有三只麻雀的幻影，她又总用这幻影来重叠眼见的一切真实。

李琦进入大西北的时候，在戈壁看见无数的石头破了，石破而天不惊，她的心为之一动。她倚着空旷沙海之夜点燃一支香烟，看见无数的人就像这烟杆一样，无论燃烧得明丽也好、冒烟冒得朦胧也好、不明不暗显得多么憋屈也好，“最终皆是灰烬”，“只有雪山巍然，畅饮着世纪之风”。她看见“倚门挥手时一笑，手里拿的是棵葱吧”的饭店女孩，西北人的坦诚是一种美丽的魔力，使得“比营业员还忙”的那些“兴奋的苍蝇”也成为记忆中的标识，以至于以后再走进音乐霓虹的优雅饭局总有一种缺少热烈人情（包括热烈的苍蝇）的失落感。她看见石油小伙为她举来名叫“死不了”的“活着就已经像标本”的干巴鲜花，突然悟到这世界遍布奇异与怪诞——“不该开花的地方它有花开，不该住人的地方它有人住”，也悟到“在这里我算什么？过路的黄羊都比我深沉”。

当哲学家、政治家瞪大眼睛注重整个世界的规律、走向、形象的宏观、抽象的微观的时候，诗人则把头颅和思想扭向了另一面，诗人注意的是这世界活生生的细琐的充满呼吸的小故事、小情节、小微妙、小心颤。草叶上清凉的泪珠、蚂蚁为什么悲痛地蹒跚、死去的麻雀那不甘心地在风里纷扬着的羽毛、一个母亲为远来客人烙饼的那双沾满面粉的手。诗人多么没出息，多么容易感动，世界啊，只要你一点点一丁丁有血气有活气有天良的东西，而且只要那么一闪，我们的诗人就已经泪水涟涟青衫湿透了。

你看，在火车上，一位北京籍老阿姨说起自己的身世，当年去喀什结婚，一去就没再回来，“西北啊，西北就是这么个地方，没去时不敢去，去了就不想回来，我们西北尽住着——这些死心塌地的人”。李琦把口语把老阿姨的原话直接入诗，这说明李琦对人的尊敬，亦是对诗的尊敬。谁能整出这么令人心疼令人生泪的诗句，只有那西北人，只有那把西北人的话语听进心的深处的李琦。

《死羽》的第三节，李琦干脆虚起来，一连十六个“我是”，列车载重般轰隆隆的排比，烽燧、飞燕、蜃景、高原、戈壁、羌笛、白骨、泪腺、瞳孔、春天、青铜之气、丝绸之柔、鼾声、现代音响，“我是你一路向西的风景啊，我是那记住了这风景的眼睛和心”。这六百三十九行不算空行的长诗因此骨节铿锵。

李琦十二年前的西北之旅，她悟到死的美丽和悲壮，悟到生的艰辛和从容，悟到佛和观音其实是人的映在苍穹上的影子——“面如满月的菩萨啊/你轻举手掌/掌下是芸芸众生/掌上是万古苍凉”。十年前我读到这段的时候，在诗集的那页写上“沉静如水而又惊心动魄”，十年后再读，我为我当年的浅浮在心里笑话了我自己两三秒钟。菩萨是谁呢？菩萨的那个手掌是什么呢？李琦其实说，菩萨就是咱们，那手掌只不过是生死的交界而已。

《死羽》具有思维建筑之美。美就美在，诗人把自己的一生（写的时候她三十岁，那么就说少半生吧）情感都融入其中。童年，对诗的朦胧渴望，童年她为普希金哭过，而普希金的灵魂伴随着她走在景观荒凉而人情丰厚的西北道路上。世界也就如此浑蛋逻辑着，往往繁华热闹的都市人情如冰，而荒漠草原沙漠却人情如火，人越厚人味越薄，人越稀人意越醇。青年，她的爱情和渴望，中年她的思绪和为人，都进了诗篇。敦煌的飞天、酒泉的瓜园、探险流浪者的道路和背影、美国姑娘柯瑞嘉的眼神、钻井工以及他们沉重的祁连山、阳关女孩阎红家月亮皎洁般的大饼、哈萨克人阿斯哈尔的假腿——人人物物地地事事万花竞开于诗中，却井井有条徐徐若风，为什么呢？

因为诗中那三只不死的小麻雀在轻轻盈盈地飞。麻雀不死，麻雀在飞——李琦啊，为什么不管你的长诗叫《活羽》呢？

《死羽》的语言风格如果用诗句比方一下，这里有现成的，“如丝绸如杯子里那透明的水，静静地我品一杯茶”（《死羽》开头第三四句）。李琦不喜欢大声说话（只要别惹急她），大呼大喊跟她更是无缘。似乎她在跟谁促膝谈心，跟前一只蜡烛荧荧地晃动。谈着谈着，就有人眼睛潮湿了。

且听——“我看到一粒石子旁边/并排躺着/三只小麻雀的遗体/风掀动它们朴素的羽毛/像幻化中的静物/三只小头颅/向着苍茫的远方”。且听——“向西向西向西/我发现我的方向是太阳回家的方向/我发现我的方向是疏勒河渴望的方向/我发现戈壁的碎石/竟如此像凡·高的土豆/结实的躯体上/长满了深色的疤痕”。且听——“石油是你们沉重的呼吸/是你们一肚子/说都不想说的苦水”。

由此可见，诗人写诗之前，必须得心疼，自己的心不疼怎么能写出令别人读之而心颤的句子来呢？心疼心疼的，中国老百姓总乐意这样叨咕这样嘟囔这样轻声慢语。心疼是什么？心疼就是一个字——爱。

李琦的这首长诗写在十三年前，出版于七年前（见她的诗集《守在你梦的边缘》），那时候我读过。读完，没想起写写读后感。十多年后再次读，却写了。是我发神经吗？八成，挺像。让我发这神经的原因，就是才发现，这长诗能给我的神经过电。

我乃神经迟钝之人，已有诗界师长给我评价三点，“一是没心没肺、二是心不在焉、三是全神贯注”，对李琦的这诗我照例也经历了这个三段式，只不过过程像龟兔赛跑似的，在兔子看来是缓缓地爬，乌龟自己知道那是在跑，跑了十来年。要不是到跨世纪这个节骨眼上，要不是眼下风起云涌地冒出些读不读都行的诗，要不是我离烟卷燃尽只剩灰烬比十来年前又近了些日子，要不是李琦的弟弟病重抢救而她忧心忡忡，我安慰她没事那么年轻肯定能挺过来，而我也不知道我说话好使不好使，我不会把她的诗找出来读。不读，神经就照样锈铁丝似的没电。

上苍有意，让我重读《死羽》，也就铭记她在诗中至爱至仁的话。那是心灵的声音，温和的春风的声音，细雨润物的声音。听，十三年前一个静静的半夜三更，李琦在纸上用笔尖唰唰地教导我们说：

“读我长诗的朋友/你要爱你自己/你要认真地洗浴/用水也用阳光/用友谊也用爱情/你要每天对自己说一声/活着真好。”

我读万伯翱

一个人的生命和一块土地之间，发生一种跟生命相关的故事，是很自然的事情，很诗意的事情。自然与诗意，是容易擦肩而过的，也许老死不相往来。比如，我就险些错过认识和知道万伯翱其人其文的机缘。

机缘就是此刻，就是正在进行的这个下午。

这个下午，在大庆，九号院，一个小会场，万伯翱其人其文一下子跟大庆土地大庆人，急剧地贴近了。万伯翱散文集《五十春秋》的研讨会能在大庆召开，这是大庆的偏得。大庆为什么偏得呢，因为在一般情况下，六十四岁的北京人万伯翱似乎跟四十九岁的大庆油田、二十九岁的大庆市，不会发生太大的事情和太多的关联。幸亏我们大庆市委副书记忽培元对文学热心热肠，又幸亏他是中国传记文学学会的老枪、干城，再幸亏万伯翱是中国传记文学学会的会长。由之在大庆地面让大庆人跟万伯翱散文集《五十春秋》发生一下午的发言、讨论、唠叨，就柳暗花明一般，活泼在春风之中。

万伯翱，外号万老大，1944 年出生在抗日战争枪声炮声连绵的冀鲁豫边区。他的童年里闪烁着刀光剑影，不闪烁牛奶巧克力。1962 年，一个彻底革命者的父亲，把他送到黄河边上的国营农场，成为中国最早一批下乡知青，一干就是十年。万里委员长当年给十八岁的万伯翱写下八个字：一遇动摇，立即坚持。

我在昨天前天的早晨夜晚，手把书卷，浏览网络。读一读万伯翱书面上的文章，搜一搜万伯翱网络上的资料。

我读《硝烟散尽见英雄》，被深深感动着。读完第一遍，王近山将军炮火连天拼死杀敌的传奇与苍茫大地上一个小知青一个老将军的友谊故事，使我得到大气人生、壮怀激烈、尘土云月的情感沐浴。再读第二遍，作者的文思与结构令我拍案叫绝。万伯翱把两个时空融为一体，知青和下放干部天涯沦落状态，作为叙述将军在血雨腥风战争生涯的情感背景，娓娓道来，真切真挚，令人产生凭栏处潇潇雨歇的痛感、悲感、壮感。好文章，大文章，有如江河之水，荡涤着，浩荡着，洗着读者的心肝。

我读万伯翱写的侯镜如，他写的许世友，他写的任仲夷，涓涓小溪是那些人情细节，猎猎大风是那些文章骨气，皎皎月光是笼罩在心头的人文情愫。

万伯翱，大手笔。

大在他的文墨里沁浸着司马迁不卑不佞的风骨，大在他的语境里沁浸着陶渊明无怨无悔的神韵，更大在他行文说话袒露着一个普通人真情真意的心地。我作为一个写了二三十年的散文作者，在这个研讨会上向大家表决心，决心向万伯翱大文兄好好学习。

微笑的潘永翔

假如淘弄来二十个三十个诗人，用不着四面八方搜寻，本地的田野、街道、车间、小店，喊一嗓子，谁是诗人哪，不大一会儿就在你面前站一横排。这些人哪，全是陌生面孔，让你把你从没见过的潘永翔挑出来。咋找呢？告诉你一个绝招：找微笑。

谁脸上不假装不表演而眉毛眼睛嘴唇生动着，两颊或许有酒窝或许没有，你一指，然后才发现，这个潘永翔还挺英俊的呢。

潘永翔的微笑大概是生活给磨炼出来的。十七岁在老家（黑龙江海伦一个小山村）修梯田水库，累得嘴眼在脸上挪位，吃了苦药似的，却给他今后的面部表情铸造了一个微笑的底蕴。二十三岁学兽医，二十五岁写诗，本来能成为前途无量的流浪诗人——白天穿街走巷经村过庄，喊着“劁猪啦”，晚上找个大车店在炕头上写写泥土风情，准保在中国在亚洲独一无二——可惜沦落成报纸的附属人（通常为了好听都叫编辑，其实哪是他编辑报纸呢，是报纸成天编辑他），活活耽误了诗歌之青春。

我俩在一个城市里，又在八十年代九十年代都写诗，本来早就能莫逆莫逆得不行，可惜他编辑的时候我也编辑，他科技报的版面我文学杂志的版面全像绳索，而我俩像被使上腿绊的马，在各自的草地上吃草，蹦跶不到一块儿。擦肩而过点头招呼，他一个微笑就把我乐呵呵地打发了。

跟前这一二年，我从《岁月》杂志满心伤痛地出来，他隔八九个月进驻改组后的《岁月》，一本文学杂志，一个心怀惆怅，另一个意气风发，小名都叫“主编”，竟然使我俩的情谊一下子突变成钢铁。

潘永翔的脖子是我八岁半女儿的纠缠柱，纠缠中还一声一声“干爸”叫着。潘永翔这时候的微笑明显有气我的意思。但是我历经磨难早就不怎么爱生气了，便以僵硬的微笑回敬他。

他接手《岁月》的时候正是《岁月》最落的时候，原班骨干编辑（兼专业作家）倾巢逃离，过渡者八九个月丢给他三十万元债务，发行量由我在前线编辑时的每年三千册堕落到一千六百册。而他带进《岁月》的编辑队伍是编了十多年《大庆科技报》的非文学圈人。可见他和他们编辑文学刊物的难度之大。

潘永翔这时候就微笑了。

微笑着拳打脚踢，微笑着举重若轻。不到半年，《岁月》由枯黄到新绿，让文学人刮目相看。《岁月》的发行量猛增到六千册，其翻番的幅度当是近年全国期刊之最。有个北京文学人名叫红孩的，对《岁月》之评价产生了民间谚语的效应——“南有《天涯》，北有《岁月》”。我听了，都想给自己起个笔名叫黑孩或者白孩了。

潘永翔微笑着反弹琵琶——诗歌不是不景气吗，我《岁月》大版面发表像样的有特色的诗歌。小说中先锋之作不是屡遭白眼吗，我《岁月》大剂量推出此等小说。张承志、王小妮、徐敬亚、李琦、廖亦武、鲍尔吉·原野、张欣、韩小蕙、李江树、叶延滨这些不糠不霉的鲜活散文让我产生些许高山仰止之感。

1999 年 4 月到今天 2000 年 11 月，十九本融合着潘永翔微笑的《岁月》杂志，已经有二十篇作品被《小说选刊》（四次）、《小说月报》（三次）、《诗选刊》（八次）、《散文选刊》（五次）选载。《岁月》的封面、版式在全国期刊之林中别具韵味，似乎是一个少女不怎么化妆，不怎么弄姿，就让年轻人共鸣，就让年老人回忆。红孩没瞎说，北中国的《岁月》再如此这般几年，那还了得！

值得一提的是《岁月》举办“蓝色月光广场诗歌朗诵会”。那天晚间在铁人广场上，寒风考验着诗歌和人群，诗歌和人群竟然那样不可思议地搅混得令我心间发热。上万人围绕着灯光舞台，原本寂寞惯了的诗歌是心灵与声音的结晶，竟然让大庆几十位诗人第一次知道自己写诗然后被人家或者自己来朗诵多么过瘾多么愉悦。《岁月》这次活动的意义不仅在于拉开了一个城市广场文化的序幕，更要命的是在让大众进入了诗歌，让诗歌投靠了大众，让诗人们觉得今后写完诗，若不自己先朗诵它几遍，那就既对不起诗歌也对不起大众了。

写到这儿，我从心里说，潘永翔，孩子她干爸，再有五年你才迈入五十岁呢，从容地有节奏地微笑吧，赶趟儿。

读读崔武

认识崔武的时候，我俩脑门上都虚晃晃地挂着一个共同的虚衔。“副主编”，虽然不如“主编”好听，但是在读者群、笔者群这两大群体中也唬一气。《晚报》的副主编便催《岁月》的副主编给整文章。报纸副刊的文章不能长，也不能太飘逸太梦幻太舞马长枪。老百姓讲话，实惠的。崔武和我对一个名词产生认同——报章散文。

报章散文的外在特点，千字文（大报）或者半千字文（小报）。内在特点，真实真诚，千万不可作秀。

于是在《大庆晚报》副刊上，崔武（化名“尹玉”，跟地下党似的）的专栏“尹玉杂货铺”旁边，我开了个小栅栏院儿“真事实说”。一年半载，七八万字小文变成印刷体。这成为以后我那本《听猎人说》散文随笔集中的骨干文章。没有崔武在《大庆晚报》高举一杆“报章散文”的旗帜，以及他在旗帜下蔫声细语慢条斯理的呼唤，就没有我从写诗到写随笔大转折的契机，也就没有我的第三本书。而没有我的第三本书，我晋一级职称就缺少最打人的硬件，八成至今我还得在“副高”的小山坡上徘徊。对于一个以文为生的人，崔武之恩我得没齿不忘才对。

崔武的二十多万字的《天窗亮话》送给我了。我把它和王小波的《我的精神家园》随笔集绑在一起读。这种读法纯属心血来潮，一个熟人一个陌生人。熟人名气与陌生人名气有些公里的距离。他俩有距离，我读他俩不让他俩有距离，游戏读法，自己心里先就笑了。

读着，花插读着。崔武的，不累。王小波，稍微累不多点。崔是直来直去，王是绕圈圈。都像说话似的写文。崔武说完就拉倒，也不议论也不升华。王小波总要反讽着让真实的道理水落石出。两个人都不知不觉幽默着。崔武的能让我笑出声，王小波的却让我笑不出声。而且两个人都没怎么使唤书面语言，都是口语强烈。崔武使用海伦一带的土语。我妈妈是海伦出生的，我童年刚刚学语，大概最先接触的就是这种母音母语，因此我从亲切感上比较往崔武那边倾斜。王小波本来是一个学者，他若是掉书袋甩酸腔，再把中国话里夹杂点英文拉丁文，一来一去的，谁也说不出啥，但是他没有。

由之我想，多读书真能使人进步，今后我写文章，就向崔武和王小波学习，绕弯或者不绕弯，整得有趣味才好。

我这篇读后感应该算写完了。有人问，到底崔武的集子王小波的集子说些啥呀？我说，那是人家的著作权，把他们的书找来自己读就得了。我胆敢引文摘句，侵权不说，稿费也不好算哪。

弄笔人的心态

大庆的几个一级作家二级作家几年里先后集中到文化局，把政府机关中一个事业编制的科室挤得满满当当。机关体制改革一步一步深入，有下岗的、分流的、提前退休的。这个当口，专业作家们多少有些波浪上的起伏感。大庆市委市政府重视文化，让作家不后顾不忧，还是不坐班，还是愿意写啥就写啥，工资给保着。除了写写字别无专长的我，内心涌出一种感激。

李建刚就是这个节骨眼，在市内市外竞聘文化局长的济济人才中，拔了头筹，上任了。一个晚间，一个圆桌面，盘子上装满色香味形俱佳我十分喜欢的内容，透明的杯子里斟上水火之魂。该来的都来了——四方大脸目光炯炯的我们文学“头羊”杨利民，贵人不顶重发满肚子小说的王立纯，没曹植长得好看但多少有些曹植才气的周树山，“女人写女人写出系列散文名牌”（李建刚语）的张爱华，我，王鸿达，李长春，辛彩屏——李建刚说：“本来我没资格跟你们坐在一块儿，今天……”他这话让我感到挺刺激的。可以理解为对作家们高看一眼，也可以理解为政府官员在高级或副高级知识分子面前的谦虚，还可以理解为他愿意跟大家平起平坐。我则想，李建刚挺憨厚，憨厚得不假装不拐弯。啥也别白话了，喝酒吧。

人品正善，办事较劲，他。渐渐地，一年下来，作家们都跟他不外了。以至于我们四五个一级都到了按新出台的人事制度改革方案，可以提前退休的关头，全体一致向党宣誓：“人在阵地在，战斗到最后一滴血!”

李建刚能张罗。广场文化，精品文艺，走向市场，剧院改革，他的口头语是“办法总比困难多”。于无钱处生出钱来，不掏钱少掏钱竟然办花大钱的事。这些自有上层部门来考核，不用我蝉鸣蛙叫。让我动心的是，他从政多年，笔没闲着。

这本《灯下快语》二三十万字，逮啥写啥。他直来直去地写，大声疾呼地写，闲吃萝卜淡操心地写，悄悄话也有，大实话也有，炮筒子话也有。就是没有多少拐弯抹角，没有多少闲情逸致，没有多少拿捏做派。李建刚的大多数文本属于社论学术论文与纯文学散文随笔之间夹缝地带的小品文。他眼里有活，心里有意，笔下有情——替政府许多部门着急，替街道市井老百姓着急，替亲人好友着急。一着急就坐在灯下，就疾风快雨地写。

民谚道：“天下文章是一家。”凡爱好写文章的，写不虚伪不欺世不卖国的文章，我对这文章和写文章的人就天然油然肃然而生敬意，就视为屯亲。由之，想到李建刚老为别人忙叨，我为他也忙叨忙叨吧。再说，大庆市作家协会都连续三年被评为全省先进作家协会了，协会在谁谁出书的时候，跑腿扣字干点力所能及的活，太应该了。协会里，我处于上有大哥二哥三哥、下有小弟小妹的张罗人地位，名儿叫“主席”。哪个部门首脑的名字能这么好听，工会、妇联、文联、社联、残联，接下来就轮到作家画家音乐家了。

李建刚出书，不外就是弄笔之人常有的心态，绝非想对世人显摆点啥啥，仅仅是用笔墨行走了好一段人生之路，积攒的那些笔墨脚印舍不得丢弃。结集之后，起码在文友之间，你赠我琼瑶玛瑙，我还赠你地瓜土豆，不也把人情给圆了还了吗?

李国昌印象

我1983年来到大庆混入专业文学创作圈的时候，李国昌已经是大庆文学的翘楚了。文友说六十年代他就在《人民文学》《人民日报》发表小说。那时我闷头写诗，没想到应该先去拜望本土的文学土地佬，哪怕找不到他家四处打听呢，哪怕没有能蹭坐的方便车，挤交通车或者骑自行车呢。所以我在大庆磨蹭到九十年代，还是没机会结识李国昌，这给我在文学进步方面带来的迟滞后果，是有一定因素的。

李国昌振聋发聩于我的视听之际，是他作为编剧之一的电视连续剧《铁人》在全国播映，不久获得第十届飞天奖最佳编剧奖。那可是全国性的大奖，可惜他获奖的时机稍稍早了两年。晚一些年的话，或许轿车住房也跟着来了。

接着是李国昌的小说集《爱的能源》由北方文艺出版社出版，同时作家出版社出版了他的长篇小说《铁人之歌》，卖得热、读得热、评得热。1998年李国昌还出版了报告文学集《创业之光》。

热闹中的李国昌不善于趁热打铁，连到中国作家协会去申报会员的事情都没做。我多年以为他早就是全国会员了呢，去年一问，他说，不知道怎么加入，不知道找谁呢。

当然入不入中国作协，对于作家来说不当吃不当穿，但是该入却没入，我只能长出一口气。可见，国昌兄憨厚到了什么地步。

二十世纪九十年代初，我曾经在大庆文联长篇小说工作会议上发言，说李国昌的《铁人之歌》令人气血激荡。“那些民族的脊梁耸立于苦难中而气概虹贯山河，他们默默无闻忍辱负重饥肠辘辘，却用生命和青春支撑起中国石油大工业。作者本身就是一位老会战，他所写的，正是他所经历的，所念念不忘的。”

李国昌在一篇心得文章中说：“还在会战紧张的井场和工地，还在草原上飘忽不定的帐篷和伸手就能戳破屋顶的干打垒里，就开始准备写铁人。”

李国昌的创作不是编造，而是掏心。不用虚蹈，只需追记。厚积薄发，发出洪钟大吕之音。他把石油会战者整体看作铁人的化身，写铁人其实写的是整个石油产业工人大军。李国昌没有把王铁人神仙化，也没把铁人写成一个孤独的高居人群之上的英雄，而是把他看成一个平凡的人、有血有肉的人、敢于大声笑大声骂大声唱的人。

李国昌把铁人放在人群之中，放在真实的细琐的几乎不见辉煌不见灿烂的生活原态之中，放在整个中国石油工业整个松辽会战的悲壮之中。落笔之处，令人直接感到寒气真冷、热流真烫、哭是真哭、怒是真怒。铁人的故事与会战的故事被作家熔为一炉，铸造了跨越沧桑的大歌。

遗憾的是，当时思想政治文化诸多因素使李国昌的笔墨，在写到大会战高层指挥者决策者的时候，没有放开。余秋里、康世恩等石油将军的形象被回避了。这是历史给予文学的痛楚。大庆油田是英雄辈出的大舞台，也该是史诗的摇篮。余秋里、康世恩的名字和故事，如果埋沉在大庆土地的深处，不为大庆后代所知、所感、所敬，那可是对不起大庆自己啊。

近来几个月，我编辑随笔散文长卷，一连收取李国昌十几篇好文章，那种直面人生，铭记悲壮的气质，深深打动了我。我编到《大庆文艺精品丛书·散文随笔卷》的李国昌五篇名录如左：《柴达木小唱》《关于小板凳的记忆》《但愿黄花依旧》《乳泉》《石油愚公们的扁担》。本来编入他的散文十篇八篇在质量上都属上乘。可是整个的字数都超了，原定一卷本不得不改成两卷本，入选五篇的作家也就六七人。

读李国昌让我想到，在生活中也罢，在文学中也罢，咱们不该老整面具和套路，而应有所荣耻，有所痛痒。

我敬佩李国昌。我愿意跟他守着大水面钓鱼。他钓鱼时端端地坐得住的精气神，正如他文学上的追求。天渐渐暖了，国昌兄，我等你带我钓鱼去。

庞壮国跟肖凌说诗

跟诗人肖凌通电话的时候，我俩顺嘴就叨咕磨叽起了诗歌。当时各自心旷神怡的。

你一句我一句，顺嘴，对口。大意是痛惜现在的诗风浮躁，写诗的实践与号称诗人和划分诗派之间，前者轻如鸿毛，后者重于泰山了。

我俩都对诗歌和诗人有一点相同的认识，诗歌应该是地面上人间里的天良，同时也要有一点一丝的神性。现在诗歌的天良和神性都在丧失。而对天良与神性两者之间唯一的连接线——对语言的感悟对母语的挚爱，也孱弱着下贱着败坏着。

肖凌在大庆生活也十几年了，在一个股份企业集团当副老总。眼下大概是我所认识与相好的诗人里最有币子的人，但身上依然充满布衣神韵。我说的布衣神韵，源头是魏晋时代那些坦荡热肠的诗人文人。他是从黑省文联俄罗斯风格的大院里一个小铅印室小拣字工的贫困潦倒里走出来的。他的父亲肖英俊那种正直宽容幽默乐观的神气在他身上得以光大。

他的一些诗我很喜欢，他的许多篇童心的机智的随笔我更喜欢。我的博友可以到我（新浪博客望月的狐）链接的蓝色之我的博客上溜达溜达。

肖凌相貌堂堂，个头长长，脸膛上有棱有角，隐约传递着远古游牧渔猎汉子的信息。他的身影总让我想起一句歌词，衣袂飘飘，衣袂飘飘。他的眼睛里总保留着一种温和和宽容的意味，读不出那种战无不胜与攻无不克的霸气。

微笑的时候，我会从肖凌的微笑里联想到北极冰天雪地里的美丽的白狐。

老翁老文老话

年初得到一本书，名字叫《陋室词文集》。送我书的是高友谊，大庆文化界“老人儿”。书的著作者是教育界的“老人儿”王新纲。“老人儿”在日常口语中是一种亲昵，没有嫌乎谁谁上岁数的意思，反倒暗含“很有资格很有名望”之意吧。

翻开《陋室词文集》，看了几页，我就给搁在一边了。高友谊先生送书时嘱托我，看了说点啥写点啥，我准是哼哈地答应了。若是冷着面孔，伤了老高的自尊，人家肯定不会把书颠颠地放到文化局再转给我。我没能及时地仔细地翻看，绝非冲着“老人儿”去的。

王立纯跟我般大般从三十三岁相隔一个月落户大庆，一回头已经五十有二，我俩生辰年月也相差一个月，混成“小老人儿”了。王立纯给我的书《苍山神话》我也没看。因为我认为看书应该是比写书还严肃的事。一个写字人，不好好写书不一定感到自己不道德。可是不好好看书，肯定不道德。总是自己糊弄自己，心底说，找个时间好好看看。可时间在身边汹涌奔流，我还四处去找，老也找不着。耽误自己啊。

前些天，戴明午先生召开大庆诗词社年会，我隔着四五个人，瞭望王新纲先生。瞭望三四次。还听他发言。看他书的环衬上印着的简历，掐指推算先生已经七十五，足足一个花甲有余。那精神头，那膛音，那底气，说六十五有点高，说五十五有点低。我心里就寻思，王先生多么硬实。

高友谊先生通知，许多“老人儿”聚聚，为王新纲先生开个小型的《陋室词文集》研讨会，日期紧临了（还有两天）。我再不抓紧，坐在老人儿跟前，我就得抓瞎。

先是品味书名。“陋室”，令我想起唐朝诗文巨匠刘禹锡，“斯是陋室，唯吾德馨”。就想到知识分子住简陋狭小的房子，古往今来成了传统。住陋室而德馨，是一种知识分子的坚守和追求。

于是王新纲先生著述的一个中心两个基本点我找到了。一个中心就是“德馨”，两个基本点是全书分为词和文两辑，身居“陋室”也得浸沁着喷吐着“德馨”之心香。

举词与文各一例，以证实这个“王老著作一中两点论”。

读《蝶恋花·余四次撤免校长》——“三番撤免无颓沮”“罢黜虽频无耻辱”“升陟无思”“修身养性德殷树”，王老先生在词牌子里化已为蝶而且恋着。恋着什么呢？宠辱不惊，是一朵只能在心灵中开放的圣贤之花，没有一点道行德行品行，就恋不成这朵花。由之，我对王老产生了高山仰止之感。想想自已，离开《岁月》杂志的时候，郁闷了半年，真是短练啊。

读《中考后写给时雨》。时雨是王老的二孙女，中考后因为啥哭了，奶奶说她心窄。爷爷写文章开导她，让她学习孔子、孟子、老子这些高山般的圣贤。孔子的“克己”，孟子的“寡欲”，老子的“常足”。

一个七十五岁的老翁，谆谆着给一个十三四的少女说圣贤，这是一幅多么温馨的人间图画。只有中国才有，世世代代流传。

但是到了电子科技时代，到了商品大潮时代，这幅图画愈来愈稀罕了。家长们往往教育子女，你得争啊，你得往前抢啊，你得动心眼啊，你得别吃亏啊。把孩子整得很累。整到后来估计精英也能出世，但是精神上保证有点毛病。没准一不留神，大盗大奸出来了。

而像王老这样坚守着追求着，并且还要世代连绵着孔子孟子老子伟大的思想品德，在当代中国是多么难得。我们这个民族今后真要自立于世界民族之林，有些神圣的东西必须坚守追求，世代连绵。

只言片语地读《陋室词文集》，只言片语地说《陋室词文集》。我深感对不起王新纲先生的多年心血。但是不读不说就更对不住。左右是对不住了，王老，请海涵吧。

激情者诗之宝库也

一晃，认识姜宝库七年多了。

没事认识他干什么？他比我小十二岁，我属虎，他也属虎。但天下属虎的多了去了，我这懒大虎不一定非得认识他那灵小虎。再者说，我的生活圈子是咬着牙的寂静，文学嘛，像蔚蓝高空清凉的云，像落叶萧萧的秋梦。而他的生活圈子热闹，生气勃勃——税收部门，还当过税务报纸多年记者，现在是区地税局副局长，还专管个体业户，成天跟大大小小比我有钱的人打交道。

"嘶啦"一声再"哗啦"一声，而且那声音极其轻微，世界没谁会注意到那两声——我们认识了。撕开信封（嘶啦），抖开稿纸（哗啦），原来是一首诗。1993 年我在《岁月》杂志当诗歌编辑，每天早晨一上班，就嘶啦哗啦坐在桌前像一棵树，自得其乐地弄响自己的叶子。那些"叶子"其实都是别人的，但在我的情愫中，像是亲自萌生的一样。为诗的叶子去沉迷、赞叹、气恼、无可奈何或者不无可奈何，身边也没观众。咱还好意思把稿纸卷成个话筒，蹦到编辑部地当间，歌星似的让舌头打卷，说"狸耗噻噻啦（你好谢谢）"？

且看这首《独坐岸边》——独坐岩上/在流水的一侧/翘首对岸//望对岸的树木和花草/置身于流岚的大山/仰慕山巅歌唱且飞翔的鹰/以及想象中鸣舞的蜂蝶/以及粗悍的狩猎者/以及采撷鲜花的少女/甚至羡慕那些奔突的野兽//眼前的水流已经凝止/其实在此岸/在你坐着的流水的这一侧/你所想的一切/都在！

我觉得这诗没啥挑的，要想象有想象，要情绪有情绪，要时空有时空，内宇宙和外宇宙也都交流了。不错不错。我想，后现代一帮子诗人年轻轻口味够高的了，经我手把这诗发表出来，他们也没啥说的。谁敢说这不叫诗，那我跟他玩“刺攮子”。

做稿签，写评语，查行数，算每行最多的字数，等着这样质量的诗攒到一叠好画版样。最后一道工序是看看落款。“姜宝库”，这名字在本城市诗歌界纯属陌生——我突然兴奋——能发现一匹本地诗坛土著黑马，这对诗歌编辑来说，可作为痛饮一大碗土烧的理由。嚯嚯，人家还税务的干活，这标志诗歌界把手伸到黄金灿烂的国库里了。转念产生点阴暗心理（若不写这篇短文这念头我不说谁也不知道）——千万别是抄来的吧？于是按照落款里面的电话号码，“喂喂你是姜宝库吗，再拿你几首诗马上我看看……”

作为作者当时姜宝库会多么欣慰，写诗写诗，写得焦心寂寞终于得遇知音啦，哪里会料到人心险恶，诗歌编辑内心深处还有要考验勘验审验他的那层意思呢？

姜宝库和我就这么遭遇，各自易燃易爆的内涵一发作，各自抗摔抗碰的外延就相交了。生活圈子相互掺和，我发现了一句能做小文标题的话——激情者诗之宝库也。

比如，朋友们聚到一起喝喝小酒，一看姜宝库没来，不用我吱声，准有人会念叨他，甚至拿出硬塑小黑饼，放在嘴边一顿啃一顿咬，无线电加有线电非把他提溜来不可。他一来，酒就喝得发热，就不闷挺。四六句打油他出口成章，害得周围酒友诗友笑声哗哗的，往喉咙里倒酒咕咚咚的。就是做东的谁谁遭点罪，买酒钱超出预算了。他与生俱来的那些电子话，产生满堂轰轰的侯宝林效应。这时候看着忙忙乎乎的姜宝库，他脸上眉眼正在发电。

比如，一个叫张方杰的朋友搞建材化工，研制生产一种新型乳胶漆，起个什么名字，怎样做个广告呢？姜宝库来了——“信我情真意切，还你芳香纯洁”，“芳洁牌乳胶漆”那幅广告画上，一男一女两个剪影的正中，一朵爱的玫瑰璀璨着早春的露珠。方杰老弟那一刻心里特别“芳洁”。这时候看见姜宝库笑容微微，能体会到他心间有一眼清泉。

比如，他肇东老家大榆树屯老爹杀年猪，姜宝库把朋友们大车小辆带了去。这是吃猪肉的问题吗？大家在哪吃不着猪肉？乡土气息浓郁的过大年的仪式，热炕上碰碗然后心间烧火的温馨与晕眩，白色的肥肉蘸白色的蒜泥，再看白色的霜花雪花而产生的洁白友爱——这时候我就知道姜宝库是激情之人。

生活中愈来愈流失激情了，连累得诗歌和音乐愈来愈冰冷枯干，怪模怪样。作为诗，作为人，作为诗人，光有激情当然还不够。没有激情却是更不够。诗的宝库在哪里？难道是在标本上、书本上？难道是在理念里、概念里？难道是在虚空中、真空中？

人，活个激情不泯——读姜宝库让我不想在诗歌圈退隐。

《荒界》风骚论

风者，国风；骚者，离骚；风骚者，既沾地气又有天韵的好诗。读《荒界》的时候，我老想拍拍董谦的肩膀，想说，老哥，苞米棒子敲炕沿，硬实。熊瞎子戴眼镜还别三支钢笔，山野里出现高级知识分子。

董谦小个儿，满脸通红，脸上少许有一点硬褶（他说别人的原话），在碱土苇荡那一方水土上，文化大拿呢（省聘专业作家兼文体局长）。看《屯屯有》，看《南北炕》，看《公姐夫》，如饮烈性而且香醇的纯高粱土烧老白，粮食精的底蕴让人气血通畅，大仙附体。

《荒界》这部中短篇小说集，1999 年 4 月由北方文艺出版社第一版第一次印刷，到现在七八个月期间，据说又印了四次。尤其作家所在的黑龙江省林甸县，读《荒界》读出了一股热。《荒界》无疑在黑龙江现代文学的世纪交替这个时空坐标点上，具有风骚意义。

我称《荒界》很风骚，因为它既有现实的风土再现，又不乏对土著文化果敢烂漫的张扬。

董谦笔下的这部红皮书，笔墨就是乌裕尔河发黑的清水，笔韵就是齐齐哈尔与大庆之间沼泽湿地的鹤鸣野鸭叫，笔风就是那里百年繁衍相互照应亲情如酒（也有相互损害，但是没有仇恨）的人气烟火，笔调就是红色（人性的火）、粉色（蛮荒情欲）、黑色（泥土深沉）、白色（冰雪诗意）、灰色（原味生活）的大块泼洒摔砸。

北大荒，北大荒的这一块，北大荒之中沼泽湿地的村屯文化，在作家的精心或不精心的营造下，具有小小博物馆的气势。

《荒界》，一个名叫曹家店的村屯的自然环境，由篇章中随处可见的叙述描写中，蔚为大观。随便折取一枝，就能在“北方民俗学”里当作词典里的词条。例如“南北炕”，“北大荒老曹店这个地方，好像多少年就留下了这个习惯，不管孩子多少，一般人家都是先搭北炕，或是三间房一头开门，老的在外间，小的在里间，里外炕中间只隔一道半截子墙，有的买口柜，有的买两只箱子；要是南北炕，就格外买一幅幔帐往炕沿上面的竹木杆上一挂，黑天放下来，早起撩起来，这就可以了。”

《荒界》的文学建树，更在于它在读者面前，展开了一个能感到呼吸的热气，能听见嬉笑怒骂，能看见活蹦乱跳的村屯人物性格的画廊。精神和物件双软的老介子，竟然能容天下难容之事，宽容得近似圣贤。霸气十足的大庙欺负老介子让人恨，但敢爱敢为那点男人血性让人敬。多才多艺的唐麻子活得乐和。被贫困逼得死猫烂狗都敢吃的红毛狼，刚刚混出个人样却疯癫了。一辈子苦中作乐的赵二拐子，闹闹笑笑比忧愁的诗人活得潇洒，死前都留给世界最后一笑。三只手神偷何大拿、喝大酒喝死的黄老哑、吃一辈子政府救济的牛来胜子、现编现卖黄色韵文大师邵二祥子、乡屯大家长尤大耳朵等等，他们在生活中和作者的这本书里，有滋有味地活着（过）。

董谦笔下的人物没有英雄，没有明星，但是他写出了平庸浑噩的人在生存挣扎反抗之时那种英雄气势，写出了平庸浑噩的人在自我愉悦自我哀伤之时，泥污难掩迷雾难遮的那种明星光亮。

《荒界》的另一个作为，就是它的语言，小说可以称之为北方村屯活性语言集锦。各位大家为中国书面语言宝库做出卓绝贡献，但是遗憾的是至今真正鲜活于北方村屯口头上的语言未有机会进入大雅之堂文学之坛。北方村屯口头语言处于自生自灭的境地已非一日，许多水晶钻石没被采撷。董谦有心眼，他这一顿猛搂，这一顿大划拉，老百姓讲话啦，尥着蹶子整啊，拿豆包真是当干粮了。

《荒界》，我还把它看成村屯人们生活心理模式的仓库。种种心态，种种情绪，犹如千条溪流百眼泉口，尽管横溢也罢竖淌也罢，最终我读出作者的一个字——“爱”。他爱家园，他爱乡亲。家园里有“爱”才叫家园，心灵深处非一个“爱”字了得才叫乡亲。

我喜欢《荒界》这书的上卷“屯风”，对下卷“乡情”则不“感冒”。尽管下卷可能比上卷在纯文学的意义上能够精致些讲究些。在我看来做作与不做作，比选择穿西装还是穿中山装都重要。成败得失，各路大家大腕的看法定然不一。我反正没学问破罐子破摔，认为连泥带土的那些东西就是比洗刷得漂白的那些东西来得鲜亮，来得实在。

徐信科写诗

如果说在当代能十年二十年地写诗，诗外的人可以理直气壮地给诗里的人起俩名，大名叫傻子，小名叫诗人。其实傻子在芸芸众生之中，早已经极端贵族起来和帝王起来了。例如我们从来不管爱当众洗脚的皇帝、喜欢更新战略口号的首相、乐意拆迁并新建的市长叫傻子，只管那骑着高马、横着长矛、穿戴铁锈盔甲、攻击风车的堂·吉诃德叫傻子。每当我在灰色的光屏上敲击上“傻子”两个字，就会在脑海中浮现一个乐天的令人怜悯的真纯的骑士，奔波在他的向往里，他会坚信他的所爱只在天涯，不料总是被现实土路上一群滚动的小猪撞倒在尘埃里。即便那样，我也觉得傻子跟我有远房亲戚，不外不说，还相处得不累。

活着并且梦幻着，这是一种活得高贵而不卑微的质量。为此付出一生潦倒草率混沌迷茫，也没什么必要青衫掩面向隅而泣，当然也没什么必要横刀立马仰天大笑。静静地整理自己东写西写所积攒的心之履痕，把它们装订成册，坚决心疼地出版，然后哪怕把那些漂亮的书放置在自己梦的四周，总觉得值了。为此，我为傻子们想唱两句我少年时期经常唱着唱着就热泪盈眶的《航标兵之歌》：“前面的道路崎岖又漫长，谁能把英雄的步伐阻挡。”

我与徐信科相识是在 1984 年春天的呼伦贝尔大草原上。二十年后他跟我提及我俩相识的最初一瞬，在海拉尔城里的海拉尔河畔，我跟素不相识的他问起远在新巴尔虎左旗或新巴尔虎右旗的大庆地球物理勘探队。他说他就是勘探队的人，也要到前线去。

当时三十四岁的我和当时三十三岁的他，就那样共坐在一辆东风十轮卡上，高高的舵楼里，随草原的路那样颠簸，我们却感觉不到颠簸，竟然还有远航天涯之感。肩并肩八个小时，我俩，一切细节我至今都不记得了，唯有肩并肩航行的那种心旷神怡，永远嵌印在我的生命年轮里。

车到阿穆古郎（新巴尔虎左旗所在地），在一片小平房构成的镇子的边缘，一个大院子里，停车小憩，人说到徐信科的地震队还有三十里。大院子里的人拎来两个竹皮暖壶，摆上两大碗，哗哗地倒上牛奶加炒煳的稷子米加红茶的热汤，这就是名传天下的蒙古奶茶。

我喝了两大碗，生平第一次痛饮蒙古民歌一般地被草原的情意所抚慰，一瞬间疲惫和劳顿全被洗干净了，心底畅快，好像早上刚刚迈出家门就碰上大晴天一样。

徐信科却一口不动，用他的山东话垮了吧唧地哇啦，意思是害怕奶茶。我愣眉愣眼地看他，心里纳闷，还有不喝奶茶的地震队书记么？还有不喝奶茶的战天斗地的荒野分子么？还有不喝奶茶的身在天涯的天涯人么？那一刻，我断定徐信科不是诗人。

在徐信科的地震队我生活了七八天。那七八天里发生的故事如今已经在记忆中飘逝。只清楚记得晚上睡觉不钻进蚊帐不行，三个呼伦贝尔的蚊子或一个半呼伦贝尔的瞎蠓就能装满一个火柴盒。还记得乌尔逊河春汛时节，六七斤的大鲤鱼都挤挤插插在浅水草塘上晾晒黑脊背，地震队可以抬着箩筐去捡大活鱼。

二十年后，仍然用满口垮了吧唧山东话跟我说这说那的徐信科（他说话我听着莫不如说我是猜着，其实他的口音很高级，孔子孟子都那种口音呢），把他美丽地傻了二十年的责任都推给我了。他说若不是在呼伦贝尔大草原遇见我，他不会去写诗。所以他的诗集就该我来写序。

我知道抬举人的方式有各种各样，但是抬举一个傻人，没有比徐信科更到位的了。傻傻惜傻傻比惺惺惜惺惺更确切。惺是清醒与聪明，惺惺与惺惺更多的是玩心眼、使腿绊、半道撤梯、落井下石之类，成语中有许多伪假词条，惺惺惜惺惺就是。要更正，只能是傻傻惜傻傻。

徐信科牧放着诗歌白羊群，在心灵寂静的高原上，倾听来自他内心

“咩咩无助的叫声”，“顿生寸寸怜悯的柔肠”，他感觉那些诗歌总是“在风雪交加的夜晚”，白羊一般“全身心地簇拥在我的身旁”，“用善良的目光无助地期待着”他的放牧和守护。《遥远的牧歌》以亘古的寂寥和连绵的震颤，让我知道“诗人”二字附上谁的身心和名字是极其简单的事情，只要那个人真心地而不是弄景地、真挚地而不是作秀地、真切地而不是卖乖地，从灵魂中流淌他自己的诗行就行了。

徐信科在一个A字形坟墓的外面，《梦醒黎明》，“给我从未有过的惊奇”，“看我入睡的人已经离去”，而他仍然感到“我似乎被爱过/在一种注视里均匀地呼吸”。苦恼也罢，烦闷也罢，自得也罢，飘逸也罢，生活着并能够看见“一只硕大的苹果/在桌上凝聚光的信息”，是太容易又极不容易的一种境界。换句话说，太容易又极不容易，当一个诗人。

徐信科走在秋天，走在秋天的人方才知道《秋天的感觉》，方才知道“秋天也有宽容的一面”。“在雨后乡间被马车碾过的大街上/我多么希望被落叶绊倒在车辙里/当四周的喧闹都静下来的时候/我多么希望迎面走来一个正在怀孕的成熟女人。”我的心如果是丝弦，会被他拨动出微微轻声，那种轻声，用“惆怅”用“忧郁”来形容的话，都显得随便和省事了。

我读到徐信科这样的诗歌，怎能不承认徐信科是诗人？

但我说徐信科不是完全的诗人。他还曾经是地球物理勘探战线基层的书记。在广袤的土地上，人们用粗电线和细电线布成罗网，电线上缀满小红头蘑菇一样的东西，那些小红蘑菇的尖尖铁脚插在大地的皮肤上，不管大地母亲是否痛痒。然后再钻凿一眼眼炮井，塞上炸药，轰隆轰隆的炮声也不管大地母亲是否痛楚。人工地震制造的大地回声用电脑记录下来，然后专家们依据画满曲线弧线三角线的图纸去分析，再确定在大地的哪个要害部位钻凿更深更粗的井，好从大地母亲的血脉里汲取黑色的生命之泉。我们把这不可再生的生命之泉再送给飞机汽车化工厂去烧掉或者祸害。没人想到从黑色的生命之泉里提炼没什么实际用处的诗歌。评价这个人类的荒诞或实用或无可奈何的大举动，要等黑色的血完全枯竭之后，是我们身后几十代几百代人的事情，我现在反对或不反对都没用。

我肯定是把好事和好话不好好说。而徐信科是把好事和好话都好好说了。他诗集中满怀豪情大唱“我为祖国献石油”主旋律的诗篇，能给他佐证。我要是顺着徐信科去说，我不也能当书记了吗？可我不愿意在这点上再跟徐信科一样。左右我跟他一块儿傻了，再傻得都一样，该叫不傻的人们看着没意思了。

这样一来，年轻时扼杀过许多该当诗人却没当又诱骗过不该当诗人却当了的我，在这个上午，也只能为自己的深重罪孽又一次赎罪，赎罪的最简单方式——别人写诗我来写序。徐信科的意思就是他出诗集应该我出印刷费才对，出不起的话拿喜儿顶债，出不起喜儿的话写一个序得了。我无路可走，这个上午就这么憋屈又愉快地敲击着，最后敲击的是句号。

豹的自语

长方形的桌子，长方形的稿纸，长方形的岁月。一年编发十二期，不知不觉当中竟然攒到了一百。疲累抑或欣慰？茫然抑或坚实？失落抑或满足？似乎那些感觉都有点又都没有。就像夏夜里偶尔守坐芦丛听蚊鸣蛐鸣蛙鸣，一竿一人一豆荧光，鱼不咬钩，水不起波，这时候仰望夜空，浓云淡星亲近，满心里只是个静。静静地想，编一本文学刊物此乃生平所愿，活着并且干着自己喜爱的工作，这让我一天到晚浸在诗中，我向一切感恩。

在我的心目中，《岁月》即我，我即《岁月》。岁月是我的头发，是我的眼睛。头发长了要理一理，眼睛酸了要揉一揉。年华、心思、热爱、烦恼都凝结在《岁月》上。我的同人们各自也有同感，不然一个刊物是办不出味道的。我行我动，我见我闻，我接人我待物，总会潜意识地把《岁月》同眼前的一切连绕在一起。

前些天参加朋友王国才为他老父亲举行的葬礼，含泪听完那篇祭文，一位白天干了整整一天农活而晚上在油灯之下给没妈的子女们缝补衣衫的老人，一位心力交瘁忙完大田忙家务却不许学医的孩子分担他重负的老人，一位晚年患癌卧床不起却惦念楼里的凉台该收拾一下的老人，就走进我的心中无法抹去。这时候一个念头立即占据了我，这是一篇好散文，《岁月》就该发这样的作品。我并未意识到我已被一本刊物异化得失去了人味。几次欲向他开口，看到他满脸的悲伤和痛苦，几次不忍。后来几杯送仙的酒下肚，还是控制不了自己，还是向他说了。事后的自责已经没有意义，何况说了之后我有如卸重负之感，并且暗自沾沾又为《岁月》抓到了像样的东西。

人哪，哪能这样呢？这不是猎豹吗？时刻被饥饿感笼罩着，神经肌腱眼睛脚爪都蕴含捕捉之力。稿子稿子稿子，《岁月》在这豹子的身心中永远是个张着大口急待充填的胃。

人家为在遥远的白俄罗斯念书的孩子担忧，我却要人家就写这个。于是《岁月》有了张兴春的《儿子在白俄罗斯》和它的续篇。人家讲过因为“文革”妻离子散后来回老家看看前妻和亲女又被种种传统礼教阻隔，我也让人家把隐秘和痛苦坦露给世人。于是《岁月》有了李经智的《山的那边》。

我坑过多少热血青年，看他们的稿子总爱鼓励多于打击，说努力吧，你能写出好东西。他们就如我少年时候一样犯傻，为斯惹得自憔悴，衣带渐宽，青春流逝。大同区有个农村妇女名叫彭沸珍就被我坑过。十多年前，她还是少女。我到大同会会诗友，诗友说某乡某村小彭的诗不错，我们借上自行车就去了。见到她大概又是一番诗的流动流动的诗那种宣讲，她竟然十年痴迷此道而不回头。幸亏她得遇一个甘为她奉献的好丈夫，容忍她整天就是写写写读读读，而不像别的农村妇女那样子活法。她的散文《我的丈夫，我只对你说》在《岁月》发表之后，我才想起我在十年前犯过“拐骗”人口误入文学的大案。

一百期的《岁月》融进我的多少过错。现在我说了。但是要我改也难，从小就这毛病，大错不犯小错不断，检讨多，改正少。没整。《岁月》化我，我化《岁月》，说到底人间大乐大美何如这般?!

我的烟囱和云雀

总也回答不出这个常识性的问题——“诗是什么?”而我恰恰写了好多诗，有时候被别人称作“诗人”，有时候自己在心里也承认自己是诗人。

被别人称作诗人，往往在社交场合。我身外之物寥寥，别人便好意拣一个桂冠给我戴上。那时，“诗人”二字已经与诗没多大关联了。而我自认“诗人”之时，常常因为无德无能无财无力，又无处可退无地可蔽，叹一声“唉，诗人!”便算阿Q了一下，于是心里坦然。这工夫“诗人”二字更离诗远矣。

好像是五六岁，偶尔一次我躺在幼儿园的大烟囱根儿，两眼看烟囱尖在云里摇摆。那个烟囱把我和云联系在一起，而摇摆着的烟囱不再是平平常常冒烟的烟囱了。心间漾满了莫名的欢愉和神秘，我躺在烟囱下许久。现在回想起来，小时候也曾诗过，只是说不出。那个烟囱给我的陌生与新奇，远远高于日常的排队、洗手、做操、听讲。后者天天时时在做，却没留记忆。前者只是片刻，却铭刻几十年。没有我在烟囱下的想象和感受，它就不是“我的烟囱”。

十八岁的一个春天，在一个地头，拖拉机播种离我远去，我孤零零坐在装满麦种的麻袋上。刚才我跑着扛半袋麦种，跳上播种机踏板，往种箱里灌籽儿。此刻，田野寂静，留下我等待拖拉机的又一次回转。伴随我的寂寞的，只有肩膀上微微的酸痛。突然头顶浇灌下来滴溜溜的鸟鸣。垂直淋着我的鸟鸣。抬头看见一双扇个不停的小翅膀，忽上忽下，忽又悬在空间。天真温情的鸟鸣渗进我的心，血潮澎湃的作用，眼睛先就湿润了。然后拿出纸片，铅笔，依偎麻袋堆不知想写啥却写不出。那时候也沉浸在诗里，却误以为诗来自云雀而不是来自我内心的生命之颤动。

那种说不出（例如六岁看烟囱摇晃）也写不出（例如十八岁看云雀扇翅啼唱）的感动或者冲动，不仅仅是外界给我的。它是我血里的音乐。

到后来能写出长长短短的句子，被别人也被自己看成“诗”了。其实心灵磨砺到此间，已经裹上厚厚的茧。有时候雕琢制作，那茧壳连颤也不颤。

心上有茧而能咬破，或者忍着被什么碰破，就会流出真诚。

诗跟这个过程有关。

当然，如果总是娇嫩新鲜，不长老皮不生皱纹，风一吹也疼，露珠一碰也疼，那该多好。那就时时刻刻能诗。可惜我不能。我是个平常的人（这有点自我恭维的意思，严格说我是个没心没肺的人）。于是我怀念童年那个有魔力的烟囱，怀念少年那只自己不哭而让我哭的云雀。

写《关东第十二月》自说

这首诗在1984年我写于三十四岁生日前夕。那时我住在大庆展览馆后院的旧板房里。望着门前一个正打加密井的钢铁钻塔，听着窗缝里钻进的呜嗷雪风，铺开稿纸。我脚下是严寒，屋地放一盆水马上就会冻冰，而膝盖以上是春天。

我把脚支到写字台上，在大腿上放一块板子，人坐在椅子里。这种写作姿势，腿脚和胳臂都很对付。心思变成句子，排列到稿纸上。心思尽了之后，再看那三十多行，发现它们顺序不对。于是在句子们中间，隔三岔五重新编号，再按新的号序抄写润色到另一张纸上。

回头再看那张老纸，箭头、线条、涂抹的墨迹，横躺竖卧的语言，乱糟糟不忍目睹。我团巴团巴，往废纸篓里一扔，投篮挺准。那时候哪里知道十年二十年之后，会有什么馆要收购草稿底稿呢，一笔小钱白瞎了不说，当代文学的小文物也白瞎了。

誊清的《关东第十二月》被我寄往吉林省通辽市《关东文学》杂志宗仁发，他转年在夏季号发表出来。当年《诗刊》《诗选刊》转载。这里面大编辑小编辑之间有怎样的劳动和操作，我没法知道。然后是人民文学出版社的《一九八五年诗选》、安徽出版社《一九八五年诗歌报刊集萃》等五种版本的选集收入了它，并有刘湛秋、寇中鄂、邢海珍等多人评说。十多年后，又有中国新诗研究所编选的《新中国五十年诗选》等几个诗歌选本青睐此诗。诗人邓万鹏从河南来信，邀我自我点评。那么我就站到我之外，试试。

内容与形式的和谐，或许是《关东第十二月》博得读者好感的所在。北方的冬天很长，这首表现北方冬天的诗里我只能选择长长的句式；北方的冬天年年代代有一种外在的重复，我只好以重复的语调作为通篇的气韵；北方的冬天里总有许多呈现偶数状态的物物事事，语言运行中就对仗排比吧。诗歌既然描摹北方事物人情心态，语气语调语感不用北方方言怎么可以？

至今在北方土地上、在北方人的口头上、在人和土地的情感深处，那些流动着的活生生的北方语言，它们本身即具有诗意诗性。我在潜意识里把孩提时代的母语，把我最早接触世界交流人间的那种原生态语言，连泥带土，拌着心声血气，搅着九曲情肠，拿到诗歌里的时候，天、地、人的情韵声音就首先打动了我自己。

现在说得风调雨顺，纯属“马后炮”。当初引发创作冲动的，一股激劲，哪可能慢条斯理讲究布局抢占大场啥的，几乎一着手就打劫。打劫的手段，迷迷糊糊从万千汉字选择最能道破心思的字，从万千口头话语里挑选跟心思贴乎的音调。意象，波涛叠涌，三个五个一齐来，一个一个交叉来。还得小心翼翼别粘连别泥泞，兔子是兔子，黑瞎子是黑瞎子，穿帮可不行。总之，烟雾缭绕，写完以后浑身乏力。跳大神的一样，大神附体，那没文化的人竟能文言满口，妙语连珠，事后一看，纳闷，是我说的么？

一年以后，张抗抗从北京来信，说《关东第十二月》她和她丈夫一起一边乐一边读，可惜那本杂志被别人拿跑了，问我能不能给她再整一份。我就抄写，寄去。感到害怕的是我的字从小就伸胳臂尥腿，跟爬虫似的，还不得怎样不安分往稿纸外面爬呢。幸亏信封是严实的，估计也爬不到信封以外，以至把首都邮政系统的分拣工人吓一跳，而到张抗抗她家光剩白纸了。

附：

关东第十二月

是黑钙土在大雪壳子里怀孕的季节/桦皮小船扣在石滩上憋憋屈屈单相思的季节//是苇塘子剃了光头叫小兔子在清清亮

亮头皮上打出溜滑的季节/是棉靰鞡毡疙瘩走上毛毛道让西北风也在脚底下吱扭扭哼起二人转的季节//是房柁子燕窝巴望春翅膀心里总有点空落落的季节/是玻璃窗霜花一会儿葡萄藤一会儿芭蕉叶一天十八变的季节//是小刺玫果红嘟噜地点亮星火使苍白荒原不好意思的季节/是冰糖葫芦逗试舌头让街灯楼窗也酸得眯上眼睛直嘶哈的季节//是黑瞎子躲进树仓子里打立正舔着掌心苦修行的季节/是馋嘴巴小嘎子穿出冰窟窿问鱼儿想不想进热锅暖一暖身子操心费力的季节//是红辣椒串儿越滴溜越短而生活的辣味越搅和越浓的季节/是老井绳越摇越粗而日子的井台越拱越高的季节//是刨刃子刨猪肉片羊肉片狍子肉片在火锅子的策划下单兵突破的季节/是黏豆包占领盖帘簸箕大花筐图个黏就是年的吉利便发起集团冲锋的季节//是热乎燎的铜唢呐炸开嗓门感动得双喜字红蜡烛哭软了身子的季节/是羞个答的新娘子坐进小面包不掉眼泪疙瘩而叫七姑八大姨撇嘴的季节//是冰嫦娥冰西施冰貂蝉聚会在人们灼烫的眼睛里而不肯融化的季节/是红狐狸紫树貂黑纹豹鼠掖在老山客的腰带上就像攀在大树上的季节//是庄稼院互相赠送血肠不收下就气得盘子碗当街乱跳的季节/是想开粉坊磨豆腐进城拉脚相互瞒着抓钱门道动心眼的季节//是谁路上摔趴子了另一位脱下手闷子抽打他竟抽打出一声谢谢的季节/是孩子们猫咬脚时两双鞋子就蹦着踢来踢去竟踢出笑声的季节//是绿松枝红火苗烤黄冻馒头让伐木工吞了就两臂一抖摔倒大木头的季节/是半瓢老酒半只犴腿就组成撵鹿汉半是鼾声半是风啸深山之梦的季节//是光大膀子光脚丫子跳进冰水里浴一身朝霞颜色的冬泳者先冷后热的季节/是铝盔杠杠袄被淋上黑冰却从古盆地底拽出太阳河的钻工们骂完又笑的季节//是脚穿银刀抡舞木拍争抢一块黑月饼然后常去牙科医院的疯魔们的季节//是手里提笔想画东北虎追撵一群雪狼以致披着毯子老打喷嚏的呆子的季节//充满传奇充满生机充满矛盾充满笑话充满土地与人的庄严感啊关东十二月/我的乡情我的骄傲我的苦中乐我的人之初或许又将是我的归宿啊关东十二月

金马驹为谁来去

编《庞壮国诗选》的时候，首篇放哪一首，我颇费了一番心思。从七百多首发表于各报刊的剪报上挑来拣去，最终还是牵出了《金马驹沙尔嘎》。

这首诗写于 1986 年 3 月 11 日。那几天我创作进入高峰期。3 月 8 日那天写了四首，题材风格与《金马》相近，即编入《庞选》中《大鲜卑山》组诗里的《桦林》《草原》，《鄂伦春短调五叠》里的《狳猁骨的筷子》《大熊的红手镯》。前两首发表于《人民文学》，后两首发表于《星星》。3 月 10 日写了《鸟歌》（一开始叫《坦托鸟》来着），11 日写《金马》（开始叫《金马驹沙尔嘎》）和《箭杆变成的白桦林》。13 日写《天边的鹿茸角》《打犸猊》（即《山变》）、《夜火》《叼走斧头的梅花鹿》。六天出活十一首，发表之后又都能收到集子里而不用脸红（这里也不排除我皮厚兼贫血的因素），在我二三十年写作履历上并不多。

《庞选》上卷全是具有北方地域文化气息的东西，创作时间大体都在 1984 年至 1987 年。那时我抓住一切机会走呼伦贝尔草原，走大小兴安岭的森林，走乌苏里江黑龙江兴凯湖的岸畔，并且幻想着能走遍白山黑水之间的城城乡乡山山水水。行走之余写作之余读我所能找到的一切关于北方历史文化的书籍。

黑龙江民间文艺研究会这期间做了一件功德无量造福子孙的事，他们编辑出版了整套《黑龙江民间文学》，大三十二开，四百多页，我当时搜集到十九册，几乎通读。那里原汁原味的蒙古族、鄂伦春族、鄂温克族、赫哲族、满族的传说故事使我痴迷。

正是这时我意识到中华民族文化是多源的多元的。不仅仅是炎黄华夏的黄河文化，不仅仅是儒释道，不仅仅是孔孟诸子，它还包括长江文化、岭南文化、新疆各民族的文化，尤其北方游牧渔猎民族的文化长期与中原文化对峙、抗衡、溶渗、搅拌，成为华夏文明中重要的渊源和层次。而大汉族主义的阴影其实就是汉族皇帝的阴影一直排斥北方异族，尽管这些北方异族在历史上比其他少数民族更厉害，能多次入主中原坐稳龙椅统治中国。

北方游牧渔猎民族的历史文化在今日可寻可见可考的东西在哪里呢？纯粹意义上的已经黄鹤一去，原汁原味的竟然保留在鄂伦春人赫哲人的口头文学中。一个专门收集整理口头文学的鄂伦春族姑娘对我说，她收集的那些如果不翻译成汉语才有原来的神韵，一旦变成汉字就全不是那回事了。全不是那回事的鄂伦春传说仍然让我心动神摇。

金马驹的故事就是鄂伦春成千上万传说中极普通的一个。一对青年男女相爱了，魔鬼迫害他们，他们心爱的金马驹几次出生入死解救他们。他们成婚的时候金马驹却没有回来。我的这首诗表层就是一个故事。

许多人都说故事不能入诗。我多么大胆竟敢藐视诗理，赶着故事的破马车进入诗歌。鄂伦春人赫哲人许多长歌短调唱的都是故事。力求能唱，力求把握住那种悲壮惆怅的韵律，力求再现北方天人合一万物有灵的文化底蕴，而这一切全依赖于我捕捉到的那些想象中的细节，再小心地找到富有地域色彩的口语。而“马、马、沙尔嘎”韵脚的重复，令我至今沾沾自喜。

附：

金马驹沙尔嘎

饿了去吃绿石头的那匹马/渴了去喝白月光的那匹马/金马

驹沙尔嘎

飞到大鹰巢救回乌娜吉的那匹马/为阿斯克塔死过一百次的那匹马吆/金马驹沙尔嘎

魔火里烧瞎了眼睛的那匹马/黑水河里漂起一只马耳朵的那匹马吆/金马驹沙尔嘎

你的阿斯克塔乌娜吉今夜要成婚了/没有你来证婚篝火也不旺啊/吆呵吆　唤不回你吆金马驹沙尔嘎

天马奔驰之周涛

——读三卷本《周涛散文》

我写诗的三十岁心仪周涛的诗歌，我写散文的四十岁心仪周涛的散文。读这三卷本八十万字，我控制着自己，心说“好日子别一下子过完”，就像得了一瓶窖了半个世纪的真茅台，偶尔一气灌下满杯，更多时间是小口细抿，生怕丢逝滴珠滋味。

周涛在《伊犁秋天的札记》一文中说，“散文就是文学中的散步”。我在前些年松花江之滨一次散文笔会上大放厥词，声称“散文是最自由的文体，就得散漫为文散淡为文，散文不该虚构不该构思，小说戏剧诗歌必须虚构构思，而散文大可不必”。顿时被周围大多数“散人”好一顿“嗙刺”（东北土话，找些勉强对应的书面语是抨击、嘲讽、批驳、辩论）。按理我该低头认罪，我却照样扬脖，心叹自己大音希声、和者甚寡，还有些幸灾乐祸，恶毒地想，那你们就在散文上雕凿吧琢磨吧，永远接近不了天马。谁的散文有天马之神姿？看这三卷，周涛啊。

八十年代新疆绿风诗会上我远远见识过周涛。上百位来自天南海北的诗人中我自己心惭形秽，远远地看多于近近地谈。天山脚下的绿色大斜坡上，吃过烤全羊的诗人们三三两两在美景中几乎迷失自己。这时候一匹骏马在天地间驰骋，那马上一位潇洒的军人像童话中武艺超凡的王子，或躬腰或直身，缰绳在手上扬扬。勒马伫立的那一瞬，人与马的影子被印在蓝蓝的天幕上。人与马伫立的大舞台是绿茸茸的天山大漫坡。

一个诗人指着那幅油画真境里的人马说，那就是周涛。我就记住了会打马飞奔的周涛。

现在从书页上看见周涛仍是打马飞奔。《梦寥廓》《塔里木河》《读友人书三记》以及长篇散文《读<古诗源>记》《游牧长城》《江南十八记》，以我没多大见识的人看来，文思苍天，文笔江河。其中写大诗人昌耀的那篇《最后的礁石》，读之使我神爽心快。对于无声默坐于青海冷冷高原写诗四十年的昌耀，“大诗人”的称谓是少数诗人的民间行为，亦是艺术良心没在这世道上泯灭的证明。周涛读昌耀的平生第二本诗集《命运之书》的时候，说他的书房里“弥漫起一股圣贤之气”。在最喧嚣的诗坛文界评林，各种大奖各种版本各种论说呼呼冒漾管涌几乎溃堤的当今，没理由地把昌耀排斥在外。我在三十岁到四十岁为诗憔悴的时候，稿纸旁边总放一本黑色封面的《昌耀诗选》。昌耀的诗能给我启迪，给我心思，给我精气。因此，周涛关于昌耀的那些话语让我感到酷暑沙漠跋涉中突见清泉。

西部的阳光干净

——读《中国西部散文》

中国西部阳光最干净，从天上直接流下来，中间没什么乌七八糟的遮拦，例如工业的硫酸粉尘农业的烧麦秸黑烟之类。《中国西部散文》上下卷读罢，等于享受了一回好阳光。天山的雪韵、戈壁的风啸、葡萄园的浓芳、野马群奔腾的血脉，都在丝丝缕缕的阳光里面。

在我读中学的时候，老师讲，中国西部就是新疆、青海、西藏再加上甘肃的一块。但是这部书的编辑（大概还有定义西部文学的教授作家）就比较贪心，把内蒙古、陕西、四川、宁夏都囊括进去。其实照政治家比，他们还是小气，没把云南贵州广西划拉进去。到底是中国散文界很强大的阵容，作家们不约而同把笔墨集中在"人与土地"的母题上。

巩乃斯草原上汗血马的瞳孔流淌父爱的尊严（周涛），疏勒河流域早春的旷野天高月小（林染），北魏时期西夏王都统万城依偎着毛乌素沙漠千年无语而作家感到它穿越时间那忧郁悲凉的眼神（尚贵荣），走向冈底斯山一个写诗的女人感到她身心从一己之茧中蝶化而出竟拥有了广阔世界（马丽华），在河西走廊他看见杨树枯枝中的红五星突然被传说击中隐隐听见就义的女红军鲜血渗进泥土的声音（师东兵）……

许久没读到过如此大气如同山川、浩然如同长风、苍茫如同高天的散文了，而且不是星星点点的散章，六十余万字。

雪山融水滔滔而来还能什么样子，捧一捧痛饮，大叫解渴解渴！

鹰脊上驮一轮天火

——读满汝毅的《金辽宋三国演义》

对中国公元九百年中叶到一千年初叶那段历史，人们习惯用“宋朝”作为代表。这是受历代大汉族皇帝以中原文化为正统荒谬思想的影响。当时中国疆域中不但有宋，还有辽、金、西夏、西州回鹘、黑汗、吐蕃、大理等国。而宋几乎没坐稳几天政治中心的椅子，先是受辽的欺负，年年纳贡，后来被金给攻破首都开封，俘虏了父子皇帝。金几乎成为那年代的政治中心，因为它周围的西夏、蒙古、高丽、南宋都向它脱帽致敬。

中国（主要是北方）的土地上，宋、辽、金之间政治较量、军事杀伐、经济交往、文化碰撞。这工夫最高产的是故事，朝野之间、山水之间，喜怒哀乐、悲欢离合，忠奸良莠、男女老幼，那故事令人目不暇接。

黑龙江老作家满汝毅笔下的《宋辽金三国演义》，把这些故事汇集为洋洋景观，场面铺天盖地，人物龙虎蛇虫，情节飞檐走壁，笔触活气盎然。

更为重要的是，作家摈弃了帝王思想，不像传统的杨家将岳家将那样，一写就是汉族要反侵略，汉族将士百姓要忠君报国，而金、辽尽是豺狼狐狸。岳飞在这本书里是民族英雄，金兀术在这本书里也是民族英雄。我作为生活在黑土地上将近五十年的人，从书里读着千年前这片土地上的人人事事，觉得有意思。

想起我三十来岁写的一首诗《依兰吊古》。依兰就是金朝时候的五国头城，羁押宋朝两代皇帝的地方。“江山，千古阴晴/南方的云北上，有雨/北方的风南下，也有雨/杀伐寂静有烈血渗红了泥中的玉/而今我琢之为翩翩的大鹰/放飞于故城旧墟/鹰脊上驮一轮天火是我的心思/斜翅而盘旋啊/泼亮了南北东西我的五色土地。”我愿意用这些诗句给尊敬的满老做一次注脚。

梦呓与抒情

——读爱琴海的《喜马拉雅》

牛的身子，马的脸，鹿的犄角，骆驼的蹄子——我们管这种梦幻般的动物叫“四不像”。我此刻翻阅的这部《喜马拉雅》应该称为“文学四不像”。

它具有长诗的体魄——但丁的《神曲》“地狱——人间——天堂”三境界结构，被作者直接扒来，成为“尘埃界——冰雪界——阳光界”。它具有戏剧的心肠——莎士比亚式的大段心理独白、汤显祖式的大盒子套小盒子。它具有童话寓言眼神——伊索式的幽默、安徒生式的悲凉、庄子的浪漫、韩非子的机智。而梦幻和对梦幻的张扬是它飘飘拂拂的风声大作的头发。他实实虚虚真真假假地叙述，把报告、小说、纪实同那些“白日梦的絮叨”嫁接。让我们看到了天葬场上群鹫的翔舞、马嵬坡上杨贵妃赴死之际的美丽和从容、南京大屠杀日军屠夫赛刀的狞笑、希特勒与爱娃自杀的毒药与火光。

作者似乎盘坐在喜马拉雅之巅，东南西北古今中外，围绕着天极之峰旋转。他把一切典籍视作自己随手可取的珠玑，佛典、圣经、藏籍、史记中的枝叶花朵随笔而出，阿波罗、后羿、李世民、普罗米修斯、观音、老子、宙斯、孔子纷沓而至。

如果我们不宽容，很可能被作者的胆大妄为、胡说八道、纵横驰骋所激怒，没准会这样提问：“这满纸梦呓也叫书吗?”如果我们不大度，很可能被作者的放肆的飞翔、狂热的奔跑、怪异的蹦跳、虔诚的匍匐惹得火冒三丈:“这么瞎胡搅、乱弹琴、倒踢紫金冠就是写作吗?”

我想,为什么不呢?作者在后记里大概想给自己壮胆,他说:“神话。只有古老而永恒的神话才能用语言的能指和所指照亮意识的无穷黑夜,激活经验的沧海,创造东方文化朝气蓬勃的黎明。”作者的幸运在于他思想着,他的思想使他找到了结构,或者说找到了视点,也就找到了用武之地。而结构的到来,使他思想与想象那种自由的遨游进入了次序轨道,形成闪烁灵气的二十五万字。

著者名叫爱琴海,陕西人,某美术学院油画系毕业。他文笔的斑斓色彩大概得益于绘画,他能梦游天地魂回历史大概因为他恰恰生存于相对稳固沉重的黄土高原。

诗意的二人转

那是在我五十多岁的时候，突然一天，我摊上了一个犯愁的事情，是文化局艺术科副科长郑艺娜的电话引起的。郑艺娜说："五二三那天大庆二人转学会正式成立，诸位一级作家拿出论文，五幺九这天过稿。"

我就开始犯愁。生平只看过三次二人转，哪有资格哪有本事哪有底气写写二人转的发言稿呢？

一次是童年，我五舅从后五家子屯来齐齐哈尔串门，领我去了二人转小剧场，我五六岁吧，仰头看见一个花花仙女舞着手绢扭着腰肢，唱得可好听了，心想等我长大了也唱二人转，我得跟花花仙女一道唱。

第二次看二人转是跟郑彦青，到铁西正大剧场，看到半夜十二点，剧场小老板张小光（自称也是东北转星，与赵本山是哥们儿）在演出后弄一桌酒菜，闲扯到后半夜两点。舞台上沈阳来的姚奇、王可火爆的沾点粉色的表演，王小力的立足舞台身体大倾斜地歌唱，陈小飞的面部抖动，变换十几种表情，肢体一会儿张扬一会儿萎缩的功夫。张小光最后上台唱母亲父亲，泪流满面。

大开眼界之后与张小光、姚奇、王可、王小力喝酒，听他们讲艰苦学艺的故事。我对二人转有一个初步定义，它是激情的演出，演员可以唱可以喊可以哭，唱喊哭都不解恨的时候干脆爆发身体语言，咣咣咣打空翻。

第三次是《光明日报》编辑、散文家韩小蕙来大庆，我们几个文学朋友陪她去看二人转。最后一个单元最后一段了，我们站起来要走，但是韩小蕙还痴迷地坐着看。我心想，连北京来的纯正的不喝酒不玩笑的大散文家都被二人转迷住了，今后没事我得常往二人转那里转转。

有着三四次看二人转经历的人，竟然给整到二人转学会里担任常委一级的重任，还要拿出学术或者准学术的论文，这是什么行为？这是硬性嫁接的行为。

硬性嫁接工程的策划者是谁，仔细往根上一看，是我们尊敬的市委副书记忽培元同志。他是从国务院政策研究室下派到大庆的司局级官员，曾经在延安担任过地委书记或者副书记。忽培元也是像样的作家，著作也出版过六七本了。他懂得文学是怎么一回事情。那么忽书记的这种硬性嫁接的良苦用心，我作为他的嫡系部队小将领兼文学哥们儿，就得爬上一定高度来体会体会，来思想思想。

首先想一想二人转跟人民大众的关系。那可是鱼水情一样的关系啊。宁舍一顿饭，不舍二人转，整个啷的东北屯子人都这样慨叹。东北老乡为什么不说，宁可肉不吃，也要写歪诗呢？为什么不说，宁可不吃火锅，也要读读小说呢？为什么不说，宁可不跟媳妇聚，也要玩玩戏剧呢？春晚的小品，八九十年代是跟相声嫁接，火了一个时期。九十年代末期到现在，小品跟二人转嫁接，成为晚会上的霸主。没有赵本山的春节晚会，容易形成全国人民罢看的春节晚会。这就是二人转的魔力和魅力。

其次想一想，小舞台上的二人转往往在火爆激情的同时，出现脏口喷溅，粉黄波涛，让人神经痉挛的不良现象。这是因为没有严肃的艺术和文学来参与二人转的后果，这是二人转处于自生自灭、处于低档次票房效应的后果。二人转里不能没有性，正如许多高品位文学艺术作品里也不能没有性一样。含蓄的高级的性的那种幽默和暗示，本来是二人转的长项，本来是二人转诗意的宝贝，但是现在往往败坏成不打下三路不说话，不叨要害部位不动作的地步。这种从根上要消灭二人转的病毒，仅仅靠下文件禁止不了，仅仅靠勒令关门整顿也无济于事。从根基上进行二人转的理论研究，从剧本上进行二人转的精神建设，从语言上进行二人转的文学把握和打磨，也许是二人转学会今后工作的题中应有之意。

最后反过来想一想，诗歌小说散文随笔难道不该向二人转学习学习么？诗人小说家散文家剧作家跟二人转沾一点泥土气息难道没有益处么？前面已经有了成功的范例，杨利民的话剧《秋天的二人转》，从题材选择上显示出了他的聪明和敏锐，从对本土文化的关照上显示出了痴情和扎实，从戏剧构思和演出效果上显示出了艺术就是诗意这一本质命题。

诗意的二人转，对于我是一种诱惑，对于二人转是一种呼唤。

小文章该结尾了。我向二人转演员们学习，这时候应该给读者鞠躬，长话短说：完事。谢谢。

东大片开犁啦及其他

《黑龙江日报》报业集团开辟创立一份新报纸《读者新报》。立足大庆哈尔滨两点一线，兼顾全省，这是面对哈尔滨与大庆之间近年形成的经济文化地域圈，最先做出的顺应潮流合乎客观的一种上层建筑的反应。多年的黑省作家协会主席贾宏图以省报老总身份来大庆，把杨利民、王立纯、张爱华、周树山、阚峰、潘永翔以及我，都给邀到杯子跟前，再三畅说开辟作家专栏的事情。众多大庆写字弟兄纷纷响应。

文学兄弟姐妹推举我来主持，即我来约稿组稿编稿的作家专栏，我给起名叫了“东大片”。知青情结吧，我青春的汗水洒过一个叫作“东大片”的浩瀚农田里。铲一根垄的苞米，要在地当间吃午饭，要在黄昏时铲到地头，地头有挂斗大胶轮等着把人接回，不然徒步走回宿舍得半夜。东大片的苞米地，一根垄长度应该是最少十五里，甚至二十里。栏目其名其意，无外是我想放开点。老总给了自留地，咱还好意思不放开手脚该耕该铲别耽误春种秋割吗，逮啥种啥的意思吧。

大庆作为城市，与哈尔滨的差距，空间上一百多公里，时间上起码一百年。但是现代化的进程，客观要求必须尽快删掉这种差距。松花江以北兴建哈尔滨新城，再发展发展，哈市跟庆市没准一联手，把肇东和安达挂拉着，让长城以北出现个直辖市。

我看哈市与庆市之间的差距不是在硬件上。差距是在虚妄的许多东西里。几乎看不见摸不着却能感觉到。例如吧，哈尔滨人总是时刻有一种自豪感——“我是哈尔滨的市民”。但是我们大庆居民不怎么愿意扯那个，或者我是油田产业大军一员，或者我是外来打工挣小钱吃蹭饭，或者我随风漂泊随浪起伏，虽然在大庆也十年二十年但心理上没认同我是大庆市市民。所以哈尔滨人动不动在街上买张晚报，人家关心自己的哈尔滨哪。大庆人自己花钱买晚报的，关心关心自己城市的，这些年有了点，照哈尔滨人可差老鼻子了。

我曾在自己的一篇文章里，对大庆黎明河步行街的街中心和商贸大厦门前过街天桥上出现的“人遗矢”现象，怒发冲冠痛心疾首。总也弄不明白，北京人、上海人、哈尔滨人能跑到街面上“人遗矢”吗？不可能！怎么我的大庆会出现这么羞耻的怪诞？病根我这下子找到了——没有市民意识，拿自己的家园不当家园！

一个没有市民意识的城市，这个城市首先在情感的血缘上先就同居民断着根，而城市的真正崛起，偏偏得崛起在市民心间之根上才算崛起。

这种巨大的悖论，必须在我们这一代手中给予改变。我大庆的父老乡亲用实打实的血汗泪水改变着，夯实地基、建筑大厦、打造黎明、喷放光彩。我一个弄笔的人，能干点啥呢，叫唤吧。

叫出黄鹂之声，那是给我的市井街道送点春光的意思；叫出猫头鹰声，也不是故意让人讨厌，而是捕鼠追兔之际的战斗之啸。欲问到底叫个啥声，且听下回分解。

第 五 辑

把小事做大

做事，是人的本分。做大事，做小事，都算做事。咱没机会做大事，总是在做小事。所以对做小事还算内行。内行嘛，就能说点内行的话。我说，能把小事做大的人，是我注目的人，是我尊敬的人，更是我要学习的人。那些人由之便在我的心目中渐渐地大起来。

至于把大事做小，做糟，做烂，做成豆腐渣和大粪坑，看见过或听说过，咱只能摇头。咱生平跟做大事沾不上边，纯属外行，怎么好意思叨叨呢？

山东一带，有个名叫焦波的人，酷爱摄影。照来照去，他心想，照照老爹老妈吧。一个会照相的儿子给自己爹娘照相，世上万事悠悠，他做的肯定是一件小事。照了二三十年，孝心加痴心加细心加专心，把小事做大了。心心心心的泉源是他的爱心。坚持，坚持，他的小事情渐渐凝聚了大意思和大意义，随之有了大轰动大效果大作为。

焦波的摄影展览，出版画册和散文集，制造电影和电视剧，《俺爹俺娘》。

俺爹俺娘啊，四个亲亲的字眼，四个响彻国人心间引起热血回声的字眼，焦波跟着这四个字眼行走着，行走到他人生的高度。我想，找个机会跟焦波拍拍肩膀，两个酒碗一撞，我这一生也跟着他借光了，显得不枉。

还有个面朝黄土背朝天的对苞米叶子痴情的人，总在朴素地想，好柔软好洁净好朴素的苞米叶子啊，漫长的美丽，怎么能老是让它喂牲口或者当烧柴或者变肥料呢。把苞米叶子编绳，把苞米叶子做鞋，把心情和期望跟苞米叶子链接了十多年。小小不言的事情啊，小人物，农民，小东西，苞米叶子，竟然就做大了。生产线牵动千家万户，工艺美走遍四面八方。

我媳妇在江西给我带回一双苞米叶子编织的草鞋，十块钱，在整整一个夏天里，让我的脚心和心感受着苞米叶子与土地接触时的那种愉悦和舒坦。

那位苞米叶子企业家的恒心和信心，给世界呈现了他和苞米叶子结缘之后产生的诗情画意。

把小事情做大，事例太多了。突然我的思维一跳，跳出远在青海的一位老人。他用清寒一生写着长短句，他的名字叫昌耀。一个字一个字，一行字一行字，把他的人生写成诗歌的纪念碑。

一群又一群普通的人，一个又一个普通的人，大事做不来就做了点小事。那些兢兢业业的小事，奠基着、垒砌着、建筑着、雄伟着我的祖国。

孤胆英雄

在大兴安岭腹地塔河县一个名叫十八站的林场，我和我的诗友们见到了一个活着的烈士曹发庆。那天，他家那个小平房里挤满了人。老曹家冷冷清清、悄悄静静了多少年又多少年，他们老两口和他们相处多年的邻居谁都没料到他家一下子能来四五十人。

黑龙江作家协会主席贾宏图带着大大小小一大群作家站在炕下，炕上，曹发庆端端正正盘腿坐着。七十多岁的老英雄虎威犹在。他是个大骨架子人，似乎坐着都比我们站着高。他戴一顶白色的小圆帽，穿一件白色的小褂，一声不吭，那种沉默好像雪的沉默。

满屋的人都睁着眼睛看着他。唯独坐着的他闭着眼睛谁也不看。他已经没有了眼睛。

甚至他的那些当上团长旅长师长的老战友都误认为他早就没有了生命。

他从前战斗过的中国人民解放军第三十八军就拿他当烈士祭奠了整整四十年。曹发庆所在的那个英雄连队，每天点名总要第一个念他的名字，“曹发庆”，全连齐声回答：“到!”每当清明节，那些当年一个战壕里喝凉水嚼黄豆的弟兄，那些后来成为师长旅长再后来离休的老军人们，如果愿意回忆往事的话，或许能隐隐约约记得有个全身鲜红、破衣褴褛、从死人堆里站起来的大个子，手里那杆枪刺刀都拼弯了，摇摇晃晃向他们走来。他叫曹曹曹曹什么来着?

我们看到了他从不轻易给人看的一块小手绢，上面别着七枚银质军功章。他还有一件几十年没舍得穿的白背心，是已故大元帅罗荣桓在烈火硝烟中亲手奖给他的，那上面印着四个字，“孤胆英雄”。

大作家魏巍和曾经给魏巍提供素材的那个志愿军部队犯过一个小错误，让我们的生活里出现了一个活着的烈士李玉安。这回不知又是哪个部门没整明白：在地方的档案里曹发庆活着，但是没人知道他是英雄；在军队档案里他是英雄他却死了。这样我们又偏得了，多了一个活着的烈士。

烈士，竟然活着，这是一种什么颜色的幽默？叫它黑色幽默肯定荒谬，那就叫红色幽默吧。严重的是，从今往后，烈士一个个都活过来可怎么是好？他们活转以后的职务安排、住房标准、轿车规格、子女就业、工资待遇等等一系列问题，自有组织部房产局车辆管理办安置处人事科诸多部门操劳，不须我辈小民牵挂，但是摆在我们面前的问题却更加严重，那就是我们以后可追悼什么缅怀什么？

曹发庆知道自己活着。若论死，他少说也死过七八次开外，而活着就得活出个人样来。他不拿自己当英雄，四平那一仗他们连百十号人最后只剩下仨，倒在血泊里永远站不起来的那帮哥儿们哪个叫出来不是英雄？他从朝鲜战场上躺在担架上昏迷着回到祖国（可能就在这时候他的生死簿子被谁一不小心给弄错了），住进医院，从医院出来就复员转业到了大森林里的十八站。

曹发庆看过粮库，打过更。反正组织上让干啥他就干啥，从来没在心里动过这样的念头，不管咋着我也是人民功臣，怎么着也该给我落实一个级别吧？扛麻袋装车，别人扛一个他扛俩。跟他一道干活的人都影影绰绰听说他是功臣，悄悄议论他也悄悄照顾他。他在雷锋事迹宣扬之前就已经很雷锋了，那时候没人为他写事迹材料写电视专题写报告文学写诗写散文，连一篇豆腐块大的小消息也没有。涨工资他也不争，提干他也不找。五十年代、六十年代、七十年代、八十年代，一直保持股级干部直到离休。

九十年代大兴安岭地区老干部办的一位同志按照离休干部花名册挨个家访，就从几百里外的加格达奇访到了十八站老曹家。大概老哥俩唠得近乎，那人才有幸看到曹发庆的小手绢（七枚军功章）。老干办向地委汇报，同时又同三十八军联系。三十八军先是来信后是来人，说曹发庆那是我们军的孤胆英雄啊，我们军一有新兵入伍就讲曹发庆啊，我们有个英雄连队全连点名头一个就点曹发庆啊。

于是寂寞了四十多年的曹发庆在晚年被热闹包围了。

我们得给英雄的家换成楼房，哪怕他住了好几十年小平房住惯了，从此不再有个小院能溜达溜达能晒晒太阳听蝇子嗡嗡叫，能种几垄青菜能养一群鸡鸭。我们得给英雄上台做报告的机会，尽管他本人可能更愿意安静和沉默，但是教育下一代太重要了。我们得给英雄安装一台电话机，纵然他想说说话的人越来越少了，他们中的大多数都把名字嵌在石碑上再也不能说话了。

英雄一旦被确认为英雄就得学会忍受，忍受那礼赞的蜂和仰慕的蝶，在英雄身前身后缭绕着撩扰着。

那天，黑龙江的作家们激情万分地包围了曹发庆，用真诚和眼泪小心翼翼地编织成诗，哽哽咽咽地念给他听。他就那么端端正正地坐着，沉默着，原谅着我们。

而我们当时并未意识到自己不知深浅不识轻重，老想把这七十多岁参透生死看破荣辱的大智大贤拖进我们的警句与抒情，老想让他享受赞叹和掌声。那天我们近似蛮横地剥夺了他的午觉。

事后好多天，直至今日好多年过去，让我回想起来还是疚愧难当。但是转念一想（阿 Q 就专门善于转念一想），不管咋说我们对于英雄还没麻木僵硬到针扎不疼火烧不烫那种程度，而且事后还能将心比心自问自省，还没堕落到不知耻不要脸丧尽天良的程度，说明我们还有救。

一天里有几个桌子

早上一起，家里的餐桌是生活的主角。小粥小咸菜，糊弄一下胃口肠管，好到另一个桌子前去熬时光。

整个上午，电脑桌。有的人办公桌就是电脑桌，也有的人面前横着的是办公桌，侧面再多摆个电脑桌。当学生的少年们是目前中国第一辛苦分子，陪他们辛苦的是无辜的课桌。另一些辛苦的人围聚在会议桌前，决定事情的起承转合，也决定人们的升迁或者沉落。整个上午的情绪如果能围绕着电子游戏桌或者麻将桌去喜怒哀乐，那可是太奢侈了。这样的人极有可能是从人生主流撤退下来的情感伤兵，也有可能是胸有宏图、手无寸铁、口中念念有词、心里草草收兵的自暴自弃者流。

好容易挨到中午了，人们有些欢欣鼓舞的模样，能不找个酒桌乐和乐和吗？酒桌也变化得千奇百怪了，传统的八仙桌不必细说，还整出了情侣桌、火车包厢桌、朝鲜族炕桌、可坐二十人的大转桌。还有的桌子上挖个圆洞，便于火锅坐落。或者桌中间岿然立个电磁炉，让你烟熏火燎地进入原始与现代相互嫁接的餐饮境界。或者直接弄个大铁锅，几条鱼、几盘肉、茄子豆角粉条豆腐再加半盆大酱瞎胡炖，让人围着锅台的瓷面桌猛灌高粱酒、猛说粗话、猛交酒肉朋友。

下午一瞬间就到了，面色红涨的人们觉得写材料或者做报告都有些力不从心，那就安静些找个茶桌吧，或者不安静地找个麻将桌，三打一斗地主穿红尖的牌桌。

一晃晚上来了，电视桌准备着耗费大人的黄金时间，作业桌准备霸占小孩的黄金时间。当然，中午酒桌上的热烈也可以在晚间更肆无忌惮地张扬。

接下来桌子退位，梦以及梦里的微笑与梦里的啜泣只属于床。桌子的复辟将在早晨发生。

红红火火的桌子们像事业一样，笼罩着跟桌子发生千丝万缕联系的人们的时空。于是这种时空里的人们也如同桌子一般，只感到自己很方正，一点都没有警觉到颓废和无聊。

精神黄金

男孩名叫李向群，女孩名叫薛秀丽，他和她的故事使我的心怦怦地响作鼓声。觉得我曾绝望地腹诽这时代（世纪末）的青年人，他们眼里只有金钱利欲而失德失心，是太小瞧了我们的民族，跌到了“有眼不识泰山”的坑井里。

富家子弟李向群和穷人女儿薛秀丽，有个共同特点，就是在精神上他们有自己的“黄金”，也给我们民族的精神宝库积攒了一份财富。

男孩死了，生前仁义无私，全无通常一夜暴富那种人家子弟颐指气使淫逸骄奢的毛病。女孩活着，在一所中专读书，每月十元的伙食费(平均一天吃一袋方便面都不够)。她捡到一箱价值数百元的货，忙忙活活送还失主。发个小横财让自己不再成天啃咸菜，那念头她想都没想。学校奖励她一笔钱，她却惶恐不安，惦记不能要。那假日里帮着父亲耕耘的女孩，艰难又坚定地坚守她自己的信条。

某些大市长大局长为了几十万上百万花不出去的钱（不敢花或没来得及花）进了监狱的时候，他们两个年轻小白丁的事迹使得东奔西忙的人们突然感到，天空出现了巨大的蔚蓝色的镜子。抬头照照自己的心，欣慰、惊恐、感慨、羞愧，全是自己的心理活动，不必向谁坦白交代。灵魂不发生一点颤动，还叫人吗?

经济成了我们这个时代日常生活的中心，成了我们的热点。黄金的光芒似乎使千千万万的人睁不开眼睛。万马奔腾万众一心万人空巷万难不辞就是奔着黄金使劲。就有某人使上邪劲了。巧取豪夺、打赖耍横、偷天换日，种种滚刀肉不要脸丧良心的行为，空前绝后地践踏着美好、善良、真挚、正义。他们对中华民族传统美德的败坏，较之“文革”中的打砸抢分子，有过之而无不及。

采集黄金是剥离土地山川绿色肌肤的残酷作业，采金船的钢牙、高压水枪的攻击、炸石粉碎碾磨以及其他种种，最终留下大片大片惨白的废墟。地层深处那些美丽的金子被拿走之后，地表层便寸草不生。

物质黄金的获得往往以破坏为手段为代价。另一种黄金则不然。精神黄金的获得和积攒，无须破坏，那得积德行善，积许多许多德，行许多许多善，或许才凝集成星星点点。

精神黄金，这是个诗意的命题。这也是个关乎我们民族最终走向的命题。李向群、薛秀丽两个年轻人，在不同的境遇里（或富或穷），把这道题做得沉静而光彩。

我们的民族要居家过日子，那日子就不能仅仅是钱是油盐酱醋茶，不能仅仅是活着生儿育女富了穷吃大喝。也得要精神，也得要文化，也得要许许多多看起来不当吃不当穿的虚空无形的东西。怎能设想一个不要精神品格、文学艺术、学识修养的民族会在今后的世界上生存下去。

从前我们学习张思德白求恩，现在我们学习李向群薛秀丽，就因为他们的为人之道处世哲学里富含精神黄金。

话说童话蚂蚁兼议“征服论”

看电视，贵州记者谁谁，骑摩托穿越罗布泊了。我对不要命的英雄并没有敬佩得很。但是播音员说，他征服了自然、人类征服了自然云云。就让我在心里不怀好意地笑了一下，因为我想到了一只蚂蚁。

那是一只美丽的紫色蚂蚁，背着干粮袋和水壶，艰难跋涉在童话里。它的名字或许叫作大胆，或许叫作胆大。

大胆胆大的蚂蚁在我赤裸的膝盖上爬了一圈。我痒痒着，但觉得蚂蚁挺勇敢，没碰它。但是蚂蚁却在我的膝盖上站立起来，气喘吁吁了几秒钟之后，它大声宣布：“昆虫界取得又一次突破——我，一只不写诗的蚂蚁，却征服了比我大起码九千倍的写诗的庞壮国。”

“征服论”在我看来渗透了毒药般的帝王思想，充满反人性反天性的统治欲。人类狂妄惯了，动不动就说征服了这个战胜了那个。到头来整得沙漠埋葬森林绿洲，大气层出现窟窿，垒坝垒得母亲河断流，为了弄点现钱儿把子孙万代的生存环境全败坏得跟猪圈似的。

珠穆朗玛峰耸立于死冷死冷的地球最高处，它从不絮絮叨叨，吹嘘自己怎样神仙、怎样魔怪、怎样磨炼于海底、怎样刺戟于高天。它无言着，大美着，自在着。谁谁拿性命一搏，登上它的肩头，它想，来玩玩就玩玩吧，一般它不发火不雪崩。

登上珠穆朗玛算不算征服？我认为说不算也行。你也没在那儿住下，也没在那儿开荒种地养妻育子，你就是一走一过而已。便是登上月球的人，登上火星的人，随便往人家大使馆用导弹穿窟窿玩的人，也不可狂妄得不知自己姓啥。

万物万灵，都在一个宇宙里和谐着。别跟蚂蚁学，胆战心惊爬过一个文弱书生的膝盖，就气壮山河了似的。宇宙浩瀚，银河莽苍，小小地球上山高海深，谁征服谁呀？冒险一下子，征服的只不过是冒险者自己。

再说，好人谁把“征服”二字挂在嘴边，蚂蚁才说征服呢。那蚂蚁也不是纯蚂蚁，还得是我杜撰的童话中的蚂蚁。在此，我向童话外面的那些真蚂蚁正经蚂蚁们鞠躬道歉。

败家的烧

人类的历史，也是烧的历史。

烧火做饭，烧火取暖，那倒也罢了，还常常烧火娱乐。围着篝火人们唱歌跳舞的时候，谁也不会注意和倾听被燃烧的树木正在火里哭泣。

烧木头，世世代代一辈传一辈，四面八方东西南北，晨炊午饭晚宴或许半夜再来点烧烤。先烧枯木，再烧活树，大树烧完烧小树，乔木烧完烧灌木。树木们拼命地成长，以便追撵上人们大烧特烧的冒烟频率。到底是树木们在马拉松似的赛跑中失败了。人们把森林欺负成草原。

还得继续烧啊，诗歌里都说，“燃烧着才是生活”。这回只好烧草了。烧蒿秆烧荆棘烧茅草，甚至连草根也从泥土里刨出来烧。把茫茫草原死乞白赖给祸害成漫漫荒沙。

寸草不生的地面上真的没什么可烧性了。人们发现，地底深处的可烧性还大有可为。耗费巨资，耗费鲜血和年华，人们凿洞凿井，要攫取地底深处的黑骨头黑血。人们进入了烧煤烧石油的新时代。

煤和石油，天造地设，不可再生资源。兆兆生物，亿亿时光，地壳的起伏塌陷，地力的挤压酿造，太阳能通过各种生命把底蕴转化为黑色的形式。老天孕育煤和石油，是让人随便烧的吗？我以为绝不是。煤和石油里面蕴含着远比黄金高贵的许多东西，也许人们至今还不曾认识不曾发现。等不及了，哪怕子孙们在明天黄昏认识发现呢，今天中午咱得给它往死里烧。

人类荒诞地燃烧那些不可再生资源，烧得何等蛮横，何等坦然，何等花样繁多。发明火车轰隆隆地烧，发明汽车嘀嗒嗒地烧，建设工厂流水作业来烧，建设城市全民总动员似的烧。

败家的烧，也是败国的烧。汉武帝时代黄土高原上还森林密布呢，现在呢，通过浑噩的水，向兄弟省份大量输出土地，黄河跑到中原之后腾上天空，高悬利剑。烧了上千上百年，不把子孙那点命根烧光了，岂不是让子孙占了爷爷的便宜？

我估计这个短文这个想法有跟全人类较劲之嫌。任何人都可以拿一个极其简单的问题质问我：那你说不烧木头不烧煤不烧石油，咱们该烧啥呢？

我就傻眼了，是啊，烧自己大腿吗？我仰头看看天上的太阳，它亿万斯年燃烧得多么愉快，白白地燃烧，可我能像诗人一样浪漫而飘逸地说，咱们烧太阳不行吗？

家门鸟窝鼠巢

城市老百姓真可怜，陷在广告的追杀、围剿、包抄、点射、轰炸之中。

早晨一开门，在古代可能是清风扑面，在现代准保有纸片飘来拂面攀肩。纸片上面绝非抒情诗歌或者祝你快乐的慰问信，要么告诉你满脸青春痘不要紧，它有什么什么洗面奶一洗就光溜；要么告诉你你得多大多埋汰的病也不要紧，快去找它，它的电话五七八二七四一（污七八哎气死你）。

晚上要开门进屋，你站在门前会犹豫几秒钟，问自己：我没走错单元吧，我家的门咋变模样了呢？昨天用了两盆水，肥皂沫铁刷子，大汗淋漓，门终于碧绿或者天蓝。可此刻，忽如一夜梨花开，满眼是小型粘贴——开锁大王、扎啤送到家、专通下水道、盒饭、五元纯净水、求租楼房、软包防盗门等等字样下面是一堆电话号码。你心疼心叫“我的家门呀”也白搭。在当今，谁家还奢望能有个干净门呢？

打开电视机想轻松轻松，“牙口好胃口就好”一个胖子向你挤眉弄眼，“大宝啊天天见”一群男女跟你磨磨叨叨，名牌卫生巾在你刚打开茶杯盖的时候扑来了，王牌痔疮膏在你刚要往嘴里送瓜子的时候蹿来了。

这日子还有个过吗——想想就摇头，没人没部门没法律没文件说禁止祸害人们的心理宁静，谁让你赖在城市不走，不肯到深山老林与黑瞎子火狐狸黄鼠狼为伍。心烦意乱随手拽张报纸，寻思读点什么好排遣排遣愁肠，却应了李清照的词“凝眸处，从今又添，一段新愁”——版面的黄金分割线为界，下面黑压压全是广告，文章那是一叶扁舟漂浮于波涛汹涌的广告之上。

广告好霸道，随时拿导弹往咱眼睛穿窟窿似的。想想咱人类的家，屡遭广告渗透、浸泡、冲刷、洗涤，没着没落的。何如鸟窝鼠巢。鸟窝多好，有天风抚慰没广告张贴。鼠巢也不孬，有地气熏陶没广告塞挤。

末了末了咱只好反复安慰自己，别上火，坐下病还得自己买药自己遭罪。闭上眼睛当一会儿辛弃疾吧，叹上一声“却道天凉好个秋”！

云的眼泪

云在天上俯首巡视大地。

地面上的庄稼蔫头耷拉脑，病得很。酷夏，好几个月滴雨不见。秧苗们心里窝火，那些火在它们身体中蔓延。原先翠绿的叶子此刻渐渐焦黄。它的根子想拼命往地底深处挣扎，想吸吮一点点水分，哪怕潮气呢，好苟延残喘一些日子。可是地板已经像烧红的铁板，煎烤着奄奄一息的生命。

那朵淡淡的云听见庄稼发出的窸窣的哀鸣。那是它们用最后一丝气力向上苍呼救："云啊救命，给我们一点雨吧！"

云说："好的。我马上就去办理降雨所需要的一切审批手续。"

云急匆匆东奔西跑。先到太阳办公室，下雨嘛，必得阴云遮日，不取得太阳的谅解怎么能行？填表，排号等待接见，打报告送审，经过光芒科和光亮科以及曙光办事处晚霞办事处联合讨论，七八天过去，终于在太阳办把手续整齐全了。

光下雨不打雷那叫什么事呢？一场有动静的雨与一场无声的雨之间，谁更接近交响乐呢？云决定把事业做得更完美一些。云找雷局长用了几天时间，跟雷局长谈判又用了几天时间。雷局长很通情达理，双方取得了共识，决定云雷互补打好下雨大会战。

下雨前，以及下雨过程中，难道我们可以忽略灿烂的闪电吗？云海云涛，咔啦一下被闪电镶个金边或者画上辉煌的线条，那是什么成色？当然，闪电不来，没有它的金色对号或者白色弧光，也可以下雨，但是手续完备一些不更好吗？免得大雨哗哗之际被闪电挑眼：“可惜可惜，美中不足就是欠缺一点诗意的光耀，为什么不跟洒家打个招呼呢，瞧不起咱哥们儿是不是?”云指靠闪电在重大关头光临指导。但是闪电与云之间，在闪三下还是闪四下的问题上发生小小的争论。最后达成协议，先闪三下短的，如果需要，再甩出两下或者四下长的。看具体情况，双方再召开紧急现场办公会议定夺。七八天又耗费掉了。

云脚打后脑勺地奔跑在筹划下雨的路上，突然它拍一下自己的额头：“坏了坏了，险些造成重大失误。没有风来助阵焉能叫雨?”它又想，把风得罪了，你的雨丝有规有矩地正下得来劲，风突然恼怒给你瞎刮一气，弄成乱七八糟可就造成大事故了。开始寻找风。风老总呢，两三天跑到高山组装雪巅，三四天跑到海洋排列浪涛工程，很忙。云找到风已经累得气喘吁吁。在研究往东刮风还是往南吹气的问题上，它俩又整出一系列方案，最后才统一思想，东南方向三级风，保证不出现旋风。

到底到底那艰难的雨淅淅沥沥总算下了。云眯着眼睛，张大耳朵，它多么想听见来自生活底层缥缈而上的赞扬之声啊。那是对云日日夜夜奔波的最大欣慰，比奖金比奖状更能使它感到自己的价值。一个富有同情心和事业心的云，还要求别的东西吗?

“浑蛋啊你!”

一声大喊让云触目惊心。它有些恼怒，但是马上就哑口无言，羞愧得不行。

大地上已经是秋天了。一个老汉正在收割，此刻他把镰刀指向高高的云，唠叨着：“老也不下雨也罢，颗粒不收也罢，指望割点秆棵当今晚的烧柴嘛，该死啊你，你哭唧赖尿的，又让柴火精湿，干冒烟不起火……”

打倒墙

墙不能作为风景。例如柏林墙，例如集中营监狱的电网高墙，例如中国种种风景名胜那些人为的砖石外壳。墙是对风景的反动，是对风景的败坏，是对风景的亵渎。

我在地面上走着看着，却老遇上该看的看不到，一看就是墙。墙，墙，墙，于是这种情感经验就搅和我的心肝，产生一种愤恨和郁闷。毫无人性的墙啊，让人不能融合于风景，让人不能美悦于风景，它毫无生气横亘在人和风景中间，时刻提醒人们——你是过客，交完门票钱你走一走，然后我就关门了！墙使我愤怒，使我为自己同类的愚蠢而羞愧。

我十七岁那年初秋，来到北戴河市海滨区北边十余里的村庄大薄荷寨。每天我都去海滨。那时大薄荷寨到海边还是一条沙石路，路两边庄稼果园浓绿中点缀着娇红，海风迎面拂嘘，鲜鲜凉凉地爽着。走不久，便看见远远远远的地平线凸起大块的湛蓝。湛蓝得柔嫩、温馨、庄严、高贵（少年时代我不太善于这样堆砌美词，当时只是心里发颤眼睛发亮罢了）。

从大薄荷寨小村庄出来，一抬头就能看海，然后迎着蓝蓝的海走，像迎着一面阔大的蓝蓝的旗帜。多么容易又多么美好，住在大薄荷寨的人们有福啊。但是我三十年后再到那里，就找不到感觉了。

仍是从大薄荷寨走到海滨，沙石路变成了柏油路，一路上看不到海。走到海边，心里明明知道海离我不到四五步远，明明能够听见海浪拍岸的声音了，竟然瞪大眼睛还是看不到海。

一堵长长的蛮不讲理的墙，傻了吧唧、丑了吧唧、凶了吧唧地站在美若少女的海的前边。我们大老远地从中国四面八方跑到北戴河，想亲近海，远远或近近地得到海的慰藉，这跟墙有什么关系？谁这么不知好歹把墙派到这地方欺负我们？因为这墙，北戴河在我的心目中丧失了美丽和亲切。十里海滨，用十里围墙遮挡起来，工程量算是浩大，银两花费必是不少。突然有个成语最能道出造墙者的面目以及我面对傻墙丑墙凶墙的尴尬心境——见钱眼开。

不就是为了一张十元钱的门票么？收了多少年门票了？耗费巨资建筑大墙的那笔费用收回来了么？为了区区门票从此剥夺当地人民世世代代出门见海抬头见海那种祖传的愉悦真的值得吗？为了区区门票从此败坏天南地北仰慕而来所有游客的雅兴诗心难道不小家子气吗？此种举动是不是近于砂锅捣蒜一槌子买卖？有那份赚钱之心，为什么不用在完善旅游服务的硬件软件建设上，让人对北戴河来一次想两次来三次想四次？

无独有偶，甚至有三四五六七不止，举例说明如下。辽宁兴城的海滨也挺美，于是也修围墙不让人们一抬眼就看到海。泰山雄丽，从秦始皇汉武帝带头登泰山以来，那山谁有兴致和力气尽管去登就是，现在可不行，有墙。陕西楼观台瀑布好看，围墙围之。四川杜甫草堂诗境，围墙围之。凡是大自然最美的那部分，凡是山水林石跟中国历史文化发生点故事产生点美丽的那部分，恨不得一夜之间都用围墙封锁起来霸占起来。

修围墙似乎成了所有好地方的旅游部门第一工程。修围墙目的并不是修墙者标榜的所谓保护，说穿了，门票情结或曰门票效应而已。

看看整个世界——法国巴黎圣母院庄重奇美，人家没用围墙围起来，而是将华贵的建筑同世俗的街道融合为一体；意大利科洛塞奥竞技场遗址古朴壮观，人家也没用围墙围起来，而是与人情洋溢的广场、草坪、树丛融为一体；埃及狮身人面像和它身边的吉萨大金字塔庄严神秘，人家也没用围墙围起来，而是与蔚蓝高天金黄沙原融为一体……

为什么咱们中国围墙情结就那样千转百扭连连绵绵？小到家居四合院的矮墙，大到皇宫御苑的琉璃瓦红墙，以至于今天一建设风景名胜区地首先把筑墙问题作为第一号预算。

风景跟墙发生关系最早大概是从长城开始的。但是秦始皇修土长城以及朱元璋和他子孙修砖长城并未遮掩多少风景。墙不破坏风景反而成为风景的唯一例外，大概就是长城吧。

我现在实在担心，有一天谁谁豁出血本在长城外面再修筑围墙可怎么是好？那样整个中国的风景名胜大概全都是墙了！而我这不痛不痒的短文又能如何？墙照样癌肿块般地疯狂崛起，败坏亵渎反动着美的自然和美的心境。

但是我仍然相信我的民族我的祖国，总有一天要拆除那些浑噩的墙。我祈盼我的多少代子孙能生活在没有墙的风景里，人与自然、人与人心之间只有干净的空气阳光，没有该死的墙。

艺术哀兵

杨树田说着说着就哽咽了，他的眼眶涌满泪水。我远远地望着他，心间冒出四个字——“艺术哀兵”。古语说“哀兵必胜”，这也是我心底的祈望。

一级演员杨树田他们（《地质师》剧组）到南方某地演出，剧场被一个走穴的小团占着，半夜十一点那个团撤出剧场，他们才能连夜装台。这中间空当一个多小时，大庆的艺术人就溜墙根，看看爆满的剧场里，吸引观众的到底是什么。不久他们受了内伤一样，一个一个退了出来，坐在剧院门前的台阶上，心里憋屈。

那是个什么团呢，十来个花花小女，唱歌跑调，跳舞胳膊腿儿还伸不直，可是十点之后在台上脱衣服，一件一件脱得很利索。

杨树田就是说到这里的时候，眼泪开闸的。在座的可能会有个别心壁被世道打磨得粗糙的人，以为那是一个话剧之星进入了剧情角色，没准会恶毒地猜测，杨树田是不是有些煽情？

我坐在他对面目不转睛，渐渐他的影子就模糊了，这才发觉我的眼球也蒙上了液体。我想象到了，那夜那一刻，全体剧组都感到自己怀里有一个沉重的东西怦怦地敲鼓，敲得胸腔疼痛。

那个桃状的鲜红的东西叫作人心或者叫艺术良心。杨树田说舞台啊，咱们《地质师》不去占领，人家脱衣舞就去占领。啥也别说，哥几个玩命吧。那些日子，他们让《地质师》场场爆满。

笔名“张笠子”的，我认识她的时候她还是小姑娘，写散文写得别有风味，春天里曾来找我，说她被聘为晚报文化记者，想多认识些文化人。我说你跟我走，有个大院里，一大帮艺术高手，现在是咬着牙含着泪进行着艺术创作。

“大庆市艺术剧院”牌子亮堂，只有两个小楼，其实没有剧院（剧场）。正面小楼的一层以及门脸平房都租出去，挂着各种公司的招牌。那天找谁谁不在，让文化记者跟艺术家接头的工作暂告缓期进行。等于参观了一回大庆艺术界内里的尴尬。

小小排练场昏暗着；远远传来管弦，据说交响乐队在车库里排练；头头带着《被洪水围困的日子》剧组辗转南方要给剧团挣点活命的钱；一个小会议室里声音大作，听听，似乎正整顿演员纪律。打听到的信息里，有一条，所有在这里工作的人，都得从工资中扣除百多元，交纳整个办公楼和家属楼的取暖费水电费。

文化事业文化工作文化人，最前线最底层最忙乎的是谁？就是这个大院。不知为什么，堂皇旗号和严肃举措，把最前线最底层最忙乎的文化人推向最尴尬最艰难最窝囊的境地。在没有自己剧场的情况下演剧，在工资不保的情况下演剧，在时时刻刻瞄准市场效应并且时时刻刻保证剧目能送审通过的情况下演剧。他们糠糟了吗？尿裤了吗？要赖打滑了吗？跳槽逃跑了吗？另栖高枝了吗？

咱们艺术之所以至今仍然生气生机生动着，是因为前线有一群轻伤不叫苦重伤也不哭的艺术哀兵啊。

时髦论

写作《时髦论》之动机：我一个下乡知青出身，正经在校学习的时光区区八年，八岁到十五岁，十六岁那年轰轰烈烈没干正事，十七岁就垄沟垄台大有作为去了。屈指算来初二而已。混到小五挂零之年，又想评职称又想混世面，咋整？人说你得上大学弄文凭啊。我上了好几十年社会大学，离最终毕业也没多远了。人说，那你得拿出论文哪，论文还得上档次，显得特有学问特高级的那一种，看起来不赶时髦其实往死了赶时髦的那一种。

我就——在诗人作家那儿叫构思，在精神病患者那儿叫犯病，在董事长们那儿叫谋划——眼睛发直嘴里冒烟，一会儿站一会儿坐，心灵备受煎熬，脑壳里面沟沟坎坎正在遭罪。

时髦！这个词在我脑瓜里突然发电，我的脖子上崛起一台电脑，论文就咔咔咔在 WORD 文档里以智能 ABC 双打的速度，出来了。再说，我在社会上混混，不能老不时髦啊。为时髦事业我做点贡献，扬长避短，咱写字之人，不写《时髦论》难道还写《不时髦论》吗？

时髦之命题：社会中某些不满现状者最先搅和出的，而后立即被众多满意现状者争相效仿的，使之由反潮流而闹哄哄堕落成潮流的，那种类似空气并且流动的，表面形而下其实形而上的，建设性与破坏性并存，滋润性与腐蚀性同在，一会儿天使一会儿魔怪的，动物植物微生物等生命不屑一顾，独有人类愿意常折腾不衰的混账东西。

时髦的历史沿革：秦始皇的黑色与汉高祖的红色；汉成帝的细瘦为

娇主义与唐太宗的肥胖即美主义；美利坚放牛郎箍臀束腰之粗布裤与法兰西酒吧女隐隐闪现绝密色彩的超短裙；激光刀在眼皮上行走与大锥子在耳朵上戳洞；林林总总甲乙丙丁，在各个大陆不同年代循环周转，时间差与空间差光怪陆离，显示活着的人群以美为丑或者以丑为美的怪诞。

时髦的主要工具：刀子和染料。刀子割双眼皮。染料让黑头发变色。黄头发、粉头发、绿头发，但是没有故意弄成白头发的。大概白毛女的故事太悲惨，少女们不愿意重复她被黄世仁欺负得住破庙喝西北风的命运。连染头发所用的动词都时髦得特别文化，染不叫染，叫作焗，其实始作俑者万一心血来潮叫它煨头发、煽头发、煲头发、熨头发，咱也得攘外必先安内一律不抵抗。

时髦的同盟者：这点事谁不会干哪，你们别想把我当傻子，你能花花，哼，咱比你还花花，如此这般的心理。

时髦的破坏者：我愿意傻你管得着吗的坚强精神。

时髦的经济杠杆作用：花钱买没用，买荒诞，买罪受，买无聊，为了追随时髦。却刺激了生产没用荒诞遭罪无聊的厂家大发展，带动了销售没用荒诞遭罪无聊的店铺沿街排比昼夜灯火。例如香烟，当初我十八岁无知地坠入时髦之河，别人抽烟咱不抽烟显得多愚昧啊，于是我陷入愚昧至极的境地，烟龄等于工龄。此生中父母给的气管肺叶也就开头的十六七年没被污染。而现在我那些排气管子吸气管子保证又厚又黑，动不动就吭吭咔咔大响，烟道堵了。再如跑步机，本来咱们一出门爱咋跑咋跑，呼吸田野的风，看树林的露，听云间的鸟，多好。时髦说那么跑不行，豪华高贵者哪能跟非洲黑人似的，成天在荒野上瞎跑呢？得在家里，弄个一堆齿轮绞一条皮带，占地方，费机油，沁芳汗，喘香气，咔嚓咔嚓跑得才帅哥靓姐美爹妙妈。

至于整个化妆用品甚嚣尘上形成大工业大商业，我以为纯属人类的误会。自自然然一张脸，丑有丑的别致，俊有俊的风韵，其实质作用是人与人起码在大面上有个区分。现在可好，女性们抹红抹粉，文眉描唇，几乎一致向酒吧女郎看齐。起大早对着镜子把描画脸面作为人生头等大事，晚上回家那些昂贵的化妆品从脸上经过水流进入下水道，虚无了一天而已。但是仍然不悟不觉，画脸工程晨晨昏昏，人竟然成了化妆用品的附属。辛辛苦苦制造出来的脸面，显露在大街舞台天光风霜里，竟然千篇一律。

时髦就这样在人类生活中制造了一些泡沫，经济泡沫、精神泡沫。想到这里，我只能抬头看看天，云彩云彩你多好，成天不抽烟不化妆，自由地游荡，愿意雨就雨了，愿意风就风了，一点都不累。

时髦的心理安慰作用：不怕，孩子，哪怕你工作不顺心，工资不够花，对象不好找，老爹老妈成天给你眼色——咱在服饰上头发上眼睫毛上找回那种自尊就是了。你看你入时入世地在街面上逛荡，谁敢瞪眼看你？

时髦的副产品：疤瘌眼、乳房病、头皮刺痒、嘴唇疼痛、气管炎、肺气肿。往下不说了。太残酷了，还容易伤着谁。

时髦的要害死穴；具体的时髦项目总被另一种时髦项目所取代。时间是时髦的死穴。随着时光推移，我断定未来的某一天，突然单眼皮要比双眼皮时髦。那时动手术割了眼皮的姑娘们可怎么是好？估计也不用我老哥为之熬糟为之后怕，时髦的缝补眼皮的行业由之振兴，保管是题中之意。

能不能跟风去看海?

女孩李杨子念初中，暑假跟着爸爸妈妈去青岛烟台，她第一次见到大海。开学了，老师让她把难忘的事情写一篇作文。李杨子写《我跟风去看海》。她没写跟着爸爸妈妈去看海，而是写跟风去看海。她的当专业作家的爸爸李长春心里美滋滋的。

诗歌与童话的美丽凝结在女孩的笔下——我跟风去看海。我认为只有童心，才能捕捉到这种微妙的感觉。爸爸妈妈成天都能见到，而大海以及海边的风她见到一次多么不容易。她轻轻地对这世界说，那天，我跟着风去看海了。

这种独创是鲜活的，也是娇嫩的，容易受伤害。结果，女孩很尴尬，因为这篇作文让老师很头疼，评优等吧他心理不平衡，评末等吧他又觉得拿不准。最后让那作文晾在一边吧。老师说你怎么能跟着风去看海呢?

老师总是比学生善于说理。风又不能给你买从大庆到青岛的火车票和船票，风又不能管你一路吃一路住，风跟你啥亲戚都没有，你跟着风就看不成海。

但是我认为不准孩子跟风去看海实在荒谬。我们这些大人，心间起了老茧，对外面世界丧失了新鲜感。我们又往往总觉得比孩子高明，不在意孩子内心的美妙，喜欢用常规的思维，三言两语漫不经心去扼杀了孩子的独创精神。

为什么不能跟着风去看海呢？那风是弥漫着海鸥啼鸣的风，那风是充满腥鲜的咸味的风，那是生活在内陆的孩子们平时遇不到且想象不到的风。女孩站在海边，沐浴着这种充满童话色彩的风，她的内心涌上一种美丽的情感，于是她暂时忘记身边的爸爸妈妈，心目中只有蓝蓝的海，只有咸咸的风。在诗人和作家看来，李杨子写了一篇上等作文。

接下来的问题是孩子今后怎么办。当时在李长春家，听完这个故事，我就问李杨子，以后写作文还这样写吗？她摇摇头。

可怕和悲哀就在这摇摇头之间。

作为老师家长，要善于发现孩子的独创精神，要像爱护自己的眼睛一样，珍视这种精神。作为孩子自己，要敢于坚持，要有主见，要不怕得低分，只要自己的独创能力得到锻炼，比什么都强。得低分是暂时的，能力是自己的。而真这样做，像把不会游泳的小鸡往大河大江里撵一样，也着实难为孩子。

面对小小的挫折，面对大人不经意的扼杀，我想呼喊：孩子们，你们要明白，能够反抗扼杀才能真正成长，不能反抗扼杀，或许今后一辈子只能写些平庸的没有文采没有活力的文章。

我内心真正的祈愿是，我的呼喊孩子们听到没听到无所谓，希望家长老师能够听到。听到之后能在心间发出“咯噔”一声，或者再有点类似心痛之类的感觉，那我就谢天谢地了。

蒸马路

蒸包子蒸饺子清蒸仔鸡清蒸河蟹如今不新鲜了。进入二十一世纪的白雪冰霜里，让我感到热气蒸蒸眼镜模糊的是，惊心动魄的蒸马路。

从东风新村的街面上走走，十字路口三四处白汽缭绕，我以为咱们地热资源丰厚，温泉城不冒蒸汽难道还冒傻气吗?

仔细想来，蒸马路的热气还真属于冒傻气的一种现象。

从电厂把热水用无数钢铁管子接到居民区里，不知多少电泵在磨损自己的身体，不知多少工人消耗着自己的青春。热气啊，老百姓冬天的指望，咱们蒸屋子还不够呢，怎么让它没事就蒸上大马路了。

仅仅是地下输热管道出了毛病吗？还是我们一些部门自身的什么管道出了毛病?

面对北国寒冬难得一见的非自然景观，我有点替那些为此上火的人上火。咋整的呢，天天夜夜向过往行人展览这种尴尬这种丑陋。

黑龙江边没旅游

我这篇歪文原来想拟题《好山好水没路没船》，或者《白瞎了我的北方母土》之类。盖因近日（2001 年夏）我在黑河、逊克、嘉荫、汤旺河、伊春、鹤岗、萝北转了一圈，深感我的黑土地旅游事业正在小打小闹。甚或也有酣酣沉睡之嫌所致。

二十世纪八十年代中期九十年代初期，我曾经三次乘小客轮从漠河航行到黑河，每次都是三天三夜。沿着大江顺流而下，晨昏日夜，星光月光霞光云光之下，我领略过黑龙江上游两岸峻峭悬壁、原始森林、缓坡绿塬、孤独农庄、寂寞码头。那些时空中的天籁景致、史诗风情、人间顺气与憋气，至今让我一怀想就简直进入初恋境界。可惜可憾，三天三夜从漠河漂到黑河本该成为黑龙江最打人的旅游项目，至今仍是空缺。

大庆作家采风偷袭小队此次行走，以短弧状路线六次踏上黑龙江此岸。作为黑龙江人的王立纯特想第一次在黑龙江上坐坐游船客船，以便对得起黑龙江，我也想借光。怎么联系，白扯，联系得改装古诗进我心里了——空见客轮江上停，呼君上船船不行。连前两年方便边境居民南北交往的短途客轮，从黑河到呼玛、从逊克到嘉荫、从萝北到同江等等，所有航班均告取缔，理由是江上客运亏损。

捞不着亲近水，跟摊上旱灾似的，假如大庆这一伙作家是农田的话。幸亏黑河逊克嘉荫汤旺河鹤岗土著文朋诗友（尤其是跟文朋诗友有屯亲的官员）拿白酒当友情给我们浇灌，我们一迷糊，心里也就不干旱了。

我庆幸当年没懒没傻，三次漠河黑河漂行是做了三次诗歌的波涛之梦，跟回到古代一样。也感到惆怅和失落，为眼前。漫长美丽的黑龙江以及它两岸漫长美丽的外兴安岭大兴安岭小兴安岭，看一眼都能增寿，看两眼就会写诗，看三眼都想迁移户口和房子。

在跨入新世纪边境之行的重大日子里，我只好痛心疾首地说，黑龙江边没旅游。

于是在尘土暴扬颠簸起伏的公共汽车上幻想——从漠河到抚远假如是高级公路，想在逊克看看采玛瑙或者见见库尔滨水电站那就下车，想住住街津口渔亮子窝棚或者在勤得利网滩跟渔民抓点大马哈鱼那就继续前进。坐车坐腻了咱再上船。上游见识过外兴安岭的冒烟峭壁，中游找个江心岛（嘉荫的葡萄岛、萝北的名山岛之类）点燃篝火联欢。一高兴办个签证过到俄罗斯那边逛两天。再一高兴拐进兴安岭深处或者三江平原腹地，接近淘金人，接近猎人，不知道会发生啥样故事。渡船上几天几夜顺便把学术会议都开了，深山里早晨黄昏捎带着把开发规划也给写了。

幻想之外是我的暗自神伤。黑龙江的旅游零打碎敲惯了，不连片、不连线、不成体统、不见规模。我们旅游资源别具特色的同时洋洋大观——镜泊湖、兴凯湖、乌苏里江、张广才岭、完达山、五大连池、大小兴安岭原始森林、滔滔黑龙江以及深藏其中的金矿、猎村、农场、林场、渔村、网滩，哪一个微观景点不闪烁金子光芒？可是让人们去走一走，东跑西颠买车票倒短，跟盲流蹿到深山里找活干似的，谈何容易？区县地市的行政分割、铁路公路航运之间存在断裂地带，服务业通信业滞后，如此病态，症结在于——我们没有大旅游观。

大旅游观，姑且我先妄言（抛砖，引大官员大学者的玉），是把黑龙江和大小兴安岭看为一体，把镜泊湖兴凯湖乌苏里江看为一体，把城市、山岭、农场、油田、煤矿、金矿、林场、猎场、渔场看为一体，把人文景观和自然景观看为一体，让我们的政治经济文化包括行政区划以及交通通信饮食业服务业都同旅游有机联系（最好能一体化）。旅游路线的建设、旅游区域的建设不再“村自为战”“县自为战”，而是全省

“统一战线”或者地市县乡“联合战线”，变割裂为互补，变封闭为开放，变点点滴滴为连片连线。

黑龙江整个啷地都封山造林退耕还草还沼泽了，不进行大旅游让林区山区荒原湿地的老百姓吃啥?

有朝一日黑龙江旅游大省跟云南西藏媲美，因之而起的文化大省再跟北京上海分庭抗礼，那时谁当省长谁不扬脖喘粗气呀。而我一定麻溜改口，不再说“没路没船”“白瞎黑龙”之类不咸不淡有怨有气同时也有热有风，容易招惹省市县乡各级主管旅游领导生气的话了。

我一个闲人闲来说说闲话，如果看成建议，谢谢。谁把它改成提案向人大会议呈报，更谢谢。首长假如说“作家你辛苦了”，我回答“为人民服务”，响亮得跟小兵似的。

关于文化的牢骚话

挺长时间里我感到困惑，扪心自问，我们这个社会还要文化吗？文化场所纷纷变成展销厅，俱乐部把大门用砖砌死改为仓库了，街面卡拉OK店铺那些霓虹闪烁着隐性含情之光，家庭里一台电视霸占了时间而戏说瞎编煽情斗嘴的连续剧把全民族的文化消费降低到全世界最低档次，高级职称的文化人房补问题渺渺无期，艺术哀兵们挤在一个破院里排演能有票房价值同时又能送审通过的戏剧，然后从他们官家不保的心血工资里扣除工作场所的取暖费……

党中央重视精神文明重视文化艺术的理论和举措一出，让我精神还阳。感到文化的春天有隐隐的冰融雪消的溪流潺潺声，在远方在近处。我想杜甫当年“剑外忽传收蓟北，初闻涕泪满衣裳”，他啥心情我啥心情，白日放个歌半夜纵点酒都做得出来。

我们还是要文化啊，而且要先进文化，而且要代表先进文化之方向啊！于是我多年的毛病在这节骨眼上发作——不牢骚牢骚好像不能睡觉了似的。

先理性地牢骚一把——文化首先是一种积淀，各种时空间的文化构成人类生存生活的精神层面，亦是人类物质文明的最高表现最终呈现。就文化状态本身，存在即合理，有其必然性。一种文化和另一种文化，并非天然隔离，并非天然敌对。对于先时与后时的不同状态文化来说，是继承批判创新的关系，对于同时并存的不同文化状态，是相互碰撞相互融合相互映照的关系。

由此出发，我理解党中央提出的先进文化概念，觉得对于文化问题显示了大胸怀大包容，没有传统地把文化贴上什么主义之类的标签。我们站在全人类的高度，面向整个世界面向人类未来，充分强调了文化的先进性、科学性。各种文化都是动态的，都同时具有精华与糟粕，具有先进与落后。中国的先进文化方向，就是在当代一切状态的文化中，那些精华我们要拿来要保持，科学的、先进的、大众的、促进历史进步的、吸取全人类文化成果的，面向现代化、面向世界、面向未来。

过去现在许多人一直提文化为经济建设服务，我以为荒诞。因为文化是与此文化同时的经济的最高体现最终结晶。起码该谈经济和文化互相服务。在建设先进经济的同时得建设先进文化。邓小平说两手抓两手都要硬，经济得硬，文化也得跟着硬。

再现实地牢骚牢骚——咱们城市其实欠文化的账太多。本来咱们城市文化底子就薄就浅，二十年建市四十年建油田到底给文化投入多少？大庆是全国唯一电影公司本身没有一家影剧院的城市；是没有文化中心的城市；没有真正意义上的而不是虚名的博物馆，没有美术馆，没有像样的剧场，没有现代的演播厅。文化硬件极大欠缺，何谈建设高科技现代文明都市？那么文化人文化软件呢，大庆有一批国内省内一流的作家艺术家，他们心间也有惶惶，不知哪个早晨被通知退养或下岗。改革分流推向市场首先想到文化没什么用，让文化来吧，能活你就活，不活跟我政府无关。

这种对文化的冷淡、漠视甚至逼良为娼甚至带有扼杀性质的行为，在全国普遍存在（其实我们大庆比许多地方还显得温存多了）。例如一本期刊一张报纸，作为文化媒体和精神窗口，它的生产全过程最后送到读者手里，有三部分工程。第一部分编采美形成稿件版样的人力物力投入最大。印刷行业投入次之。而通过现成的邮政渠道发行，最简单最现成的劳动，邮局取杂志单价的百分之四十，拿大头。印刷企业拿小头。编辑部拿亏损。杂志先天就处于尴尬窘迫的境地。

写体会文章多年都是官样的应景的，我在这个座谈会上说三道四，但是说了真话，估计发表的可能性不大，传阅传阅而已吧。传阅之中大家能够问问：咱们还要文化吗？那我就知足了。

心眼问题

与人的眼睛连得最紧的地方，是自己的心。心时时刻刻隐在眼睛后面。看，然后往心里去。心眼就成为心眼问题了。

看自己眼睛以外的人（衡量也是一种看），总好使用自己喜悦慕望的标准，比如传统的温良恭俭让仁义礼智信，良心道德情感之类美好的形而上的东西。或者更简单些，以自己的利益和存在为尺寸。

人来人往，看来看去，不但累，而且时常沮丧，心里说，咋整啊满眼都是小人。

看甲，他就在身边，八九年来总是说你爱听的话，暗地总是做使你受损的事。看乙，在涉及你生存的问题上，人家竟会昧着良心暗度陈仓把险些是你的变成他的。看丙，当面说跟着你同舟共济，却瞄准空子借助外力把你干掉取而代之，事后无论何时何地仍然满面笑容仍然极尊重你。看丁，寸毫小利让他跟你遥迢，反过来他也让同一战壕的战友给逗得流离失所变相下岗。

现在让自己超脱一次，就当自己是上帝，是孔孟圣人，是历史上好几百年才出一个的贤良，是老百姓中比比皆是的那种好人，再看他们，就微微一笑。他们累，而你轻松。你原谅了他们，但再不想搭理他们。生活照样进行。大人总是寂寞孤独，小人才嘀嘀咕咕呢——一个阿 Q 似的定理，就解脱了自己，也解脱了别人。

但是古人明理者有名言——“勿轻小事，小隙沉舟；勿轻小物，小虫毒身；勿轻小人，小人贼国”，这又让咱们有点发蒙。耳边似乎响起

“楼兰姑娘你去向何方”的歌声，让咱心间产生那种落花流沙漫天飞的迷途感。

其实这就是一件事的两面——里面，挨着咱心的地方，咱让它宽绰点，别憋屈别折磨咱的气血精华；外面，眼睛和嘴，有时候锥子刀子一些，发现啥不对劲的，该剜就剜该攮就攮，让坏东西晒晒阳光，阳光能去霉，阳光能解毒。

今天的早餐在哪里

今天的早餐在哪里?

歌子从缥缈的记忆中雾气一样渐渐逼近我。这是一个非诗意的命题。太阳刚刚跃上地平线，露珠在叶子上随风滚动，小鸟发表短促急就的论文。贵族脾气的人们正酣然大睡。谁呢，在这个明媚时光提出很有胃口的庸俗问题?

清贫的人家，失去家园的动物。这两类生活在社会与自然最底层的艰苦朴素者，他们与它们的提问，被一支歌子给不饱不饿地唱了出来。

歌子一开始是让大熊猫进入诗篇的。音律中，熊猫妈妈抱着熊猫娃娃，半夜里数星星。浪漫不大一会儿，发觉天要亮了，突然让一个每天伊始都困扰它俩的问题败坏了美丽情绪——早餐在哪里?

我敲键盘敲到这个节骨眼儿，感到小品文写不下去了。作家是另一种熊猫。扪心自问，今天的早餐在哪里，也是自己看家本领当家品种般的要害话语。不写了。我踱步到窗前。窗前明日与亮光，地上暂时没霜，来来往往的人们在小路上行走。弯弯曲曲的路，弯弯曲曲的人影，我想，大家都奔早餐去了。

好啊，有胃口有心情。每天一大早能够提问，而且市井语句进入了音乐，活得多么有滋有味。动力一样，朝霞一样，小说和戏剧因此而诞生——今天的早餐在哪里?

老 师 们

老师们很不容易。我在历史上当过两年老师。我在日常里当过十二三年努力给老师送笑脸的家长。老师的辛苦如果放在我身上，我还写什么诗啊，我得到精神病院里写诗去。老师们的眼神往往是湿润的，你仔细看看，都不忍对视。不要以为那是经常点滴眼药水的结果。是怜悯，是爱意，当然也有憋屈和忍耐。成天跟一大帮孩子搅混在一起，所有的孩子都是独生子女，独生子女的根本特性就是给爹妈当领导都当惯了，还在乎老师吗？

我如果听见某个老师叹气，或者某个老师发脾气，或者某个老师打电话让我立即到他（她）办公室听取训斥与诉苦，我的心会疼痛。这时候我会暗下决心，宁可让孩子离家出走，回家也要胖揍一顿。可一见孩子的面孔，又跟见到老师的面孔似的，不忍了。心想，抽空揍自己一顿得了。

有个女老师，看见自己的一个男学生念着念着，突然宣布不念了。她一连三次家访，动员孩子和家长，别不念啊，十三四岁你不念一辈子就毁了。第一次第二次都不传奇，第三次是大暴雨。女教师晚上十点敲开这家的门，家长与孩子一开门，看见又是这个赖皮缠的老师，马上关门。“哎呀”一声，门把老师的白皙手指给夹得红肿。那家人家相当狠心，就是不开门。暴雨浇灌了女老师一个小时。女老师满脸雨水泪水，坚持着坚持着。门，到底开了，让一个水人老师走进这户人家的心灵。以后多少年又多少年，那个男孩大学毕业，成长为大经理，经常跑中东谈项目。女老师退休了。那个男孩一生之中关键的环节遇到了贵人恩人好人，就是在暴雨中门外站立一个小时的哭泣的女老师。

还有一个女老师，她的一个女学生得了抑郁的毛病。顶撞老师了，计较同学了，不断出事。女老师对那孩子不放弃，一是爱，二是相信。处处小心细心关心，到底把一个险些劝退回家的女孩子，送上了小语种专业的一表本科大学。女孩的妈妈哭着说，老师啊老师，你积德啊，救了我们全家。那个女老师也是那么想的，自己拼搏是拼搏了，但要说救国建国治国那太大了，救一个学生治一个学生咱能行。辛苦两三年，遭罪两三年，最终那点成就感已经凝聚在一个女孩身上。我听到这个事情的时候，是教育局搞晚会，想请女老师把故事讲给大家听。女老师坚决不同意，她害怕，害怕女孩被伤害。这时候我的心颤了一下。我的心颤，我知道是我的心在向女老师敬礼。

再有一个女老师，二十五年教龄，把自己从小姑娘熬成了“奔五张”（她自己语）的人。突然一个震惊，她教过的都忘了是哪届的学生，成了清华大学招生组的成员，来大庆招生了。更让她震惊的是，教育官员和许多校长陪酒的筵席上，因为这个女教师没到场，全体等待。还让她震惊的，喝酒话题全成了女老师一堂语文课，那堂语文课给她的学生留下难忘的记忆，学生说，让他受益了一辈子。我听见女老师叙述的时候，情不自禁说了一句，你的学生真好，有孝心。大家都笑了，老师们多少年的艰辛，换来一阵笑，用时髦的夸大其词的套路来说，这是天下第一笑。

老师们，教师节到了。我一个写字的人，没什么礼物送给你们。这一篇小品文奉上，敬给世界上你们这些聆听花开声音的平凡伟大的人。

深 呼 吸

春节的红灯笼满街，凝着闪着祥和与安谧。尤其夜间九点十点，鞭炮声渐渐稀了，偶尔从远方传来一声两声，提醒人们，别以为除夕和正月初一过了就不是过年。看完热闹的龙泉山庄与凤舞山庄打打闹闹的故事，我和夫人离开父母家，在憩园的路边等来往的出租车。这个年就是这么过的，早晨我俩从商茂对面的高层家里出来，到憩园泡一天。哥哥嫂子加他们的孩子特意从哈尔滨赶来，凑齐三代八口人加一只大白猫，两代户居室满满当当热热闹闹，说不完的家长里短，喝不完的白啤色，坚决不干正事，可劲地闲。晚间打车回去，不回去也行，但是在憩园就得打地铺，父母不愿意我俩来回折腾，我俩又不愿意折腾父母打地铺收地铺，挤挤插插何苦呢？别心疼来回打车的钱，谁家过年不乱花点钱呢。

冷风拂面，这才想起有房子一定要盖在屋子里那句笑谈。须臾间，一辆出租车停下，下来乘车的女子，但是司机也下来。三十多岁苗条女子说了声抱歉，害怕，让司机送，耽误你们坐车了。司机一犹豫，看看我俩，还是坚决从我俩身边走过，在那女子身后尾随着。前后差三四步，他不即不离，看样子真的不认识女乘客，如果相识应该是并肩走才对。

他俩走过一个楼，女子开始跑起来。她跑的那几步，说不出怎么优美，但这是一种体谅，不想耽误司机的活，不想耽误乘客坐车。司机回头，见我俩还等着（这个节骨眼有两辆出租车停我们面前），司机也小跑着，向我们的方向，一边跑还一边向女子回头，有点放心不下似的。

停在我俩身边的出租车有点不耐烦，小喇叭给了两声。我摆手，示意他们没戏，走吧，那些车走了。估计那两个司机也纳闷，怎么现成的车不坐，偏等那辆车，跟那车的司机有亲戚吗？三四十米的路，跑步的司机就到了跟前，他边跑边用遥控器打开车门，还说了声谢谢。我说，你看你都学雷锋了，我俩能不等你吗，能让你送了人就耽误一份活吗？

坐到车里，我说我们不可能坐别的车走，你送那个女的是对的，搁谁谁得害怕，那栋楼夏天出过一回事，也是晚上八九点，有个下班女子被捅了刀子被抢走了包，爬到二楼家门口就死了。我们和司机议论，这个春节真的很消停，没传出哪个地方有事的消息。我从公安那边的朋友隐约听说，他们忙盖了，蹲坑巡查大会战，因为市委下了死令，坚决让老百姓过个安生年。据说一次在胡同口，便衣们碰见俩逛荡的年轻人，一盘查，腰带上别着刺攮子，扔进去了。说话之间，高层就到了。下了车。背后传来司机一声致意的喇叭。

那个晚间，我和夫人心情很温馨，也许是没坐别的车专等这辆车的缘故。我问夫人，假如咱俩假装啥都没看见，逮着方便车就上了，提前两三分钟回了家，又能如何呢？夫人说，总有点不近人情吧？近了近人情，会给自己带来好心情。微妙的一种体谅，在生活中处处都潜伏着。我们小心呵护着这个东西，让那种潜伏的体谅浮出到生活表层，那种感觉，像深呼吸一样。

深深地一口，又一口，呼吸着深夜森林里的空气，呼吸着深夜里草原的空气，没什么干扰的话，该写诗就能写诗了。

长春有个长春

无意中把电视遥控器点到了吉林台。一个憨厚的眉目清秀的人进入我的眼帘。我才知道，长春有个人也叫长春。这个长春真使长春长春了。不但让长春人民感到生活里有春意，也让我这个非长春人感觉到，长春的春风扑面而来。

王长春，王长春的助残车，王长春车后面跟上来的呼啦啦助残车队。这是长春的骄傲，中国的骄傲，世界的骄傲。总吵吵人间温暖如春，没有王长春他们这道艳阳般的风景，光有美国大兵进军伊拉克的话，人间就不叫人间了。

可是我的心突然疼痛，疼痛立即液化，从眼睛里流出一种委屈和抑郁。因为两个小细节。一是王长春挂上助残车的牌牌之后，十年里开出租车竟然没挣到一辆自己的车（一般开两三年就能办到，也有更快的），而且还欠外债四万。二是有个健康女子坐他的车，不给钱，扬长而去不说，还戏弄挖苦王长春，大意是："你不是助残车吗？我心灵残疾。"

真想在那一刻仰天长啸！因为害怕吓着家人和邻居，再把我送精神病院可咋整，咬咬牙，忍住啸没敢啸。我看出我们的社会有病来了。如果没病，怎么能让做好事当好人的社会中坚总是吃亏，总是委屈，总是处于自生自灭状态中呢？

我倒是想向长春市市长提个建议，从紧缩的市长基金里或者财政局淘弄俩钱，奖励一回王长春和他的车队。一方面补一补英雄们的缺憾，起码也显得长春市有人情味，懂得珍惜给长春带来无形资产或曰精神黄金的那些甘愿自己吃亏的傻人好人。另一方面，是一种承认，即承认一个城市之所以叫城市，因为它有市民，一个好城市必得有好市民。因为王长春的故事，我认定长春市是个好城市。可惜我是个穷作家，没法向长春投资，但我相信因为王长春而向长春投资的，从此会有。

另外想跟那个健康的声称自己心灵残疾的女子说一声，你抽空把那天打车的钱给王长春偷偷送去，所有长春人会原谅你的。不然，从此睡觉老失眠，长此以往容易连包裹心灵的外壳也残疾了，对谁都不好。

法　眼

大早晨起来，按了俩钮儿，我的联想开机了。面对银灰的屏幕，我敲上了一个词，法眼。而后翻阅《辞海》《现代汉语词典》，没找到。它不该是我杜撰的词，张口就来的例如“法眼通天”。常言道“天网恢恢，疏而不漏”，我细想，为什么不漏，因为法网上布满了法眼。无数法眼自上而下瞅着你，你一言一行不守法依法执法，就容易摊事。

天网也可以说成法网。法网架设在天上还是地上呢？架设在天上的是网的精神，架设在地上的是网的规则。都是看不见摸不着的，却都触犯不得。那么，在这个网中生活的人，你的心窍你的灵魂也必须睁开一个法眼。

但是我对法眼这个词还是有点心虚。叫不准，咱就瞎用，能不能穿帮呢？虽说写字弄文是个自由职业者自由的事情，冥冥中还有个文德管着咱们呢。再说，一旦穿帮，可是丢了手艺。便给秦皇岛的教授王清学打电话，他读书多藏书多。

不一会儿，王学者给我找到出处了。《佛学大辞典》里有个“五眼”的说法。肉眼、天眼、慧眼、法眼、佛眼。一眼比一眼由低境界向高境界排列。肉眼凡胎，我小时候我妈总那么说我，尤其一犯错的时候，这个眼只要活着，就能看见眼前许多事情。天眼，也就是天目，能看见一切。慧眼呢，比天眼厉害，佛界能成为大师的才有。而法眼，是菩萨了，引领众生，照见一切法门。佛眼则更没治了。

我所说的法眼跟佛学不沾边。法网的经纬构造了法眼。像激光红外线那种高科技安全保护网，肉眼看不见，盗贼一撞上，警报器就哇哇大叫，于是警察围上来，咔嚓，手铐就戴上了。我建议我们每个生活在法制如网的当今社会中的人，都睁开法眼，意思是你的眼睛里得看见法，你的心灵里得尊重法。民间传说，一个手艺高强的老铁匠临终时传授徒弟的秘诀是，铁炉钩子烧红了别用手去摸。这就是睁开法眼的基本出发点。

有的人看见炉钩子烧红了偏偏用手去摸。例如，辽宁某城一个派出所警察，把已经立案录供的强奸犯罪嫌疑人擅自释放，兜里揣上人家给的八千元钱，交派出所三千，自己眯下了五千。而后事情发展得不可收拾，小警察以徇私枉法罪锒铛入狱，要在笆篱子里蹲上五年。肮脏的五千元给自己买了五年刑期，这才知道叹息，炉钩子烧红了用手摸可是真起泡真秃噜皮呀。

再例如我认识的一个刚会写诗的小伙，一时气愤砸了情敌的轿车，人家逼着修车他又没钱，又酒后恶胆，拿把刀抢劫出租车，出租车没等卖钱呢，把自己卖到监狱里去了。

法眼睁开，进入菩萨的境界，对于人来说，应该是挺美好的一种自我安慰和道德升华。退一万步，咱成不了一个菩萨，咱总是随波逐流地大错误不犯小错误不断，严重点说是自甘沉沦自甘堕落。再咋不叫玩意儿，也不可闭着法眼走进监狱啊！

烈士问题

湖南一个少年，在河边采集植物标本，看见比他还小的孩子掉进水中，就奋不顾身，在水中把孩子推到岸边，自己牺牲了。但是，当市政府上报省民政厅要追认少年为烈士的时候，被卡了两年，至今没批。

中央电视台《东方时空》栏目讨论此事，请俩嘉宾，竟然都说不批是对的。我认为没什么可讨论的，那个少年就是烈士。即使哪个厅哪个部不给盖章下文，在老百姓心目中，他小小年纪舍生取义行为英烈，堪为全民族的楷模。为人民而死，不是烈士，整个人民会为之感到有愧。

至于其他种种托词，种种貌似正经其实小视了英烈二字的荒唐理由，不追认少年为烈士，反映了我们有些人心灵底层的阴暗。

托词之一，那么小年纪追认为烈士，标准把握不好，于是不批。把握不好你就好好把握，实在不行你离开那个厅那个处，让能把握的人来把握。

托词之二，追认烈士了，会有副作用，全国少年都赴汤蹈火把生命轻抛可怎么整？这种怪论低估了当今少年的智商，也污浑了整个教育界、政治思想战线、宣传新闻部门、精神文明办公室的正面引导工作的形象，小瞧了正常社会，也小瞧了我们民族的素质。所谓拿不是当理说，这种振振有词就是丢人现眼的典型。

问题出在哪儿呢？我估计出在英雄少年他爹那儿了。批不批烈士的事情，是公事，是地方政府与上级职权部门之间的公函来往，你一个家属不在家静静等着，老来敲门老来磨叨，给人家整烦了。本来想批不想批正在犹豫之中，你这么一搅和，索性就不批，爱哪儿告哪儿告去。拿把，装大爷，咋的？哪有你想当烈士就顺顺当当当上烈士的道理？

烈士还得哪个部门批准，我以为这本身就很荒诞。凡是为人民为民族为大多数人利益英勇赴死或者不很英勇赴死的人，不管他是老人抑或孩子，他用生命写出了烈士这两个字。

如果我们真的出台一个烈士标准，作为文件下发，避免上诉的尴尬，那会更加荒诞。烈士标准里，该怎么规定年龄，小到多少岁老到多少岁？是否还要确定怎么个死法？是否还要求哪一级领导题词哪一级政府下发文件才算数？是否还要全民投票？是不是再找一帮明白人像评定职称似的来一次评委投票？

随它怎么争论烈士问题吧，一个不成问题的问题竟然成了问题，这可是个问题。反正在我的心目中，对那个湖南少年，我要像对方志敏、吉鸿昌、杨靖宇、刘胡兰、欧阳海、赖宁一样，轻声含泪地说：安息吧，英烈。

我的手机是狼崽子

我发现我的手机越来越是个狼崽子了。

狼崽子趴在狼窝里，狼窝里有什么呢？鸟毛、柔草、碎皮子，最多的是虱子、跳蚤、草爬子。虱子、跳蚤、草爬子潜伏在狼崽子身上，狼崽子拿它们没办法，只好让它们尽情地吸血。

然后狼崽子反身吸我的血。

那些莫名其妙的短信、套取话费的小圈套、寄生虫似的垃圾信息，竟然一个月里消耗我手机费七十元，我的通话费也就三十元，让我每月一百一百地消耗。

中国手机网络公司是个大狼窝啊。

我衣兜里揣着我的手机，是揣个狼崽子。我就盼望，外国资本家的电信公司怎么不早点打进中国市场呢？我豁出去叛变了，让我的手机从此不住狼窝、不住虎穴、不住龙潭、不住魔鬼屋。

这样浑身刺痒的生活，我受不了啦。中国手机信息运营商野蛮积累原始资本很长时间了，仍旧野蛮地狼窝式经营，真不是一般的狼啊。

我以上的牢骚有点卖国贼口气，其实我爱国爱得相当厉害。我痛心疾首叫喊的是反话，意思想刺激刺激中国手机信息运营商，你看，你都把人逼啥样了，把从小爱国爱到五十九年的爱国者，给逼到卖国的边缘了！唉，我估计垄断大企业脸皮忒厚，根本不拿小民当回事，还将继续跟网络寄生虫勾结，或者养育大批电子吸血虫，来长年累月地祸害手机用户。

我说手机狼崽子的博客话语，被我所居住的城市一家报馆给转载了。但是见报小文里出现中国电信字样，不准确，后来我在博客里改了字样。所以有一天中国电信找我说点啥，我也不怕了。

北京的硕士美女马小淘跑我博客上留话，没看明白，说，那手机里是些啥啊?

我跑马小淘博客上，像讲课辅导一样耐心。我说，那些东东是手机通信公司豢养的虱子跳蚤，然后你要取消它们的挂靠，相当费事，手机里的服务台小姐说，只要你不拨打就没事情，不收费。但是你不小心碰了哪个键子，手机短信就呼呼来，说你定制的啥啥信息已经成功，就是说它成功地从你手机费里扣除了两元信息费。等你怒火了，坚决要取缔那个虱子，小姐要你的手机密码，还要你重新拨打这个服务台。总之啰啰唆唆，你要不耐烦，正好中套，把虱子养住了。你消灭了一个虱子，战斗还没完，电子虱子们到处隐蔽、乱爬，动不动咬你的费用。

这就是中国式无赖电信运营商的运营模式。当初虱子、跳蚤、草爬子进了你的电子小业户的时候，估计是相当省心省事，不用麻烦整个网络，没准有猫腻和默契也说不定。一年多少个亿，而手机用户买那些短信开发商的东西，竟然全是垃圾信息、扯淡短信、赖皮言语。

又过两天，我花费一个多小时，跟联通五号键子的那个服务台啰唆、周旋啊，反复地打10010，再反复地按五号键子，到底把一个什么10666661，挂靠在我手机里的，一旦碰键子它就消灭你两元钱的鬼东西（电子跳蚤）给剔除了。

到网上一查，深圳的什么公司，还不是电子公司，挂名科技公司，它怎么科技到我的手机里了呢？真科技啊。

手机人民团结起来，相互交流灭虱灭蚤灭草爬子的经验，要坚忍，要耐心，要没日没夜地警惕和拼搏。让我们手机背后牵肠挂肚的我们的心情，尽量减少一点被狼窝欺压的刺挠感。

论校服

你随便走进一座学校，学生们哇啦哇啦银铃似的笑闹掀起春天的潮声。再细看他们的穿戴，立刻败坏心思，怎么那样老气横秋、肥大松垮、目不忍睹呢？这就牵引出学校统一着装即“校服”问题。

问题的表层——校服丑陋。通常是一水水的体育运动服。体育运动服，开个田径运动会或球类比赛还行。但是学校不能天天开体育盛会啊。成天让五彩缤纷的童年包裹在共性强烈而个性无影的傻气衣服里，这是生活的荒谬。

看看日本小学生和韩国小学生的校服，黑裙子白西装，或者别的典雅高贵的啥啥服，我就想，我们五四时代的学生也那样文质彬彬朝气蓬勃来着。

问题的中层——过分强调穿校服。天天穿校服值得么？那么节庆日和重大集会与平时就没差别了。天天穿，门口派值日生检查，不穿不让进校门，就是不讲理，咋的？尤其暑热天里，为了张扬集体精神，为了遵从校长老师的意志，为了秩序纪律，为了整齐划一，害得家家户户独生子女满身大汗，以至于商场爽身粉脱销。

校服校服满场飞，孩子你为谁憔悴？流行歌曲《飞天》，我给它改词了。

问题的深层——害怕个性，处心积虑地要扼杀个性；疯狂地张扬共性，时时刻刻地要打造共性。这种可以称作社会病的思想惯性，沿着陈旧的轨道滑行，谁想改变改变它，往往会被所有在轨道上滑行的人们视为大逆不道离经叛道。

怎么难看怎么整，怎么寒酸怎么弄，怎么丢人怎么搞——这种见怪不怪的不正经过日子现象，何止区区一种校服。比如宿舍楼建筑式样，比如草坪栅栏，比如临街院落的围墙，比如大幅广告牌匾。

共性是一种本身无法独立生存的东西，它必须孕育在个性里。再说，强调共性的那个学校，也该有自己的个性啊。谁见过有声有色有形有味有眼睛有耳朵的共性？但凡有声有色有形有味有眼睛有耳朵的不都是个性吗？我这里尽说些冠冕堂皇的哲学，还没把做校服卖校服里头关于回扣等肮脏勾当牵扯进去。

小学中学几乎垄断了孩子的整个童年。那么，等这些孩子长大了，让他们回忆童年的时候，不该像回忆自己不想做的梦，包括校服这样的鸡毛蒜皮小事情。小事情一不留神，容易败坏人情天理。

我和一些写文章的朋友正写着来劲，一晃我们的孩子也能写文章了。散文家鲍尔吉·原野的女儿鲍尔金娜出版了一本书，写道，“校服都是一些具有审美障碍，和青少年代沟严重，仇视祖国花朵的人设计出来的”，让孩子们“穿着垃圾”“走过花季”。

听听，活孩子发出的活气活声。

说说翻唱民歌

翻唱民歌时兴着呢。其实自古到今，唱歌的人谁不翻唱呢。大音乐家还要跑到荒野大漠去采风，也就是把底层那些不以唱歌为业却以唱歌为乐没机会上台的歌手们祖辈流传的精华顺手牵羊，再改编改编，等于把新鲜活肉掺和些大料花椒，把烤着吃变为清蒸或者红烧。

烤得焦煳的民歌不大震动视听，因为它的观众和听众往往是羊群、牛群、马群以及树林草滩间的虫虫蛙蛙雀雀。人民是大度的人民，一代一代创作了流传了许多好歌，被大家大腕一走一过捞去，反过来给人民的歌扬名、提气、打腰，人民能不高兴么？人民一般不找大家大腕的麻烦，给自己争专利或者争名声。坚决不，反过来还泪水盈盈地给歌唱家音乐家鼓掌。

翻唱着翻唱着，却连翻唱也不好好唱了。

过去唱歌是怎么好听怎么唱，现在演变成怎么难听怎么唱。这种难听如果是原创的难听，我就也不敢说三道四。但是把人家原来土生土长或者已经经过二茬三茬翻唱的好听歌，到你第四茬却往死里祸害，实在胆大。

我想起生产队与大酱盘子了。我年轻时到黑龙江边一个生产队采访，队长说，我们生产队就是大酱盘子，谁逮着谁蘸，捏着小葱也蘸，夹个尖椒也蘸，掰个白菜帮子还来蘸。

那个队长心疼大酱，我心疼民歌。

民歌啊生命强盛，在寂寞的心境和情境中把颤巍巍的芳朵开放。它躲着，躲着，不愿意往闹忙和热烈的地方去。可是，竟然也没逃脱。

谁呀这么不自觉，把山歌唱成街歌，把心疼的害羞的歌愣给唱成皮厚的麻木的歌，把有情有意唱成没心没肺。我不得不把民歌也看成大酱盘子了，看到那些蘸大酱都不好好蘸的人，里一半外一半，稀胡乱，我的心潮啊像大海一样起伏。

想一想，歌手不唱或不翻唱，那还能干什么呢？该原谅我也就尽量原谅了。如果诗人你整这个翻来翻去试试，我保证怒火千万丈。我们诗人毕竟挺自觉呢，一般唱得高还是唱得低，唱得粗还是唱得细，都各自独创着唱。没有人一看见《红楼梦》或者《史记》或者《安娜·卡列尼娜》，就说这可是好东西，我给翻弄个长诗或者系列组诗吧。

听说某个电视台还呼喊口号：坚决把翻唱进行到底。要了血命啊。

喊着吃

我的常年麻将友江子、光子、阿义、阿瑞一整就整四大圈，噼噼啪啪闲扯之后，用他们的钱请他们的客。出门就进小饭店，习惯点的菜是，清炒油菜大蒜收锅，糖醋鱼或者叫松鼠鱼要二斤鲤鱼，五花肉炒酸菜或者蒜泥血肠，水榨菠菜配鸡蛋酱。小饭店里加我们统共有两桌客人。我们这桌被另一桌好一顿轰炸。

另一桌也就五六个人，五六个人里也就一两个人，嗓门出奇地高昂。还不是好高昂，是那种声嘶力竭，骂人吵架一般。实际跟谁都没仇，就是无端兴奋，不喊不吃饭。

这种被我命名为“喊着吃”的现象，我遭遇多次了。

婚礼上就别提了，四面八方“喊着吃”，好像害怕打击力度不够似的，坚决整个轰轰的乐队在舞台中央轰轰，坚决弄俩歌手换班厉声厉色，外加司仪不断插进高呼口号般的吼叫。举办婚礼的人家肯定省菜省酒，上缴一百二百元大票的人们，顾不得对新郎新娘微笑祝福了，因为自己先就陷入了要跳墙的心境。人们只好急匆匆扒拉两口，不知饭菜滋味，惶惶慌慌撤退。

我因为准清贫而只能进入小饭馆，满堂闹哄哄，我时常先弄俩棉球把耳朵堵上，遭罪死了。轮到我们桌喝酒说话，咫尺之内，也跟着不喊不行。我时常被逼得跑到饭店门口，不怀好意地倾听和观察各个桌子，把“喊着吃”的大好形势可劲地看，可劲地听。我只好由苦笑转微笑，为“喊着吃”的人民而高兴，终于进入了扬眉吐气全民没事就下饭馆的大时代，不“喊着吃”反而不好意思了。

我就在心里细细琢磨，底层人民吃小馆子，为什么乐意喊着点菜，喊着喝酒，喊着快乐呢？因为大家土里刨食汗巴流水，并不是天天下馆子的主，十天半月才捞着哥们儿给安排安排。这次你安排，下次他安排。小烧，生啤，白肉，绿菜，酒酣耳热容易情绪高涨。一高兴实际应该唱歌。赶上哥几个五音不全，把唱改成喊，不喊不解恨。

“喊着吃”就“喊着吃”吧。

这回我们几个赶紧悄悄地躲到一个小屋，仍不断有激情澎湃的浪花从门缝钻进来。

我们桌没咋喊。等吃完饭下楼，突觉饭店静悄悄，原来喊的那桌先走了。我有点失落，饭店里一下没人喊了，一静，我觉得空空荡荡，还有些不适应了呢。

不 糊 弄

咱们给自己的城市拟定口号吧。我这个标题一出来，肯定有一些人要叫喊，你凭什么啊？你以为你是市政府、市人大、市政协啊？你以为你是大市长、副市长、市长助理啊？

我也是没有办法啊。我是给憋的。因为大部门大领导大人物大机构拟定的城市口号往往跟老百姓的浅显期望与下里巴人要求距离太远，可操作性不强。例如，奉献、创业、求实之类。让我往哪儿奉献怎么奉献以及奉献鲜血还是奉献汗水，都很模糊。奉献钱财八成是最实惠的，但是咱小老百姓那么星星点点的钱财，月月光或者将供嘴，上有老加上下有小，钱财的事情先放一放吧。另外几个好听的词语我就不议论了，我是爱党爱国爱政府的人，但是对自己在胡说八道方面没多大把握，我不想犯错误。

我拟定的口号三个字就够了，叫作：不糊弄。

咱们这个城市严格说，就是靠不糊弄三个字发达起来的。一个举世雄伟的大油田，哪个细节你敢糊弄，都会出毛病。一个百湖百草百鸟百虫与百姓和谐生活的新兴城市，也不是糊弄出来的。可是我强调不糊弄的原因，又是看到了我们生活里的小角落小细节小地方小旮旯，天天月月年年真是在糊弄啊。

例如人行道，铺一次顶多坚持个一年半载，就稀巴烂了，咱们城市有钱，再铺，再稀巴烂。为什么呢？因为干活的人糊弄，验收的人糊弄，拟定标准的人糊弄。看看人家哈尔滨，一条中央大街，自从俄罗斯人给栽种上了长条石头，一根一根竖着码着，硬挺着，都一百年了，你看见人家没事翻修过么？

再例如，好好的马路牙子，好好的街心栅栏，好好的路边大铁链装饰，动不动就破头烂齿，动不动就推倒重来，动不动就翻来覆去花钱。

再再例如，人行道上，大夏天周边饭店搭棚子搞烧烤，把彩色石板造得黢黑，烂菜叶满地。臭气与淤泥共行人兮忍受，埋汰与龌龊展街景兮掩鼻。这里面起码有四种人在糊弄。

一是公家人，要么来狠的省事的，呜嗷喊叫连蹬带踹彻底取缔，要么不闻不问听之任之。小店铺搞搞夏夜烧烤，丰富市民夜生活，还创造经济效益，挺好的事情。但是没人给人行道制定卫生标准，也没人管理人行道的环保状况。实际上很简单，城管或者环保或者卫生或者街道，贴一个告示，所有烧烤商铺在天亮之前必须把人行道冲洗干净，早上八点钟派员验收，污染者罚款若干。这个若干不能不痛不痒，要让店家知道割肉之疼。

二是私家人糊弄。不自觉啊，门口造得不是奶奶样了你不知道么，半夜收摊你数钞票，把一条黑油泥路面扔给街区，你亏心不亏心啊。非得打一巴掌才动一动么？你把门前整得干干净净不是也显得你是正经过日子人家么？

三是更多的私家糊弄，我是指在黢黑恶臭人行道上行走的人们，逆来顺受，忘记自己是一个爱干净的人而不是泥里打滚的猪。怎么就不举报呢，不上告呢，不到店家理论理论呢？当然真这么较真，有挨揍的危险。我几次冲动，跃跃欲试，但是最终也选择了低头走路，原因在此。

第四个糊弄的人是我，多少年了又多少年了，我今天才想起叨咕叨咕。我是一个作家啊，连一点市民意识都没有。我闲着也是闲着，怎么就不能把自己的城市看成家园，怎么就不能替百忙的市长副市长市长助理们，替环保、卫生、工商、城管各个部门，操一点心呢？

由上所诉，我为咱们城市拟定的口号，不糊弄，是带着我的心底之痛的，是带着我的心底之爱的。希望全体市民举手通过。

论月饼

月饼是值得一论的，理论理论或者议论议论，论啥还不是论呢？

遥想远古我的先民，刚刚发明面粉大概没几年吧，大青石板烧热了，抹上点野猪油，抬头望见比平时显得巨大和浑圆的月亮，手中面团捏着捏着就捏成月亮形，吧唧，吱啦，月饼问世了。一下子流传好几千年的这种吃食，它的初衷不是点心不是礼品，是一种节日的标志，是一种思念的凝聚。

有个小报记者在今年八月十五前十多天打电话给我，说他们报纸要整个月饼专版，请我对月饼进行回忆。我从来没想到月饼也跟红军草鞋或者八路军三八大盖枪一样，有啥回忆头。记者那么一勾，让我钩沉出十来岁、二十来岁、三十来岁、四十来岁吃月饼的种种滋味。

月饼竟然是个情感磁铁，把以往烟过云散的一些思绪（如同铁渣滓吧）吸附在上面。没有月饼，我可怎么回忆吃月饼的往日呢？这是我的月饼论立足之地啊。

我十岁以后，正是国家三年困难时期，月饼没吃过整块的。家里人口多，月饼是按户供应，也不是天天供应月月供应，而是一年到头供应一回，一回也就每户一斤，好像是四块，要不就六块，唉，实在是没记住。八月十五的大月亮下面，中国百姓围着炕桌，分享月饼。

我家人口多，总是一块月饼切四份。那时我手中的月饼是残缺的，但是家人团圆。硬邦邦的冰球一样的月饼，里面是当代小孩不稀罕吃而一些厂家都不稀罕做的白糖馅，顶多有点青红丝。可真好吃，要一丁点一丁点地吃，另一手要展开接渣滓。糖馅大概用猪油拌的吧。青红丝也是我长大了才知道是红萝卜皮与青萝卜皮而已，一年吃一回啊，一回才一芽啊。我的月饼论就这样断定，月饼联结着童年，而童年必得清贫寒酸，月饼必得不能放开肚皮吃，那个月饼才会升华为世界上最好吃的月饼。

等能自己吃整块月饼了，二十多岁好劳力啊，我已经是战天斗地的知青。在小兴安岭西麓的农场，月饼圆了，与家人不圆。我三十多岁就胃疼，一吃月饼就犯，啥八月十五不十五的，基本不给它好好吃。况且当时父母尚且身体康健，弟弟妹妹也没谁下岗，我着急写诗着急出名，对团圆比较淡漠。年岁越大，越对月饼不感冒。隐隐觉得四十岁以后和现在五十多岁，小月饼与大月亮分道扬镳，真花样与假货色中秋齐来。

月饼在当今几乎没有节日意义了，而商业情结发作。有的月饼攀权附贵，怎么豪华怎么脱离老百姓的餐桌怎么祸害钱怎么整。有的月饼不是吃的，是看的，是送的，是摆的。月饼蕴含的那种民间温馨与古诗情调愈来愈少，华而不实愈来愈多。

月饼也不好好当月饼了，竟然变形。月亮坚持着原来多大多圆还多大多圆，可月饼堕落得袖珍玲珑，不再是月亮魂魄，而甘愿成为吃不吃都行的送礼之物。一块比传统月饼小两三圈的月饼，卖五元十元二十元，我怎么也想不通。

白糖馅带花生芝麻青红丝的月饼是真正意义的月饼，是老百姓的思念与吃食。月饼啊，我不胡乱论你了。月饼啊，魂兮归来。

铁马部族

铁马部族，我走近上千名大油田开车的人之后，归纳出这四个字。开吊车，开大拖挂，开北方奔驰卡车，开油罐车或者水罐车，他们为能源工业的上游作业区段服务。

铁马气势啊。有两种车的外号就叫“绿铁马”“白铁马”。开车的人也随着铁马的品性、铁马的日夜、铁马的呼啸而不得不铁马化了。

早上三点半起床、离家，半夜回归或者凌晨回归，经常。在前线一拼一百八十天，抛家舍业一抛一舍竟然一个月两个月。我就想，给这些汉子当老婆、当孩子、当老人，多么不容易。如果谁在现代城市的繁华秀丽之中，对生活还有怨气、怨言、怨意的话，请他坐到副驾驶位置上，啥大道理也别叨咕，啥榜样楷模也别显摆，你就跟着骨碌个十天半拉月。估计你一下驾驶楼，突然也就大气、大度、大量了起来。

一个吊车司机跟我说，去年冬天他在井队，一夜睡不了两个点，手机定时闹钟，放在枕头边，俩小时叫醒，到外面发动吊车，一发动一小时。明天天一亮就要吊装钻机呢。零下三十四度啊。吊车司机讲，给井队搬家，还是喜欢冬天。好干，不窝车嘛，就是人遭罪。

我来到大庆油田萨北井场，四五月，看见了“大战壕”。地下两米的永冻层没融化，地面两米的土层含水量大，水沉不下去。铁马一搅和，翻浆。大拖板车装载三十吨的设备，轰轰地鸣响，不挪窝，车轮纺线，眼瞅着一寸一寸下陷。稀泥里，大拖挂如同一个平板船了。用挖斗车先把大拖板两侧的泥浆挖净，再用推土机把前边的稀泥推光。然后前面五台履带式拖拉机拉拽，后面一台推土机助推。拖板车算是出了泥坑。我走进这个壮观的“大战壕”，壕外的野草与壕里我的头发水平，耳畔幻听，一片铁马的轰鸣声。

那些大轮子沾满泥巴的车辆，从矿区驶上宽敞洁净的通衢大道，城管人员不让了。分公司经理带着二三十人赶来，大扫帚清理路面。一清三四里，检讨七八回，城管批评罚款，开车人都得笑脸相迎。

吊车司机高健说，他好不容易回家睡一个安稳觉，生物钟作妖，又是凌晨三四点醒来。想给家里干点活吧，孩子老婆睡得正香，不忍心惊动。他就大睁着眼，看天棚。他说瞪眼俩小时，听着媳妇孩子微微的鼾息，幸福。可幸福感后面呢，不是滋味。

司机包树壮的女儿上高中三年，他一直在吉林前线。女儿拿到暨南大学的录取通知书，希望老爸回家看一眼。包树壮搭车凌晨到家，看见女儿手里攥着通知书睡得香甜，他没忍心叫醒女儿。看看通知书和女儿，他又转身回到吉林油田。来回一千里啊。现在包树壮的女儿在暨南大学读硕士呢。

我去了吉林油田的大庆油罐队，那是一个板房围起的小四合院。女厨师侯翠萍说，今早是二米粥、包子、煮鸡蛋。早饭大家都能够一起吃。可一出车，午饭就说不上谁回来谁不回来。晚饭更是呢，一晚上开三四回饭，常事，得让二十来个开车的人吃一口热乎的。昨天那谁回来是半夜三点钟，我们把干粮和炒菜放在蒸锅里了。

另一个女厨师于士云说：我们养了三只小鸡，一天捡仨蛋，你看，绿皮的、红皮的、白皮的。攒着，能炒炒一顿，能煮煮一顿。他们太苦了。前些天冯长海窝车，离咱这一百多里呢，不敢回来，大野地，怕车上的零件被坏小子给卸吧了。他在车上待了四宿呢。

七十七台大拖板与大卡车，刚刚完成运送钻机的活，要从天津回到大庆。高速公路上，车背车，这是空车返回采用的办法，节省了过路费和燃油费。天津港来回十五天，司机吃住在车上。大卡车司机座位后面有个狭小床铺。夏天热，冬天冷，车里有空调，但是空调太费油了，舍不得祸害油。油料和材料都核算在车辆成本里，每个司机都担着呢。

高速公路上和国道上有虱子、跳蚤、草爬子，它们吸取开车人的血汗。那种手法，高明而狡黠。你看不见路政执法人员，看不见交通警察，看不见国家干部。但是你的车被扣留了，你的驾驶证被拿走了。这时候路边散逛溜达的人出现了，说你拿五百元，半小时把你的证件拿回来。给钱吧，果然，拿回来了。我问一个基层经理刘国中，你们七十七台车，一去一回，罚了多少呢？他说，十万啊，心疼，血汗钱。咱们大庆的车，不敢浩浩荡荡上路，一听说是国家企业，还大队人马，那还了得，罚款能把你罚死。

大油田开车人还有一种让我新奇和亲切的现象，兄弟司机、夫妻司机、父子司机、祖孙三代司机。他们的血液里，他们的奔驰里，他们的日月里，铁人精神在流动。流动着流动着，让我想起四个字——铁马部族。

黑龙江的奶粉

网络上惊曝三鹿奶粉掺杂化工原料事件，把小婴孩给整出一大批肾结石，我面对小婴孩病恹恹的照片，眼泪噼里啪啦，心，一剜一剜地疼。接着连续几天点击奶粉事件，看见一些大品牌纷纷丢脸，觉得自己的脸也跟着火烧火燎，心想，怎么做个人做个企业就那么黑心黑胆，伤天害理无所畏惧，眼眶呼呼冒火，心在呼啸。后来看见公布的八十七家企业在奶粉检验中没有三聚氰胺，我把名单上的那些企业名字挨个查点，黑龙江三十来家奶业厂家，占据三分之一。

这时我眼睛像看见久别重逢的情人，温柔的波浪起伏，心在欢呼：我的黑龙江啊，你有那么多好奶牛、好奶厂、好奶厂厂长啊，硬实！

这些年，我写过安达红星乳业的朗诵诗，写过杜尔伯特地面的伊利乳品厂的朗诵诗，写过格球山乳业的报告文学章节。

给红星的诗这样写：“一颗红星/凝聚着九头牛的希望/凝聚着九头牛乳汁的精华/我放牧理想和憧憬的家啊/我的安达/九头牛/为追赶红星而奋蹄奔腾/要把红星的福气送到千户万家/我流淌希望和祝福的家啊/我的安达。”

给杜尔伯特伊利这样写：“杜尔伯特/成吉思汗皇族四王子的家乡/水草肥美/多少英雄纵马扬鞭英姿飒爽/杜尔伯特/羊草和牛奶如同天籁的地方/天然宝库/沉睡的美梦期盼的眼神腾飞的欲望/浓奶罐里杜尔伯特富强的希望在荡漾/喷雾塔中飘飞着雪的童话和奶的篇章。”

给格球山乳业的报告文学小章节这样写：“在全国奶粉行业第一个

推出‘无抗生素’系列奶粉。就是在生产用料的源头，选择从没打针吃药的奶牛，集中饲养、集中采乳、集中存储，保证产品的天然绿色性质。当时的一吨无抗生素奶粉要比普通奶粉多卖两千元。”

我觉得我比那些为大奶业当代言人的明星幸运，没跟着丢人的企业去丢人。我感谢黑龙江的乳业，默默无闻地坚守奶汁一般皎洁的行业操守；我感谢黑龙江的奶牛，吃寒带黑土的草，奉献不叫喊不咋呼不黑污的纯真的奶；我感谢黑龙江的朴实水土，在国人和世人面前，大小兴安岭一样扛着绿色，乌苏里江黑龙江一样淌着绿色。

我决心从今往后一辈子不喝别的奶，专门喝黑龙江的奶，黑而不黑的好奶。

豆芽哭着离开考场

2010年2月28日，豆芽在北京，跑到影大学二试，是看一个电影，然后写影评。考试结束原定下午一点。而剧大学将在上午十点公布参加二试的名单，如果豆芽在榜上，要一点半赶到剧大学，参加那里的复试。影大学与剧大学之间，出租车、地铁、出租车，要跑起码半小时。

豆芽的妈妈和一些同时报考这两个中国艺术界高级学府的家长，在两校之间的地铁路口提前租好出租车，等待孩子们从考场出现，立即带孩子去奔波。上午十点，豆芽的名字出现在剧大学二试的榜上。她在影大学的考场里，匆匆答完卷子，要转身。

影大学的监考者突然在考场宣布，没报考其他院校只报考影大学的孩子可以提前离开考场，报考其他院校的孩子必须再延续十五分钟才能离开考场。这就意味着一些取得影大学二试资格同时又取得剧大学二试资格的孩子们，你必须抉择，是影大学呢还是剧大学。

豆芽只好宣布放弃影大学今后的考试，哭着离开。我在电话里对孩子说，别哭，好好去考剧大学，影大学这么小家子气，你考上了也不该去念，它不行。当时豆芽在地铁里，哽咽着答应不哭，因为已经一点多了，剧大学的考场还在前面等着她。

十七岁的豆芽大概也就在这个时候明白了，不但莫斯科不相信眼泪，北京也同样不相信眼泪。整个世界哪哪都不相信眼泪。

一个艺术学府，根本的气质应该是懂得爱，爱生活爱艺术爱孩子。影大学这么整事，王伦派头，当个绿林司令的资格都不够，已经歹毒得让人齿寒。我努力让自己心平气和一点点，我觉得我说整个影大学咋的咋的有些蛮横，跟影大学在考场宣布延缓十五分钟的负责人一样蛮横。

我揣测那个宣布混球决定的人，他是个什么样的人呢。假定他在听说考生里有一大帮孩子考完影大学还要跑着考剧大学，他就来气了。他为什么来气呢？可能剧大学曾经伤害过他，那样的话我多少可以谅解一点点。如果压根剧大学就跟他没来往没过节，他却如此发坏，那可就太完犊子了。妖怪里还有好妖怪呢。

我想，我没机会当上影大学的考试办主任，是中国满怀理想投奔艺术界的孩子们的一大损失。如果我是，我会联系学院派一个大客车，把报考剧大学的孩子都拉上，从影大学直接给送去。当剧大学考试办主任握着我的手，感谢地说，老庞英雄啊。我会说，你们戏剧我们电影，彼此彼此，咱们共同打造艺术的明天吧。唉，像我这样的好人怎么就不能在艺术高等学府多出现出现呢，都蜷在草棵里，所以连一个春节晚会都整不出艺术味道。

剧大学二试的名单，不是糊弄孩子钱财的名单，一千多报考的孩子（每个孩子考试报名费至少一百元），经过一试，刷掉了九百多，只有一百多能够参加二试。而有的学校，一试和二试之间，顶多刷掉百八的，十万人民币是个好东西啊。

我作为写字为生大半辈子的人，向剧大学致敬。我瞧不起那些下作，没胸怀，扯皮，不与人方便不说，还阴险布置障碍，不成全好事而专门动心思坏事的人。常言：赠人玫瑰，手留余香。庞言：给人荆棘，满脸吐沫。党中央紧着强调和谐，紧着告诫别折腾。下面一些人啊，就是不听党中央的话。

但是我从另一面感谢龌龊，让我孩子知道她的道路上不都是人人给予的方便，知道还有意想不到的突如其来的别扭，知道放弃和争取都会伴随着痛苦。

豆芽，爸爸相信你是不白给的孩子，擦干眼泪，向你的理想进发吧。

图书在版编目(CIP)数据

古道 / 庞壮国著. — 北京 : 中国文史出版社,2017.1
(中国专业作家·散文典藏文库·庞壮国卷)
ISBN 978-7-5034-8397-4

Ⅰ. ①古… Ⅱ. ①庞… Ⅲ. ①散文集-中国-当代
Ⅳ. ①I267

中国版本图书馆 CIP 数据核字(2016)第 263705 号

责任编辑：牟国煜

出版发行：中国文史出版社
网　　址：http://www.chinawenshi.net
社　　址：北京市西城区太平桥大街 23 号　邮编：100811
电　　话：010-66173572　66168268　66192736（发行部）
传　　真：010-66192703
印　　装：汉印印刷有限责任公司
经　　销：全国新华书店
开　　本：720×1020　1/16
印　　张：21.5　　　字数：314 千字
版　　次：2017 年 1 月第 1 版
印　　次：2017 年 1 月第 1 次印刷
定　　价：48.00 元